"十三五"国家重点出版物出版规划项目

外国文学研究
核心话题系列丛书
Key Topics in Foreign
Literature Studies

● 自然·性别研究
Nature/Gender Studies

外语学科核心话题
前沿研究文库

田园诗

✳

Pastoral

陈红　张姗姗　鲁顺　著

外语教学与研究出版社
FOREIGN LANGUAGE TEACHING AND RESEARCH PRESS
北京 BEIJING

图书在版编目（CIP）数据

田园诗／陈红，张姗姗，鲁顺著. —— 北京：外语教学与研究出版社，2019.12（2024.12重印）
（外语学科核心话题前沿研究文库. 外国文学研究核心话题系列丛书. 自然·性别研究）
ISBN 978-7-5213-1389-5

I. ①田… II. ①陈… ②张… ③鲁… III. ①田园诗－诗歌研究－英国 IV. ①I561.072

中国版本图书馆 CIP 数据核字（2019）第 280664 号

出 版 人　王　芳
选题策划　常小玲　李会钦　段长城
项目负责　王丛琪
责任编辑　段长城
责任校对　解碧琰
装帧设计　杨林青工作室
出版发行　外语教学与研究出版社
社　　址　北京市西三环北路 19 号（100089）
网　　址　https://www.fltrp.com
印　　刷　北京九州迅驰传媒文化有限公司
开　　本　650×980　1/16
印　　张　15.5
版　　次　2019 年 12 月第 1 版　2024 年 12 月第 3 次印刷
书　　号　ISBN 978-7-5213-1389-5
定　　价　59.90 元

如有图书采购需求，图书内容或印刷装订等问题，侵权、盗版书籍等线索，请拨打以下电话或关注官方服务号：
客服电话：400 898 7008
官方服务号：微信搜索并关注公众号"外研社官方服务号"
外研社购书网址：https://fltrp.tmall.com

物料号：313890001

出版前言

　　随着中国特色社会主义进入新时代，国家对外开放、信息技术发展、语言产业繁荣与教育领域改革等对我国外语教育发展和外语学科建设产生了深远影响，也有力推动了我国外语学术出版事业的发展。为梳理学科发展脉络，展现前沿研究成果，外语教学与研究出版社汇聚国内外语学界各相关领域专家学者，精心策划了"外语学科核心话题前沿研究文库"（下文简称"文库"）。

　　"文库"精选语言学、应用语言学、翻译学、外国文学研究和跨文化研究五大方向共25个重要领域100余个核心话题，按一个话题一本书撰写。每本书深入探讨该话题在国内外的研究脉络、研究方法和前沿成果，精选经典研究及原创研究案例，并对未来研究趋势进行展望。"文库"在整体上具有学术性、体系性、前沿性与引领性，力求做到点面结合、经典与创新结合、国外与国内结合，既有全面的宏观视野，又有深入、细致的分析。

　　"文库"项目邀请国内外语学科各方向的众多专家学者担任总主编、子系列主编和作者，经三年协力组织与精心写作，自2018年底陆续推出。"文库"已获批"十三五"国家重点出版物出版规划项目，作为一个开放性大型书系，将在未来数年内持续出版。我们计划对这套书目进行不定期修订，使之成为外语学科的经典著作。

我们希望"文库"能够为外语学科及其他相关学科的研究生、教师及研究者提供有益参考，帮助读者清晰、全面地了解各核心话题的发展脉络，并有望开展更深入的研究。期待"文库"为我国外语学科研究的创新发展与成果传播作出更多积极贡献。

外语教学与研究出版社
2018年11月

目录

总序

外国文学研究在二十世纪的中国经历了作品译介时代、文学史研究时代和作家+作品研究时代，如果查阅申丹和王邦维总主编的《新中国60年外国文学研究》，我们就可以看到，在改革开放后的中国，特别是在九十年代以后，外国文学研究进入了文学理论研究时代。译介外国文学理论的系列丛书大量出版，如"知识分子图书馆"系列和"当代学术棱镜译丛"系列等。在大学的外国文学课堂使用较多、影响较大的教程中，中文的有朱立元主编的《当代西方文艺理论》；英文的有张中载等编的《二十世纪西方文论选读》和朱刚编著的《二十世纪西方文艺批评理论》。这些书籍所介绍的西方文学理论和批评理论，以《二十世纪西方文论选读》为例，包括俄国形式主义、新批评、原型批评、结构主义、精神分析批评、接受美学与读者反应理论、后结构主义、西方马克思主义、女权主义、后现代主义、新历史主义、后殖民主义、文化研究等等。

十多年之后，这些理论大多已经被我国的学者消化、吸收，并在外国文学研究领域广泛应用。有人说，外国文学研究已经离不开理论，离开了理论的批评是不专业、不深刻的印象主义式批评。这话正确与否，我们不予评论，但它至少让我们了解到理论在外国文学研究中的作用和在大多数外国文学研究者心中的分量。许多学术期刊在接受论文时，首先看它的理论，然后看它的研究方法。如果没有通过这两关，那么退稿即是自然的结果。在学位论文的评阅中，评阅专家同样也会看这两个方面，并且把它们视为论文是否合格的必要条件。这些都促成了我国外国文学研究理论时代的到来。我们应该承认，中国读者可能有理论消化不良的问题，可能有唯理论马首是瞻的问题。在某些领域，特别是在博士论文和硕士论文中，理论和概念可能会被生搬硬套地强加于作品，导致"两张皮"的问题。但是，总体上讲，理论研究时代的到来是一个进步，是一个值得我们去探索和追寻的方向。

一

如果说"应用性"是我们这套"外国文学研究核心话题系列丛书"（以下简称"丛书"）追求的目标，那么我们应该仔细考虑以下两个问题：第一，我们应该如何强化理论的运用，它的路径和方法何在？第二，我们在运用西方理论的过程中如何体现中国学者的创造性，如何体现中国学者的视角？我们先看第一个问题。十年前，当人们谈论文学理论时，最可能涉及的是某一个宏大的领域，如新历史主义、女性主义、后殖民批评等。而现在，人们更加关注的不是这些大概念，而是它们下面的小概念，或者微观概念，比如互文性、主体性、公共领域、异化、身份等等。原因是大概念往往涉及一个领域或者一个方向，它们背后往往包含许多思想和观点，在实际操作中有尾大不掉的感觉。相反，微观概念在文本解读过程中往往具有很强的操作性，在分析作品时能帮助人们看到更多的意义，帮助人们更好地理解人物、情节、情景，以及这些因素背后的历史、文化、政治、性别缘由。

在英国浪漫派诗歌研究中，这种批评的实例比比皆是。比如莫德·鲍德金（Maud Bodkin）的《诗中的原型模式：想象的心理学研究》（*Archetypal Patterns in Poetry: Psychological Studies of Imagination*）就是运用荣格（Carl Jung）的原型理论对英国诗歌传统中出现的模式、叙事结构、人物类型等进行分析。在荣格的理论中，"原型"指古代神话中出现的某些结构因素，它们已经扎根于西方的集体无意识，在从古至今的西方文学和仪式中不断出现。想象作品的原型能够唤醒沉淀在读者无意识中的原型记忆，使他们对此作品作出相应的反应。鲍德金在书中特别探讨了塞缪尔·泰勒·柯尔律治（Samuel Taylor Coleridge）的《古水手吟》（*The Rime of the Ancient Mariner*）中的"重生"和《忽必烈汗》（*Kubla Khan*）中的"天堂地狱"等叙事结构原型（Bodkin：26−89），认为这些模式、结构、类型在诗歌作品中的出现不是偶然，而是自古以来沉淀在西方集体无意识中的原型在具体文学作品中的呈现（90−114）。同时她也认为，不但作者在创作时毫无意识地重现原型，而且这些作品对读者的吸引也与集体无意识有关，他们不由自主地对这些原型作出了反应。

在后来的著作中，使用微观概念来分析具体文学作品的趋势就更加明显。大卫·辛普森（David Simpson）的《华兹华斯的历史想象：错位的诗歌》（*Wordsworth's Historical Imagination: The Poetry of Displacement*）显然运用了西方马克思主义理论，但是它凸显的关键词是"历史"，即用社会历史视角来解读威廉·华兹华斯（William Wordsworth）。在"绪论"中，辛普森批评文学界传统上将私人领域与公共领域对立，将华兹华斯所追寻的"孤独"和"自然"划归到私人领域。实际上，他认为华氏的"孤独"有其"社会"和"历史"层面的含义（Simpson：1−4）。辛普森使用了湖区的档案，重建了湖区的真实历史，认为这个地方并不是华兹华斯的逃避场所。在湖区，华氏理想中的农耕社会及其特有的生产方式正在消失。圈地运动改变了家庭式的小生产模式，造成一部分农民与土地分离，也造成了华兹华斯所描写的贫穷和异化。华兹华斯所描写的个人与自然的分离以及想象力的丧失，似乎都与这些社会的变化和转型有着密不可分的关系（84−89）。在具体文本分析中，历史、公共领域、生产模式、异化等概念要比笼统的马克思主义概念更加有用，更能产生分析效果。

奈杰尔·里斯克（Nigel Leask）的《英国浪漫主义作家与东方：帝国焦虑》（*British Romantic Writers and the East: Anxieties of Empire*）探讨了拜

伦（George Gordon Byron）的"东方叙事诗"中所呈现的土耳其奥斯曼帝国，雪莱（Percy Bysshe Shelley）的《阿拉斯特》（*Alastor*）和《解放了的普罗米修斯》（*Prometheus Unbound*）中所呈现的印度，以及托马斯·德·昆西（Thomas De Quincey）的《一个英国瘾君子的自白》（*Confessions of an English Opium-Eater*）中所呈现的东亚地区的形象。他所使用的理论显然是后殖民理论，但是全书建构观点的关键概念"焦虑"来自心理学。在心理分析理论中，"焦虑"常常指一种"不安""不确定""忧虑"和"混乱"的心理状态，伴随着强烈的"痛苦"和"被搅扰"的感觉。里斯克认为，拜伦等人对大英帝国在东方进行的帝国事业持有既反对又支持、时而反对时而支持的复杂心态，因此他们的态度中存在着焦虑感（Leask: 2–3）。同时，他也把"焦虑"概念用于描述英国人对大英帝国征服地区的人们的态度，即他们因这些东方"他者"对欧洲自我"同一性"的威胁而焦虑。

如果我们的目标是批评实践，是用批评理论进行文本分析，那么拉曼·塞尔登（Raman Selden）的《实践理论与阅读文学》（*Practicing Theory and Reading Literature*）一书值得我们参考借鉴。该书是他先前的《当代文学理论导读》（*A Reader's Guide to Contemporary Literary Theory*）的后续作品，主要是为先前的著作所介绍的批评理论提供一些实际运用的方法和路径，或者实际操作的范例。在他的范例中，他凸显了不同理论的关键词，如关于新批评，他凸显了"张力""含混"和"矛盾态度"；关于俄国形式主义，他凸显了"陌生化"；关于结构主义，他凸显了"二元对立""叙事语法"和"隐喻与换喻"；关于后结构主义，他凸显了意义、主体、身份的"不确定性"；关于新历史主义，他凸显了主导文化的"遏制"作用；关于西方马克思主义，他凸显了"意识形态"和"狂欢"。

虽然上述系列并不全面，我们现在所使用的概念的数量和种类都可能要超过它，但是它给我们的启示是：要进行实际的批评实践，我们必须关注各个批评派别的具体操作方法，以及它们所使用的具体路径和工具。我们这套"丛书"所凸显的也是"概念"或者"核心话题"，就是为了实际操作，为了文本分析。"丛书"所撰写的"核心话题"共分5个子系列，即"传统·现代性·后现代研究""社会·历史研究""种族·后殖民研究""自然·性别研究""心理分析·伦理研究"，每个子系列选择3—5个核心的话题，分别撰写成一本书，探讨该话题在国内外的研究脉络、发展演变、经典及原创研究案例等等。通过把这些概念运用于文本分析，达到介绍该批评派别的目的，同时也希望展示这些话题在具体的文学批评中的作用。

二

中国的视角和中国学者的理论创新和超越，是长期困扰国内外国文学研究界的问题，这不是一套书或者一个人能够解决的。外国文学研究界，特别是专注外国文学理论研究的学者，也因此承受了巨大的压力。有人甚至批评说，国内研究外国文学理论的人好像有很大的学问，其实仅仅就是"二传手"或者"搬运工"，把西方的东西拿来转述一遍。国内文艺理论界普遍存在着"失语症"。这些批评应该说都有一定的道理，它警醒我们在理论建构方面不能无所作为，不能仅仅满足于译介西方的东西。但是"失语症"的原因究竟是因为我们缺少话语权，还是我们根本就没有话语？这一点值得我们思考。

我们都知道，李泽厚是较早受到西方关注的中国现当代本土文艺理论家。在美国权威的文学理论教材《诺顿文学理论与批评选集》(*The Norton Anthology of Theory and Criticism*)第二版中，李泽厚的《美学四讲》(*Four Essays on Aesthetics*)中的"形式层与原始积淀"("The Stratification of Form and Primitive Sedimentation")成功入选。这说明中国文艺理论在创新方面并不是没有话语，而是可能缺少话语权。概念化和理论化是新理论创立必不可少的过程，应该说老一辈学者王国维、朱光潜、钱锺书对"意境"的表述是可以概念化和理论化的；更近时期的学者叶维廉和张隆溪对道家思想在比较文学中的应用也是可以概念化和理论化的。后两者在这方面做了很多工作，但要在国际上产生影响力，可能还需要有进一步的提升，可能也需要中国的学者群体共同努力，去支持、跟进、推动、应用和发挥，以使它们产生应有的影响。

在翻译理论方面，我国的理论创新应该说早于西方。中国是翻译大国，二十世纪是我国翻译活动最活跃的时代，出现了林纾、傅雷、卞之琳、朱生豪等翻译大家，在翻译西方文学和科学著作的过程中积累了大量的经验。在中国翻译家提出"信达雅"的时候，西方的翻译理论还未有多少发展。但是西方的学术界和理论界特别擅长把思想概念化和理论化，因此有后来居上的态势。但是如果仔细审视，西方的热门翻译理论概念如"对等""归化和异化""明晰化"等等，都没有逃出"信达雅"的范畴。新理论的创立不仅需要新思想，而且还需要一个整理、归纳和升华的过程，这就是我们所说的概念化和理论化。曹顺庆教授在比较文学领域提出的"变异学"就是一个有意义的尝试，我个人认为，它有可能成为中国学者的另一个理论创新。

理论创新是一件重要而艰难的事情，最难的创新莫过于思维范式的创新，也就是托马斯·库恩（Thomas S. Kuhn）在《科学革命的结构》（*The Structure of Scientific Revolutions*）中所说的范式（paradigm）的改变。哥白尼（Nicolaus Copernicus）的"日心说"是对传统的和基督教的宇宙观的全面颠覆，达尔文（Charles Darwin）的"进化论"是对基督教的"存在的大链条"和"创世说"的全面颠覆，马克思（Karl Marx）的唯物主义是对柏拉图（Plato）以降的唯心主义的全面颠覆。这样的范式创新有可能完全推翻以前人们对世界的认识，从而建立一套新的知识体系。福柯（Michel Foucault）在《词与物：人文科学考古学》（*The Order of Things: An Archaeology of the Human Sciences*）中将"范式"称为"范型"或"型构"（épistémè），他认为这些"型构"是一个时代知识生产与话语生产的基础，也是判断这些知识和话语正确或错误的基础（Foucault：xxi–xxiii）。能够改变这种"范式"或"型构"的理论应该就是创新性足够强大的理论。

任何创新都要从整理传统和阅读前人开始，用牛顿（Isaac Newton）的话来说，就是"我之所以比别人看得远一些，是因为我站在巨人的肩膀上"。福柯曾经提出了"全景敞视主义"（panopticism）的概念，用来分析个人在权力监视下的困境，在国内的学位论文中得到比较广泛的应用，但是这个概念来自英国功利主义哲学家杰里米·边沁（Jeremy Bentham）；福柯还提出了一个"异托邦"（heterotopia）的概念，用来分析文化差异和思维模式的差异，在中国的学术界也很有知名度，但这个概念是由"乌托邦"（utopia）的概念演化而来，它的源头可以追溯到古希腊的柏拉图和十六世纪的英国作家托马斯·莫尔（Sir Thomas More）。雅克·拉康（Jacques Lacan）对"主体性"（subjectivity）的分析曾经对女性主义和文化批评产生过很大影响，但是它也是对弗洛伊德（Sigmund Freud）心理分析的改造，可以说是后结构主义语言观与弗洛伊德心理分析的巧妙结合。弗雷德里克·詹明信（Fredric Jameson）的"政治无意识"（political unconscious）概念常常被运用在西方马克思主义批评中，但是它也是对马克思和路易·阿尔都塞（Louis Althusser）的"意识形态"（ideology）理论的发展，可以说是传统的马克思主义与后结构主义和心理分析的巧妙结合。甚至文化唯物主义和新历史主义批评的两个标志性概念"颠覆"（subversion）和"遏制"（containment）也是来自别处，很有可能来自福柯、雷蒙·威廉斯（Raymond Williams）或其他马克思主义批评家。虽然对于我们的时代来说，西方文论的消化和吸收的高峰期已经结束，但对于个人来说，消化和吸收是必须经过的一个阶段。

在经济和科技领域也一样，人们也是首先学习、消化和吸收，然后再争取创新和超越，这就是所谓的"弯道超车"。高铁最初不是中国的发明，但是中国通过消化和吸收高铁技术，拓展和革新了这项技术，使我们在应用方面达到了世界前列。同样，中国将互联网技术应用延伸至电子商务、共享经济、线上支付等领域，使中国在金融创新领域走在了世界前列。这就是说，创新有多个层面、多个内涵。可以说，理论创新、方法创新、证据创新、应用创新都是创新。从0到1的创新，或者说从无到有的创新，是最艰难的创新，而从1到2或者从2到3的创新相对容易一些。

我们这套"丛书"也是从消化和吸收开始，兼具**学术性、应用性**：每一本书都是对一个核心话题的理解，既是理论阐释，也是研究方法指南。"丛书"中的每一本基本都遵循如下结构。1）概说：话题的选择理由、话题的定义（除权威解释外可以包含作者自己的阐释）、话题的当代意义。如果是跨学科话题，还需注重与其他学科理解上的区分。2）渊源与发展：梳理话题的渊源、历史、发展及变化。作者可以以历史阶段作为分期，也可以以重要思想家作为节点，对整个话题进行阐释。3）案例一：经典研究案例评析，精选1–2个已有研究案例，并加以点评分析。案例二：原创分析案例。4）选题建议、趋势展望：提供以该话题视角可能展开的研究选题，同时对该话题的研究趋势进行展望。

"丛书"还兼具**普及性**和**原创性**：作为研究性综述，"丛书"的每一本都是在一定高度上对某一核心话题的普及，同时也是对该话题的深层次理解。原创案例分析、未来研究选题的建议与展望等都具有原创性。虽然这种原创性只是应用方面的原创，但是它是理论创新的基础。"丛书"旨在增强研究生和年轻学者对核心话题的理解和应用能力，进一步扩大知识分子的学术视野。"丛书"的出版是连续性的，不指望一次性出齐，随着时间的推移，数量会逐渐上升，最终在规模上和质量上都将成为核心话题研究的必读图书，从而打造出一套外国文学研究经典。

"丛书"的话题将凸显**文学性**：为保证"丛书"成为文学研究核心话题丛书，话题主要集中在文学研究领域。如果有社会学、经济学、政治学领域话题入选，那么它们必须在文学研究领域有相当大的应用价值；对于跨学科话题，必须从文学的视角进行阐释，其原创案例对象应是文学素材。

"丛书"的子系列设置具有一定的合理性：分类常常有一定的难度，常常有难以界定的情况、跨学科的情况、跨类别的情况，但考虑到项目定位和读者期望，对"丛书"进行分类具有相当大的必要性，且要求所分类别具有一定体系，分类依据也有合理解释。

在西方，著名的劳特利奇（Routledge）出版社从二十世纪七八十年代开始陆续出版了一套名为"新声音"（New Accents）的西方文论丛书，产生过很大的影响。这个系列一直延续了三十多年，出版了大量书籍。我们这套"丛书"也希望能够以不断积累、不断摸索和创新的方式，为中国学者提供一个发展平台，让优秀的思想能够在这个平台上呈现和发展，发出中国的声音。"丛书"希望为打造中国的学术思想和学术派别、展示中国的视角和观点贡献自己的力量。

张剑

北京外国语大学

2018年10月

参考文献

Bodkin, Maud. *Archetypal Patterns in Poetry: Psychological Studies of Imagination.* London: Oxford University Press, 1934.

Foucault, Michel. *The Order of Things: An Archaeology of the Human Sciences.* New York: Vintage Books, 1970.

Leask, Nigel. *British Romantic Writers and the East: Anxieties of Empire.* Cambridge: Cambridge University Press, 1992.

Simpson, David. *Wordsworth's Historical Imagination: The Poetry of Displacement.* New York: Metheun, 1987.

前言

　　我于2016年暑期参加了由贵州大学承办的中国外国文学学会英语文学研究分会的专题研讨会，其间北京外国语大学张剑教授正式邀请我加入"外国文学研究核心话题系列丛书"的作者队伍。我一时颇为犹豫：当时手头已积压了不少工作，而张剑老师又希望我能在2017年底之前完成一部十几万字的书稿，那时看来几乎是不可能的。之所以后来思忖再三，最终接下这项工作，一来是被张老师的诚意打动，二来是自觉这套丛书的构想不错，如果真能踏踏实实地做上若干年，日后定会成为我国外国文学学习者和研究者必备的重要参考资源。

　　其实当初张老师想让我写"动物"这个话题，但我选择了"田园诗"，倒不是因为我对后一个话题更加熟悉，而是因为我深知，田园诗歌与我已然涉足的自然诗歌乃至生态诗歌领域都有着千丝万缕的联系，但此中关联纵横交错，让人难辨其详。我有心把位于源头的田园诗歌仔细探个究竟。事实证明，此番探索收获巨大。

　　关于本书的整体构思，有两点需要说明。首先，本书的标题"田园诗"对应英文pastoral一词，其名词形式在《牛津英语词典》上有十多个释义，而本书主要关注的是"田园文学"和"田园诗歌"这两个释义。出于本书体量和本人研究领域的考虑，书中主要以后者"田园诗歌"，更具体地说是"英国田园诗歌"作为研究对象。其次，本书以生态批评为主要理论视角，其中第一章英国田园诗歌史的梳理、第三章田园研究经典案例的选择、第四章田园研究原创案例的示范，以及第五章田园研究的趋势与展望都直接受此理论视角的影响。如此说来，本书面向的似乎只是那些对英国田园诗歌的生态批评研究感兴趣的读者，但实际上，田园作为"西方思想两千多年来得以发展的必不可少的文化装备"（Buell: 32），值得所有有志于外国文学研究的读者了解、学习，而本书正是进入田园这个既深邃又广阔的美丽世界的一把密钥。

作为本书的第一作者，我有幸取得了这把密钥，凭它进入了一个又一个神奇的空间。具体而言，我于2017年写成了两篇论文，借助田园诗歌传统所赋予的独特视角，获得了对于两位钟爱的诗人非同一般的理解，这是何等的快事。在这两篇文章中，我把农事诗视为田园诗歌传统的一部分，但如今我越来越认识到农事诗与传统田园诗在价值观上的差异，准备就此展开更加深入的研究。本书的部分内容也是基于这两篇论文展开的。

我的两位博士生也参与了本书的创作，他们在此过程中各有收获。鲁顺自2017年秋季入学以来开始阅读特里·吉福德（Terry Gifford）的《田园》（Pastoral）一书并撰写相关评论。他也因此机缘爱上了田园诗歌，萌生了以当代英国后田园诗歌为其博士论文选题的想法。在准备开题的过程中，他撰写了英国田园诗歌研究综述，其主要内容被纳入本书。此刻，在书稿即将付印之际，他已获得国家留学基金委的资助，前往英国巴斯小城深造，师从吉福德。

张姗姗是2018级博士生，她的到来让之前因故未能按时完成并"深度瘫痪"的书稿得以继续。姗姗没有辜负我的期望，在半年之内完成了英国田园诗歌史的整理，写出了洋洋洒洒近十万字。之后，她又对鲁顺所写的研究综述作了少许补充和修改。与鲁顺一样，姗姗也因与"田园"相处日久而渐生"情愫",对田园中蕴含的城乡关系问题饶有兴趣,尤其想探究作为乡村对立面的城市及其生态问题在文学中的再现,这也算是她从这项工作中得到的一大收获吧。

在此,我要再次感谢张剑老师促成了我们师生三人的田园之旅,让我们一路饱览了田园世界的无限风光;还要感谢外研社的紫薇一路相伴,她的信任不失为一种温柔的鞭策。

陈红

上海师范大学

2019年12月

田园诗的当代回归及其意义

绪论

　　1995年劳特利奇出版社出版了《格律、节奏与诗歌形式》(*Meter, Rhythm and Verse Form*)[1]一书,"新批评术语"(The New Critical Idiom)丛书就此正式登台亮相。此后二十一年间,共有五十八部著作作为这套丛书大家庭的成员先后面世,以娓娓道来的语气和深入浅出的方式将当今文学研究中不可回避的重要话题一一呈现给广大文学学习者和研究者。由英国著名诗评家吉福德担纲撰写的《田园》一书出版于1999年,是这套丛书的第五位成员,与它一起作为第一批成员现身的还有《文体学》(*Stylistics*)、《文学》(*Literature*)、《无意识》(*The Unconscious*)、《文化与元文化》(*Culture/Metaculture*)、《戏仿》(*Parody*)、《阶级》(*Class*)等著作。乍一看,这些话题的组合无甚规律可言:论渊源,有长有短;论类别,有文学与非文学;论大小,彼此相差甚远。不过这个貌似无序的局面或许正反映了文学创作和文学研究的丰富性与开放性,说明文学和文学批评永远不排斥新思想、新视角,也永远欢迎老话题的回归,田园诗当属后一种情况。那么,有着两千多年历史的田园诗有着怎样不同寻常的往世今生,又何以在当今这个远离田园旨趣的工业化乃至后工业化时代重回批评家的视野?我们今时今日对它的研究有何意义?

1　该作品未出版中译版,中文作品名为本书作者个人翻译,故括号内补充原作品名。本书此类情况参照此做法,不再特别说明。

要回答以上问题，我们必须先了解什么是田园或什么是文学意义上的田园。作为一个传统文学类型，"田园"（pastoral）是个复杂多变的概念，既因时代的变迁而不断发展演变，也因研究者视角的差异而多有不同。事实上，批评界对于田园文学的理解既有共识也有分歧，甚至由"田园"一词生发出为数不少的新概念和新类型，使得围绕田园话题的讨论愈加精彩纷呈。

田园属于少数具有可追溯的清晰历史脉络的文学领域之一，普遍认为它最早是以诗歌的形式出现于公元前四世纪。希腊诗人忒俄克里托斯（Theocritus）创作的《田园小诗》（*Idyll*）[1] 中的部分诗歌表现纯朴的乡村生活，已初具后人所谓的田园诗（pastoral poetry）的雏形。西方古典时期另一位田园诗歌的主要创作者是罗马诗人维吉尔（Virgil），其早期作品《牧歌》（*Eclogues*）收录了十首以牧羊人的生活和爱情为主题的诗歌，诗中有些部分明显在模仿忒俄克里托斯。这部诗集的成功使得田园诗成为一个特定的诗歌类型并被后世传承。不过在维吉尔之后的罗马时期，田园诗还远没有成为风尚，倒是后来，由于维吉尔在中世纪和文艺复兴时期被誉为最杰出的拉丁诗人而产生持续的影响力，田园诗才终于从中世纪晚期开始占据诗歌殿堂的中心位置。

希腊罗马时期的田园诗有相对固定的模式，牧人几乎是必不可少的元素。他们在诗中或向爱人表白，或向彼此唱述自己的生活或爱情，他们口中的乡村和乡村生活常常充满了诗情画意——这样的诗歌难免有将现实理想化之嫌。但在有经验的读者如威廉斯看来，忒俄克里斯诗中的牧人貌似在单纯地享受"夏日和丰产的快乐"，背后实际隐藏着对"冬日与贫瘠以及各种意外状况"的深刻体会（Williams: 15）[2]；维吉尔亦将彼时意大利农村正遭受的种种社会动荡以及人们对丧失家园的担忧投射到遥远的人

1　尽管《田园小诗》一般被认定为忒俄克里托斯的作品，但学界对其中部分诗歌的作者身份依然存疑。
2　文中引用部分为本书作者个人翻译，故参引括号内仍保留引用作品作者的原名。本书此类引用参照此做法，不再特别说明。

间天堂阿卡迪亚（Arcadia）[1]。格雷格·加勒德（Greg Garrard）发现，以意大利西西里等地的农村为背景的《田园小诗》出现在希腊大规模城市化时期，维吉尔《牧歌》的创作也伴随着不断向农村推进的罗马文明进程，因此他提出，田园传统从一开始就围绕两大对立关系，即城镇与乡村在空间维度上的对立，以及过去与现在在时间维度上的对立（Garrard：35）。

事实上，当但丁（Dante Alighieri）、彼特拉克（Francesco Petrarca）和薄伽丘（Giovanni Boccaccio）开始复兴维吉尔式田园诗的时候，他们都延续了古罗马诗人影射现实的传统，将其视为田园诗必不可少的元素，这种模式贯穿了整个欧洲文艺复兴时期。在十六世纪晚期到十七世纪中期的英国文艺复兴时期，埃德蒙·斯宾塞（Edmund Spenser）以其第一部长诗《牧人月历》向维吉尔致敬，同时也第一次唱响了英国式的田园牧歌。斯宾塞的晚期作品《仙后》中的部分篇章和迈克·德雷顿（Michael Drayton）的田园组诗《思想：牧羊人的花环》（*Idea: The Shepheards Garland*）都是该时期田园诗歌的代表作，而菲利普·锡德尼（Sir Philip Sidney）的田园传奇故事《彭布罗克伯爵夫人的阿卡迪亚》（*The Countess of Pembroke's Arcadia*）以及莎士比亚（William Shakespeare）的田园剧《皆大欢喜》极大地丰富了"田园"这一文学类型的体裁表现形式。从内容上看，这一时期的英国田园文学，无论是诗歌、传奇还是戏剧，大多表现出或隐或显的现实关照，锡德尼口中那些"关于狼和羊的小故事"（pretty tales of wolves and sheep）常常在其看似简单的表象下，暗含作者对自身遭遇、政治、伦理及宗教的思考和评价，因此这类田园作品也被称为"隐喻式田园"（metaphoric pastoral）（Chaudhuri：xiv–xx）。当然，并非所有这一时期的田园作品都具有复杂丰富的寓意，也有一些被称作"艺术田园"（art-pastoral）的作品与现实完全脱节，但这类作品的数量相对较少，

1　阿卡迪亚原是古希腊地名，位于伯罗奔尼撒半岛的中东部，是希腊神话中自然之神潘神（Pan）的故乡，是西方文化中的桃花源和乌托邦。

且思想单薄，缺乏足够的艺术感染力，无论在当时还是后世都没有引起太多关注（Chaudhuri: xx）。苏坎多·乔杜里（Sukanta Chaudhuri）的研究发现，田园是英国文艺复兴时期最受欢迎的文学类型之一，参与创作者不计其数。他认为，田园作品选《英诗渊薮》（*England's Helicon*）在1600年的出版表明了一个无可争议的事实，即"田园在那个时代的文学情感中占有重要的一席之地，几乎已经形成了一种田园文化"（xxiii）。但也正因为参与群体过于庞大，这一时期的田园作品严重良莠不齐，杰作亦不多；毕竟田园的文学地位尚不及史诗和悲剧，不太可能吸引那些真正有才能的作家把主要精力投入其中。

说到田园文学与现实的关系，一方面作家通过对田园场景和生活的描述反映现实，另一方面田园作为一个文学类型，其整体的兴衰也在很大程度上受到当时社会政治及文化环境的影响。田园文学在英国文艺复兴时期的兴盛与伊丽莎白时期英格兰的政治强大和经济繁荣有着深刻的联系，当时的许多田园作品，如莎士比亚的《冬天的故事》，实际是借歌颂乡村来赞颂当朝王室，因此也有"宫廷式田园"（court pastoral）之称。但十七世纪以来，随着斯图亚特王朝的外患日益加重，以往对宫廷政治理想的田园化表达已难以为继。事实上，就英国田园诗而言，它在1610年之后便开始呈现出衰落迹象。传统田园诗普遍表现逃避现实的心态，这让玄学派诗人对其不屑一顾，因为他们更愿意直面现实，而这个现实存在于他们中的大多数所身处的城市环境中或自己的内心世界中。玄学派诗人对个人内心感悟的珍视和对个性解放的追求以不同的方式影响了本·琼森（Ben Johnson）和约翰·弥尔顿（John Milton）等人的田园诗创作，也体现在安德鲁·马维尔（Andrew Marvell）这位与众不同的玄学派诗人所创造的"花园"意象中。此外，田园诗中貌似最不可撼动的单纯快乐的牧人形象也开始悄然改变。琼森诗中独自务农、自力更生的绅士，以及马维尔塑造的以驯服自然为己任的割草人从不同方向挑战着传统牧人形象及其传递的旧时田园理想。

这种对田园传统的挑战一直悄然持续着。到了十七世纪后半叶，随着城市化的不断推进，传统英国乡村与田园作者和读者之间的距离都在进一步拉大。复辟时期盛行一时的喜剧以宫廷和伦敦城为场景，全然没有乡村的位置，也从侧面显示了田园诗所面临的窘境。当时的田园诗实际上是由城市诗人写给城市读者的，可以理解为对一个已逝的美好时代的追忆。以亚历山大·蒲柏（Alexander Pope）为例，一方面他清醒地认识到，"田园不过是我们对于所谓的'黄金时代'的想象"（转引自 Barrell & Bull：224），是一个被理想化的、永远不可能在历史的时间轴上获得具体定位的过去，因而诗人假扮天真，描画出不是天堂却胜似天堂的安逸田园，只为取笑它的虚幻；另一方面他又执著于新古典主义的主张，努力在诗歌中寻找田园式的和谐与秩序，以此对抗那些不受诗人欢迎的种种社会及文化变革。作为一名来自伦敦、有着商人家庭背景的城市诗人，蒲柏与乡村有着现实空间和心理空间的双重隔阂，他对传统田园诗一再表达的"乡村天真"（rural innocence）一说表示明显的排斥和不屑。与蒲柏的这一态度貌似相背、实则异曲同工的是随后出现的，以安布柔斯·菲利普斯（Ambrose Philips）为代表的"自然主义田园"（naturalistic pastoral）对乡村日常生活的诚实再现，但这类诗歌因违背新古典主义的趣味，受到了包括蒲柏、乔纳森·斯威夫特（Jonathan Swift）和约翰·盖伊（John Gay）在内的同时代诗人的嘲讽和抵制。

蒲柏借助传统田园诗的形式，对田园诗所承载的传统生活方式及价值观表现出既排斥又留恋的矛盾心态，归根结底还是为了表达对于现世的不满。但他这种在当时颇具代表性的不满情绪在十八世纪中期发生了转变。詹姆斯·汤姆逊（James Thomson）于1730年出版的《四季》（*The Seasons*）向人们展示了一个英国版的"黄金时代"：它存在于当下，四季丰饶，壮美如画，足可媲美古罗马奥古斯都（Augustus）统治下的辉煌年代。这首具有史诗气势的田园诗在当时和其后至少一个世纪都极具影响力。它的大获成功似乎向世人表明：田园诗曾经遭遇的种种问题和受到的各种质疑都已烟消云散，它正在迎来属于自己的金色季节。但实际情况并非如此简单。汤姆逊因对当时英格兰的政治及经济局势满怀信心而拥抱田园，但他深知，一个在工商业的推动下日益强大的英格兰与田园理想无疑南辕北辙，自己在诗中呈现的由耕地和公园所组成的田园景观分明是"现代化版的田园"（Barrell & Bull: 295）。其实汤姆逊的田园诗远非一个"乐观田园"（optimistic pastoral）的标签所能涵盖：他的诗中时常出现一些未被驯化的、不受人类控制的自然景象，令人深感敬畏，为明亮的田园美景增添了几抹"反田园"（anti-pastoral）的冷色调，也为后代的浪漫主义诗人预留了进一步发挥的空间。当然，汤姆逊的田园诗并不能代表十八世纪中期英国田园诗的全部。托马斯·格雷（Thomas Gray）的《墓园挽歌》可谓"悲观田园"（pessimistic pastoral）的代表作，它集合了众多田园诗的传统元素，如城乡的对立、避世的心态、快乐的劳作者等等，细腻的描摹中又平添了一丝感伤，表达了仅属于诗人个人的孤独感。从这个意义上讲，当诗人不再与读者分享其田园经验与感想时，他已携手其诗歌悄然走出了阿卡迪亚的神话。

我们仅从汤姆逊和格雷这两例即可看出，即使以回归田园传统为基调的作品中也可能包含对田园的抗议。事实上，十八世纪出现了不少可以被明确归为"反田园"的诗作，它们不满传统田园对乡村和乡村生活的理想化处理，尤其反感充斥其中的快乐轻松的劳作者形象。这些诗歌也被称作"农事诗"（the Georgic），它们源于一部分中产阶级田园诗人对维吉尔《农事诗》（The Georgics）的兴趣，在英国第一次集体现身是十七世纪晚期，至十八世纪中期依然盛行。不过，这些诗人对农事的描写常常掺杂了出世与入世的双重愿望。他们把劳作者的辛勤劳动视为国家经济和贸易活动的组成部分并加以赞许，在这一点上，他们与汤姆逊一样抱有对现世的基本肯定。真正反田园且反现世的农事诗出现于十八世纪晚期，以奥利弗·戈德史密斯（Oliver Goldsmith）和乔治·克雷布（George Crabbe）等人为代表，他们抗拒各自所经历或了解的农村社会的变革，比如由商人变身而来的新兴土地所有阶层的出现或拿破仑战争之后的农业大萧条，他们的诗中已难觅悠闲自在的牧人身影，取而代之的是不堪重负甚至贫困潦倒的农民。

十八世纪末的英国乡村的确面临着太多威胁，最大的威胁无疑来自于势不可挡的工业革命。在这样一个显然不利于田园诗发展的局势下，威廉·华兹华斯（William Wordsworth）的诗歌的出现几乎可以称得上是奇迹。就其诗歌本身而言，它们融合了十八世纪田园与反田园中相互冲突的各种思想和情绪，于矛盾中孕育新的和谐，是罕见的成就。华兹华斯的田园诗以风景为主，让牧人和农民在富有崇高美的自然山水间活动，与自然和谐相处，即使生活艰辛，也始终保有纯真的心灵。这是华兹华斯对"乡村天真"的再解读，也是"对'田园'的最初意义的回归"[1]（Barrell & Bull：427）。作为读者，我们不难看出，华兹华斯诗中的这份和谐其实是自然与文化之间达成的平衡，但诗人主观上对文化心存抵触，认为文化虽然能够使人获得关于自然乃至宇宙的深刻认识，却不能促成人与自然的真正融合，那是只有纯朴的乡民和未曾涉世的儿童才能达到的境界。如此看来，华兹华斯的田园诗歌中分明隐含着他作为一个受过教育的绅士阶层的诗人所感到的无望的企盼。华兹华斯之后，田园诗再度走向衰落。虽然这之后有约翰·克莱尔（John Clare）这位农民诗人为英国诗坛带来新鲜的乡土气息，但在约翰·巴雷尔（John Barrell）和约翰·布尔（John Bull）看来，克莱尔的诗歌所描述的地方特征和生活体验不具有可复制性，与强调普遍规律的十八世纪的诗歌传统相背，也与田园诗对跨越时空的、抽象的美好田园生活的追求格格不入，因而他的诗歌难以对后世乡村题材的诗歌创作产生影响（429）。

十九世纪中期之后，维多利亚时期的田园诗与华兹华斯的诗歌相比，

---

1 巴雷尔和布尔在分析华兹华斯诗中的乡民形象时指出，他们"在劳动中与自然合作，而不是设法征服自然"，并解释说这就是传统田园诗偏爱牧人的原因，因为他们不像耕农那样与自然相对抗，而是充分理解自然，顺应自然规律（Barrell & Bull：427–428）。

怀旧感更加强烈，也更显无望，因为摆在诗人们眼前的事实是："没有人可以否认，农业已高度工业化，激烈的变革和严重的萧条让它的历史不堪回首"（Barrell & Bull: 431）。的确，当乡村面目全非，田园文学自然也就失去了其存在的现实基础，即便伟大如托马斯·哈代（Thomas Hardy），也无法在他的田园小说和诗歌中拉近现实与理想之间的尴尬距离，无法继续编织一个可信的田园童话。

巴雷尔和布尔的《企鹅英国田园诗选》（*The Penguin Book of English Pastoral Verse*）以维多利亚时期草草收尾，似乎是他们以社会历史视角解读田园诗的必然结果，也说明他们把乡村视为田园诗必不可少的场景和题材，是田园诗在告别牧人身影之后必须坚守的最后一方土地。这一观点符合人们对田园诗的普遍认知。

不过正如保罗·阿尔珀斯（Paul Alpers）所说，文学研究中的田园是个既熟悉又似是而非的话题，不光存在评论者"随意定义而造成的一派欢腾的混乱局面"，而且对于"田园究竟是某一历史阶段的产物，还是一个永久性的文学类型"这类问题的看法也莫衷一是（Alpers, 1996: 8）。阿尔珀斯对田园文学研究状况的观察涉及概念和研究范畴两个方面。就概念而言，尽管一直缺少一个具有权威性的明确定义，但学界对于田园文学起源于忒俄克里托斯，后因维吉尔得以确立地位，并在文艺复兴时期达到高潮等基本事实不存在大的分歧，对于顺此轨迹生发出的传统田园诗所具有的典型特征也能达成基本共识。吉福德把这些特征总结为三大主题，即怀旧和避世的主题、城乡对立的主题以及理想化乡村现实的主题（Gifford, 1999: 1–3）。至于用以表达这些共同主题的田园元素，如由牧人、阿卡迪亚和"黄金时代"所构成的人物、地点和时间三大要素，则因时代和创作者的不同而不断变化，与此相关的学术观点也不尽相同，主要集中在如下方面：牧人及以其为代表的群体的构成和特征，牧人及其同类与风景在田园中的主次关系，牧人及其同类的象征意义，"黄金时代"的历史性与非历史性，"黄金时代"所隐含的反讽指向等。另一个有关田园概念的主要分歧在于，田园到底应该被定义为"某个经久不衰的文学类型或传统，还是一个具体的(周期性出现的)题材，或是某种情感、态度、'哲学观念'的延续，亦或是某种发端于文学之外却又滋养着文学想象的思想模式？"(Halperin：76)巴雷尔和布尔对英国田园诗所作的梳理显然是建立在乡村题材范围内的田园诗传统这一基础之上，而当阿尔珀斯把田园与意大利作家普里莫·莱维(Primo Levi)的小说《活在奥斯维辛》(*Survival in Auschwitz*)当中的情节相联系时，他无疑接受了"田园情感"这个更加宽泛的概念(Alpers，1996：6)。

田园概念的不同自然会导致研究范围的差异。对于英国田园文学的当代研究者而言，假如他们坚持比较严格的题材限定，并视田园为一个具有传承性的、相对固定的文学类型，那么他们通常会以十八世纪末作为传统田园与现代田园的分界点[1]。如果研究者更多地关注作为某种情感、态度或思想模式存在于文学中的田园，则其研究所涉文本不但会突破乡村题材，还会在时间跨度上大大延伸。也正是由于这种突破和延伸，田园文学研究才从二十世纪七十年代开始逐渐复苏，并在最近二十年呈现出一派繁荣景象。

劳伦斯·布伊尔(Lawrence Buell)有关田园的论断可以部分解释田园文学何以在当下如此兴盛。他指出："田园是西方思想两千多年来得以发展的必不可少的文化装备"(Buell：32)。布伊尔充分肯定了田园对于西方思想与文化发展的重要性，也间接表明他对田园概念持有较宽泛的理解。但西方学界自二十世纪七十年代以来重拾对田园文学的研究兴趣却另有更为重要的原因——始于二十世纪六七十年代的西方环境主义运动引发了民众对于环境或生态问题的普遍关注[2]。巴雷尔和布尔在二十世纪七十

1　加勒德以十八世纪末为时间节点划分古典田园和现代田园(Garrard：34)。持相同观点的还有大卫·詹姆斯(David James)和菲利普·图(Philip Tew)。

2　利奥·马克斯(Leo Marx)的美国田园文学研究著作《花园中的机器：美国的技术与田园理想》于1964年首次出版，是这波研究浪潮中的先锋，但彼时还没形成普遍态势，直到威廉斯的《乡村与城市》和巴雷尔与布尔编著的《企鹅英国田园诗选》相继在1973年和1974年出版，才开始带动越来越多的学者加入其中。

年代初编写《企鹅英国田园诗选》时曾如此预测："的确，（当我们意识到）当今社会对于生态的关注，（我们）不难预料，田园诗即将重新激发人们的兴趣"（Barrell & Bull: 432）。巴雷尔和布尔此言一方面表明了田园诗所蕴含的生态意义，另一方面也说明了他们所选编的传统田园诗，或者更准确地说是传统田园诗所表达的田园观在当代的局限。具体来说，田园诗或更大范围的田园文学在牧人形象中寄托的与自然和谐共生的朴素愿望，在城乡对立关系中反映的对人与自然曾有或应有的亲密关系的留恋，都是现代生态思想得以滋长的原生土壤。当然我们也看到，田园所表露的怀旧心态背后是对社会现实的抗拒，其对乡村生活的美化更是一种掩盖现实或逃避现实的行为，与注重现实、强调行动与责任的现代生态思想明显不符。但无论是思想贡献还是局限，田园文学与自然或生态的联系使它注定成为今日文学研究，尤其是从生态学角度所作的文学研究的热点话题。事实上，田园文学研究真正最具创新力和活力的阶段是自二十世纪九十年代生态批评理论出现以来至今的二十余年，这一时期产生的最有影响力的研究成果当属本书开篇提到的吉福德的《田园》，此外还有阿尔珀斯的《什么是田园？》（*What Is Pastoral?*）、肯·希尔特纳（Ken Hiltner）的《还有什么是田园？文艺复兴时期的文学与环境》（*What Else Is Pastoral? Renaissance Literature and the Environment*）[1]，以及由詹姆斯和图选编的论文集《新版田园：后浪漫、现代与当代文学对田园传统的回应》（*New Versions of Pastoral: Post-Romantic, Modern and Contemporary Responses to the Tradition*）等。虽然这些成果并没有都沿用吉福德的生态批评视角，但吉福德通过"后田园"（post-pastoral）这一创新概念把田园诗歌与生态诗歌相连，从而突破了传统田园概念在时间和题材上的限制。他的这一思路也都不同程度地体现于其他研究成果当中。

　　笔者充分理解田园文学在当代的回归及其研究意义，希望通过梳理英

1　以下简称为《还有什么是田园？》。

国田园诗传统，向中国读者介绍这一传统的源起、传承和发展，同时介绍相关的研究史，并以经典研究案例结合原创分析案例，展示新理论、新视角带给田园诗的新的解读可能。关于本书的研究范围、视角和案例选择，需要作以下几点说明。其一，笔者虽然接受吉福德在他最新一篇文章中所描述的事实，即"田园已经完成了从（文学）体裁到类型，再从类型到观念的转换"[1]，但考虑到本书的体量有限，也考虑到一个边界相对清晰的"田园传统"概念可能更容易为本书读者理解和接受，因此本书仍会在乡村题材的范围内谈论田园诗歌，但也会将一些没有被巴雷尔和布尔收录的二十世纪田园诗歌纳入研究视野。本书侧重从生态批评的视角分析所选诗作，重点考察诗中所反映的乡村自然环境与现实环境之间的距离，以及这个距离所传达出的诗人对于人与自然的关系、自然与文化的关系的思考。其二，由于本书所采用的视角的缘故，我们选择了两部生态批评著作——吉福德的《田园》和希尔特纳的《还有什么是田园？》作为经典研究案例加以评析。其三，在原创分析案例部分，我们选择了克莱尔的诗集《牧羊人月历》（*The Shepherd's Calendar*）作为现代田园诗歌的代表，以及特德·休斯（Ted Hughes）的诗集《摩尔镇日记》（*Moortown Diary*）作为当代田园诗歌的代表，从文学生态批评和环境史研究的跨学科视角，探究了田园景象下可能隐藏的更多真相。我们希望本书最终能够将文学理论与批评实践，文学再现与客观现实，以及田园传统与生态关怀串联起来。

---

1 吉福德的这篇文章尚未公开发表，暂定名为《田园与环境人文学》（"Pastoral and Environmental Humanities"）。他在文章中列举了一系列与"后田园"类似的新名词和新概念，如"极端田园""新田园""后现代田园""同性恋田园""城市田园""黑色田园""贫民窟田园""边疆田园""生态田园"等，显示出田园研究的跨边界性。

英国田园诗歌史

田园诗歌诞生于古希腊，文艺复兴时期由意大利传入英国，经斯宾塞、锡德尼、莎士比亚等大家之手，该时期成了英国田园诗歌的黄金时代。随后的几百年间，田园诗在兴衰起伏间不断丰富着自身。本章将分阶段回顾英国田园诗歌的源起、发展与繁盛、成熟、转折与没落，并揭示它在当代的新发展，以重要诗人和诗作串联起田园诗两千多年的悠久历史。

1.1 源起——古典时期

田园诗歌的雏形是古希腊乡间牧人休憩时进行的歌唱比赛。炎炎夏日，牧人三五成群来到树荫下，依据固定的主题，以两两竞赛的形式各展歌喉，由旁观者判定输赢，胜者即可获得商定的奖品。牧人或歌颂夏日的美好风光，或赞美富足的乡村生活，或抱怨相思的苦痛，或讲述古老的神话传说，这些歌唱主题及应答的咏唱方式为古典田园诗歌所继承。公元前四世纪，希腊被马其顿征服，希腊文化向外传播，开始进入"希腊化时期"（the Hellenistic Age）。托勒密王朝的首都亚历山大城，政治局势相对稳定，经济繁荣，文化昌明，成为田园诗歌的发祥地。田园诗歌的出现得益于这一时期希腊大规模的城镇化，恰逢古希腊城邦的衰落和"类现代"（quasi-modern）都市的出现（Poggioli：99）。城镇化的发展导致了乡村与城市的隔离，乡村开始成为城市人观察和怀旧的对象，田园诗歌应运而生。

忒俄克里托斯是田园诗歌的鼻祖。据考证，他出生于意大利西西里岛的锡拉库扎，常住在亚历山大城，在那里受到一位希腊将军的赞助。他创作了一系列诗歌献给宫廷，田园诗歌的开山之作《田园小诗》便是其中一部。不同于恢宏的史诗，《田园小诗》描写了西西里牧人平静安详、与世无争的田园生活。全诗共包含三十首短诗[1]，沿用了史诗的扬抑抑格六音步（dactylic hexameter），音律活泼优美，采用文学语言与多立克方言（Doric）混合的语体，多为对歌形式。三十首短诗中，以第一、第六、第七和第十一首最为著名。

《田园小诗》的第一首为《塞尔西》（"Thyrsis"）[2]，是牧羊人塞尔西与一位无名牧羊人的对歌，主题是达芙尼（Daphnis）之死。

达芙尼的传说古已有之，公元前600年左右被古希腊诗人斯特西克鲁斯（Stesichorus）引入诗歌中（Snell：184）。传说中，达芙尼是信使神赫尔墨斯（Hermes）之子，是理想化的牧羊人。达芙尼原本无忧无虑，因为吹嘘自己抵挡得住爱的诱惑，触怒了爱神阿芙洛狄忒（Aphrodite），陷入情欲挣扎而双目失明，垂垂将死。

诗歌开头，无名牧羊人请求塞尔西重唱达芙尼之歌，承诺赠予其珍藏的木杯。塞尔西的挽歌共十八节，每一节都以"乡村歌谣，唱起乡村歌谣，甜美的缪斯"开头。诗人为了烘托悲痛之情，采用了情感错置（pathetic fallacy）手法，赋予自然万物以情感，营造出万物同悲的效果。例如，在诗中，"当达芙尼死去，狐狸恸哭，野狼嘶声嚎叫，草场的狮子

1　据考证，《田园小诗》中有一部分并非出自忒氏之笔。也有评论者认为，《田园小诗》只包含二十九首短诗。

2　《田园小诗》中各诗篇参考古典文学文本网站 The Theoi Classical Texts Library 中的英译版本，由笔者所译。详见 https://www.theoi.com/Text/TheocritusIdylls1.html。以下各处不再另作说明。

也在哀号"，自然界因为达芙尼的死而失去了秩序。

> 紫罗兰开到了石南树，还有荆棘丛中，
>
> 水仙可以挂在杜松的枝条上，一切都乱了套；
>
> 达芙尼死了，松树也能结出无花果，牝鹿也能把猎狗追逐，
>
> 山谷中夜莺的甜蜜歌声竟比不过山中仓鸮的啼鸣。

　　除却自然万物，山间的人和神也共同悼念达芙尼。"达芙尼之死"为古典挽歌写作树立了范式，成为后世效仿的典范。

　　第六首《乡村歌谣比赛》（"A Country Singing Match"）记述了夏日田间牧羊人达芙尼和达摩埃塔（Damoetas）的歌谣比赛。二人唱起了独眼巨人波吕斐摩斯（Polyphemus）之歌。这首与第十一首《独眼巨人》（"The Cyclops"）讲述的都是波吕斐摩斯与海中仙女加拉忒亚（Galatéa）的爱情纠葛，只是第十一首诗中故事的发生时间早于第六首。波吕斐摩斯是希腊神话中巨人族的一员，曾在荷马史诗《奥德赛》中以食人巨人的形象出现。在第十一首诗中，波吕斐摩斯是一个普通牧羊人，他豢养着上千头羊，生活原本幸福无忧，因对海中仙女加拉忒亚一见钟情而陷入痛苦之中。他天生相貌奇丑，只有一只独眼和一条乱糟糟的眉毛，因此海中仙女始终不敢露面。因相思难愈，波吕斐摩斯只能借诗歌抒发郁闷之情。

> 噢，美丽的加拉忒亚，白如凝脂，
>
> 像欢跃的羊羔一样轻盈，像蹦跶的牛犊一样活泼，
>
> 像快熟的葡萄一样丰润，噢，为何拒绝爱你的人？
>
> 很快，当我做起梦来，相信你会来到我身边，
>
> 但梦醒后，你便起身离开 —— 噢，别这么快离开，
>
> 你从我梦境中离开，好似母羊瞥见了灰狼。

牧羊人赞美爱人的美貌，邀爱人同住，以及表达单相思的焦虑和苦恼成为后世田园诗歌的重要内容，被历代传唱。在第六首诗中，故事发生了翻转，加拉忒亚来到田间倒追波吕斐摩斯，波吕斐摩斯却不冷不热。波吕斐摩斯与加拉忒亚的爱情纠葛在后世的古典田园诗歌和戏剧中反复出现，历经诗人奥维德（Ovid）、薄伽丘等多次改编。

第七首《颗粒归仓》（"The Harvest-Home"）是城市诗人和牧人歌者的对唱。城市诗人斯密奇达斯（Simichidas）与两个朋友去乡间参加丰收节庆活动，路上遇到了擅长歌唱的牧羊人利西达斯（Lycidas），二人便在途中展开比赛。利西达斯吟唱了一首歌谣送别即将远航的爱人阿吉纳克斯（Ageanax），斯密奇达斯则在歌谣中请求潘神将美丽的腓里努斯（Philinus）赐予他的朋友阿拉托斯（Aratus）作为爱人。临别时，牧羊人利西达斯将自己的牧杖赠与城市诗人，结束了比赛。这首诗中首先出现了"城市诗人"这一类型人物，率先将城市势力引入乡村，将城市与乡村、艺术与自然相比较，表现出城乡的对立与互通。

忒俄克里托斯将乡村生活作为田园诗歌的描写对象，以较为客观的笔触描绘了乡村社区的生产活动、节庆活动，展现了各色人物的日常生活画面。这些人物及他们的感情和生活都是真实可触的。诗中的牧人表现出其所处历史时期底层人物特有的自由奔放，他们插科打诨，嬉笑怒骂，爱恨分明，道德观念薄弱，与各色人等共同构成了一个和谐友爱的乡村社会。托马斯·罗森梅耶（Thomas G. Rosenmeyer）认为，忒氏所写的牧人遵从伊壁鸠鲁派而非斯多葛派的生活方式，诗中的乡村生活突出了一种伊壁鸠鲁式的"静态快乐"，即一种"平静的喜悦"（Rosenmeyer：12）。在那里，时间只是次要的概念，乡村人表现出内心的平静和快乐，他们注重友谊，感恩他人，充满同情心，建立了一个互助的社会团体，这都是伊壁鸠鲁（Epicurus）所提倡的。

《田园小诗》确立了一些典型的田园诗歌的题材、写作手法和模式，其篇幅短小，诗节整齐，韵律规整，语言自然活泼，浑然天成。诗歌多采用对唱或歌唱比赛的形式，即使是独白也包含多个讲述者，体现了田园诗歌集体性、节庆性的原始特征。忒氏的诗歌涵盖了大部分后世经典的田园诗歌题材，诸如青年男女爱的怨诉、老牧羊人的劝诫、丰收和节庆、对亡友的悼念，以及农事、巫术、神话演义等。其中爱的怨诉、老牧羊人的劝诫、对亡友的悼念成为后世田园诗必不可少的元素。《田园小诗》中的西西里乡间是人神共居的地方，因此古希腊神话人物也成为田园诗不可或缺的成分；若没有人身羊足的自然之神潘神、信使神赫尔墨斯、爱与美之神阿芙洛狄忒等神话人物，便不能称其为田园诗。人与神的互动使得故事情节更富有戏剧冲突和悬念。此外，忒氏开创了多种田园诗歌的典型写作手法。例如，在挽歌写作中，忒氏运用了诸如求助缪斯、质询死亡原因、描写停尸架和送葬队伍、刻画动植物的情感反应，以及于结尾部分将死者神化等方式，这些写作手法为后世的挽歌所继承，影响了维吉尔、弥尔顿等诗人。另外，忒氏的田园诗歌的开头和结尾都有固定的情节模式，如在对歌形式的歌唱比赛中，两人在歌唱前约定奖赏或主题，歌唱完后胜者得到奖品；对歌或比赛往往以天色将晚，牧人赶着羊回家结束。

然而，忒俄克里托斯并非田园诗类型的确立者。他的诗歌风格各异，水平参差不齐。他笔下的乡村生活过于写实，缺乏吸引力；人物类型过于复杂，缺乏标识性，且个别人物的语言过于露骨或流于猥琐。后世有评论者认为这些与"黄金时代"单纯快乐的生活特征不相符，且无法形成一致的、可供效仿的传统或典范。真正将田园诗发扬光大，形成一种特定文类的是古罗马诗人维吉尔。

维吉尔是古典诗歌艺术的集大成者，著有诗集《牧歌》《农事诗》和史诗《埃涅阿斯纪》。维吉尔出生于古罗马高卢地区曼图亚附近的富裕农民家庭，受过良好的教育。公元前42年，屋大维（Gaius Octavius）在腓立比战役（Battle of Philippi）获胜后，班师回朝，大肆犒赏士兵，将大片原属个体农民的田地分赏给返乡士兵，造成大批小农失地。维吉尔在曼图亚的土地也被强征，他便从那时开始创作《牧歌》，展现当时农民的困境。而后，他来到罗马，结识了年轻的将领和优秀的挽歌诗人伽鲁斯（Gallus）、政治家瓦鲁斯（Alfenus Varus）以及政治家兼诗人波利奥（Gaius Asinius Pollio）等人，要回了土地。后来他被波利奥引荐给年轻的屋大维，受到屋大维亲信梅萨纳斯（Gaius Cilnius Maecenas）的资助，成为奥古斯都的御用诗人。此后，维吉尔常住意大利南部的坎帕尼亚地区，师从伊壁鸠鲁派学者西罗（Siro）研修哲学。《牧歌》是诗人的首部诗集，大致于公元前44年开始动笔，公元前38年完成。维吉尔明显受到忒俄克里托斯的影响，延续了忒氏的六音步诗体，还受到亚历山大派诗人卡利马科斯（Callimachus）的影响。《牧歌》共收录十首田园诗歌，描写了底层牧人的田园生活，从不同侧面反映了古罗马帝国全盛时期的乡村生活。

《牧歌》受到了《田园小诗》的直接影响，继承了忒俄克里托斯的乡村主题、牧人对唱的诗歌形式及情感错置等写作方法。维吉尔在诗中故意使用希腊化的地名、人名，使得语言更加复古、庄严和文学化。《其二》《其八》《其十》的主题均为失恋的哀愁。《其二》效仿《田园小诗》中独眼巨人对爱的怨诉，是牧人柯瑞东（Corydon）的内心独白——他苦苦哀求，希望得到爱情的回应。《其三》《其七》都是以歌谣比赛的形式展现乡村生活。在《其三》中，达摩埃塔拿一头母牛作为抵押，梅那伽（Menalcas）则拿一只精致的雕花木杯押注，二人对起了歌。这里的雕花木杯借用了忒氏《田园小诗》第一首中的杯子典故。《其五》是一首挽歌，沿用了《田园小诗》第一首中"达芙尼之死"的题材，描写了理想牧羊人达芙尼死后，山川河流及众神哀悼的画面。

在继承传统的同时，维吉尔在诗歌内容和诗歌精神上有着卓越的创举，使得田园诗歌在形式、人物和场景等多个方面更具风格。忒俄克里托斯笔下的田园景色近在眼前，就在城市的藩篱之外。维吉尔诗中的乡村则有三处，一处是诗人的故乡曼图亚，一处是忒俄克里托斯笔下的西西里岛，一处是更为遥远神秘的阿卡迪亚。维吉尔对曼图亚和西西里岛的牧羊人的描写更接近现实。那时乡村因受到城市政治斗争的影响而陷入骚乱，诗人有意采取田园诗歌的形式来表达深刻的现实寓意。他将那个时代的城市影响和乡村骚乱带入除阿卡迪亚之外的田园背景之中，真实地反映出当时乡村穷人对政治变革的不满。《牧歌》中的《其一》《其四》《其六》《其九》《其十》都提到了公元前一世纪古罗马帝国灾祸不断、家园破败的事实。《其一》是梅利伯（Meliboeus）和提屠鲁（Tityrus）两位牧羊人的对歌。梅利伯失去了土地和家园，被迫流浪；提屠鲁因得到恩主的庇护，要回了土地，得以继续以前的生活。梅利伯临行前痛心疾首，不忍割舍祖先留下的丰饶田地，提醒提屠鲁珍惜美好的乡村生活。提屠鲁则时刻不忘感谢罗马的恩主，歌颂恩主的伟大。诗歌揭露了城市或宫廷带给乡村的破坏性影响，反映了城市与乡村的对立。阿尔珀斯认为，《其一》通过对梅利伯和提屠鲁两个人物不同命运的刻画，清晰地反映了当时的政治和社会矛盾，诗中的"田园风景代表着一种幻想，一旦辨认出其中的政治和社会现实，这种幻想便会消散"（Alpers，1996：24）。《其九》同样通过两名牧羊人的对歌，再次提及农民失地的社会现实，以及城市势力给乡村带来的混乱。

> 吕　莫埃里，到哪里去？是不是从这条路进城？
>
> 莫　咳，吕吉达[1]，我们活到这时，让外来的人
>
> 　　占我们田地，我们从来没想这事会有，
>
> 　　他还说，"这都是我的，你们老田户快搬走。"
>
> 　　我们倒楣了，打败了，一切弄得天翻地覆，
>
> 　　我这里是替他赶这些羊，但愿他受苦。（维吉尔，2009：69）

　　诗歌中类似的对话反映了意大利乡村曾发生过的骚乱，清楚地表明

1　《其九》中有两位牧人，其中一个名叫 Lycidas，杨宪益将其译为吕吉达。弥尔顿的挽歌名作也用了此名，但后世多将其译为利西达斯或黎西达斯。

维吉尔的田园诗不乏现实指涉。威廉斯认为,"维吉尔田园诗内部的对比是乡村定居的乐趣与丧失土地以及遭受驱逐的威胁之间的对比"(威廉斯:22)。

不同于曼图亚和西西里岛,阿卡迪亚被认为是一处与世隔绝的、理想化的牧羊人居所。它是潘神的故乡,位于希腊南部,但没有精确的定位。在希腊神话中,阿卡迪亚作为野蛮的原始人的居住地,"象征着生命的起始"(洛夫:85),而维吉尔让此地成为自由与欢乐的象征、田园风情的代表。马克斯认为,维吉尔"在诗中建构了将神话和现实巧妙结合的象征风景",使得阿卡迪亚的风景变得更加遥远(Marx,1964:19)。在《牧歌》中,因为远离城市和战争,阿卡迪亚的一切都保持着原始的景象。丛林和高山上居住着希腊神话中的神,人神和谐共处,这增添了阿卡迪亚的神秘性,使之成为消失的"黄金时代"的再现。《其七》是关于阿卡迪亚牧人柯瑞东和塞尔西的歌谣比赛,两人在歌谣中赞美了阿卡迪亚美好的四季景象。

> 柯　长着青苔的清泉,温柔如梦的草岸,
> 　　绿色的杨梅树织出了碎影斑斑,
> 　　请保护夏天的羊群,时季已是炎夏,
> 　　轻柔的枝条上业已长满了新芽。
> 塞　这里有灶和干柴,永远生着很大的火,
> 　　连门楣也被经久的烟熏成了黑色,
> 　　这里我们不怕北风的寒冷就像
> 　　狼不管羊数目多少,急流不管河岸一样。(维吉尔,2009:57)

二人中一人唱颂夏日乡村的慵懒,一人歌唱冬日家中的温暖,尽情渲染乡村生活的安定。诗中的阿卡迪亚物产丰富,生活安逸,树下永远散落着果实,牛儿会自己去河边饮水;比起游戏,牧人的"工作只好放在第二位"(55)。和谐、富足与欢乐就是阿卡迪亚的代名词。

维吉尔对于牧人和乡村生活的理想化描写具有象征性和类同性。不像忒俄克里托斯诗中出现过农民、割草人、猎人和水手等从事繁重劳动的工作者，维吉尔笔下的田园社区主要以牧人为主。牧羊是人类最原始的生产方式之一，工作相对轻松。在城市人的想象中，牧人总是在正午时分寻一处绿荫，斜躺在草地上，望着远方的牛羊，吹着芦笛，谈着爱人和神话传说，这一形象十分符合人们对"黄金时代"的想象。维吉尔诗中的牧人形象相似，拥有明显相同的生活方式。《其四》《其七》描写的都是牧人对歌的场景，这些牧人的形象和歌唱的语调、内容非常相似，在没有交代更多的人物经历的情况下，这些牧人之间甚至可以互相替换。维吉尔自始至终以城市诗人的视角远观乡村生活，以一种怀旧的笔触追忆乡村生活的美好。他并没有展现乡村本来的面目，而是选择性地描写乡村生活，正如蒲柏所说，"我们必须使用一点儿幻想来使田园诗变得令人愉快；包括只展现牧羊人生活中的最好一面，把痛苦隐藏起来"（Pope，"Alexander Pope <？1704 >"：51）。诗人的理想化描述代表着对遵循自然、遵循天性的人类原始生活方式的追忆和对现实中远离自然的城市生活的不满。这种田园生活中的牧人没有个体价值，由其构成的和谐社会成为一种供城市人怀念的旧生活的代表。

事实上，田园诗歌中的牧人不仅代表乡村，也代表诗人。诗中的牧人关心的不是羊群，而是政治与爱情。布鲁诺·斯内尔（Bruno Snell）认为，忒俄克里托斯笔下的牧人已经表现出文雅的举止，维吉尔则更进一步，"去掉了牧人身上全部的粗鄙之气"，并"赋予他们得体的举止和敏感的心灵"（Snell：187）。事实上，维吉尔所写的牧人不再是乡村青年，而成为"有教养的、思虑重重的、满怀柔情的"年轻诗人的代言人（Loughrey：9）。他们才华横溢，青春正盛，充满激情，有着诗人的敏感与脆弱，容易在爱情中受伤。因此，评论者大多认同要回土地的提屠鲁是诗人维吉尔的代言人，即维吉尔"直接将牧人描写为诗人，同时也将诗人描写为牧人"（Alpers，1996：153）。《其六》中写道："一个牧人应该把羊喂得/胖胖的，但应该写细巧一些的诗歌"（维吉尔，2009：45），由此可见，写诗成为牧人的工作之一，但无论是诗人还是诗中的牧人，都依赖恩主才能存活。《其四》便是一首歌颂恩主波利奥的颂歌。诗人歌颂他是"黄金的新人""天神的骄子"，他在人间开启了"光荣的时代"，万物都为他而欢唱（33，37）。

> 波利奥啊，伟大的岁月正在进行初度。
>
> 在你的领导下，我们的罪恶的残余痕迹
>
> 都要消除，大地从长期的恐怖获得解脱。
>
> 他将过神的生活，英雄们和天神他都会看见，
>
> 他自己也将要被人看见在他们中间，
>
> 他要统治着祖先圣德所致太平的世界。（33）

关于维吉尔歌颂的对象，评论者众说纷纭。一说维吉尔赞颂的实际是年轻的罗马皇帝屋大维——"众神之主朱庇特的后裔"（mighty seed of a Jupiter to be）[1]，暗指屋大维是恺撒（Gaius Julius Caesar）的法定继承人。杨宪益在《其四》的译者注中说明，诗歌讲述的是一个孩童的降生，按照史料考证应该是屋大维的儿子，或者屋大维的外甥马切鲁斯（Marcllus）（84）。无论是谁，这种将英雄的诞生赞颂为救世主的到来及黄金时代的开启的田园诗歌被后世称为"弥赛亚牧歌"（Messianic eclogue）。《其十》中诗人的身份被前景化，不再借用牧人的身份，而以诗人的名义歌唱友人。维吉尔对恩主歌功颂德，客观反映了当时有着农民身份的诗人在政治经济上受到城市当权者剥削，要向他们纳贡、献媚的现实。

除却《牧歌》，维吉尔的《农事诗》同样描写了意大利的乡村风光和农

1　杨宪益将此处译为"上帝的苗裔"，容易引起歧义，因此改为"众神之主朱庇特的后裔"。英译本参考https://www.theoi.com/Text/VirgilEclogues.html#4。

民生活。《农事诗》以教诲为主旨，第一卷关注谷物种植，第二卷谈论葡萄、橄榄和林木，第三卷涉及畜牧，第四卷讲述养蜂活动。《农事诗》赞颂勤勉而非悠闲懒散的农耕生活，描写了大量劳动细节，具有指导农业生产的实际意义。在古典时期，田园诗和农事诗的界限是清晰的。田园诗描写的是悠闲的牧人生活，"强调其无忧无虑、自然富足"；农事诗则"注重积极的农耕活动，描写贸易往来、雇佣关系、职业活动和田间劳作等内容"（Griffin：868）。此外，《农事诗》还以现实主义笔法描写了当时的恶劣气象灾害、瘟疫和其他自然或人为灾难，记录了它们对乡村和农业生产的影响。总体来说，《农事诗》与《牧歌》的关注焦点不同：《农事诗》将道德教谕与农业生产指导相结合，为屋大维鼓励农耕的现实政治服务；《牧歌》描写的是偏远山区悠闲的畜牧生活，是为恩主歌功颂德之作。当然，两者也有相似之处，即都有将乡村生活理想化的倾向，《农事诗》第四卷中关于养蜂的部分便能说明这一点。

> 首先要为蜜蜂造一个安稳的住所，
> 地方要避风（因为风妨碍蜜蜂携食
> 回巢）……
> 但求附近有清泉和生绿苔的池塘，
> 有涓涓小溪在草丛之下悄悄流过，
> 有棕榈或巨大的野橄榄树为入口遮阴。
> ……
> 周围要有苍翠的桂树、香飘百里的
> 野百里香、宝贵的浓香薄荷繁茂
> 开花，还有紫罗兰花圃啜饮滴滴甘泉。（维吉尔，2003：19-20）

这些诗句虽是关于蜂房的选址，却处处都在赞美乡村的美丽祥和。实际上，这种理想化倾向自赫西俄德（Hesiod）的《工作与时日》便已存在。

农事诗与牧歌的相似性使得二者在十七世纪后期相互渗透、融合，加速了英国田园诗歌的本土化进程。

综上所述，忒俄克里托斯和维吉尔共同确立了古典田园诗歌的典范。对此，威廉·燕卜荪（William Empson）指出，虽然田园诗歌从一开始就是关于普通人的，但并非由他们来写，也非为他们而写（Empson：6）。无论是忒俄克里托斯还是维吉尔，他们都是居住在城市、受过良好教育的学者和诗人，他们诗作的受众也是受过教育的城市人，其中包括他们的恩主。此外，他们的诗歌中大多都是时髦的书面语，偶尔会有一些刻意加入的方言。吉福德指出，"田园诗歌从一开始便面向城市读者，始终呈现出各种张力，如海边城镇与山地乡村之间，宫廷生活与牧人生活之间，人与自然之间，隐退与回归之间"（Gifford，1999：15）。这种诗歌形式反映出一种公共的、市民的，同时也是私密的、有产阶级的精神需求。被隔绝在城市中的市民缺乏精神慰藉，田园诗歌的诞生迎合了他们对乡村生活的依恋和怀念之情。因此，田园诗歌出现于公元前四世纪希腊开始大规模城镇化之时，而不是更早的时候。它从一开始就不是席勒（Johann Christoph Friedrich von Schiller）所定义的"素朴的诗"，而是"感伤的诗"，是人们对更早时期人类在自然中自在生活的想象。

加勒德总结道，自忒俄克里托斯起，田园诗就有两个重要的概念对比："以空间横向划分的城市与乡村的对比"和"以时间纵向划分的过去和现在的对比"（Garrard：35）。从空间上来看，乡村代表淳朴、安宁和友爱，城市代表腐败、喧闹和冷漠。牧人的生活去繁就简，回归生活的本质；同时，他们注重社区内的团结互助，保持着和谐的群体关系。"这种顺应自然和人性的生活方式既符合维吉尔前期所学习的伊壁鸠鲁派哲学，也符合他后期皈依的斯多葛派的教义"（Lindheim：161）；更为重要的是，它能够被后世基督教徒所接受，"隐退田园"由此成为田园诗的重要传统。从时间上来看，过去代表快乐祥和，现在则代表忧郁堕落。正如威廉斯所说，田园诗歌将"黄金时代"的时间点不断向前追溯，这种追溯不断指向更早的时代，这个不断回溯的"自动扶梯"似乎只有到伊甸园才能停止(威廉斯：15)。基督教中的伊甸园和希腊神话中的"黄金时代"反映了人类最初的生活状态，是最无忧无虑的时代，也是永远无法追回的过去。对于忒俄克里托斯来说，《田园小诗》是一部怀旧的诗歌，他将自己过去的田园生活与后来作为亚历山大城的城市学者的生活作对比"(Gifford, 1999：15)。不同时代的作家不断将自己的童年或更早的时代塑造成伊甸园或"黄金时代"的模样，这其中的主要原因就是怀旧情绪。对"黄金时代"的追忆，对淳朴生活的向往，使得"怀旧"成为田园诗的另一传统。

1.2 发展与繁盛——文艺复兴时期

在漫长的中世纪(400—1400年左右)，古希腊文化与希伯来文化逐渐融合，形成"西方文化核心和精神代表"，即所谓的基督教文化；古希腊文化在其中只"扮演着被动、从属和补充性角色"，宗教神学控制着人们的精神世界(杨慧林、黄晋凯：4-5)。此外，中世纪的天主教义否定感性自然，"神学家们往往更多地强调自然界扭曲、衰败的状态以及上帝在人类前进道路上设置的障碍"(基思·托马斯[1]：45)。因此，大众普遍认为自然是人类堕落后的产物，包含邪恶的力量，是恶魔活动的场所；文学艺术表现的自然也是黑暗阴森的，会引起人们恐怖的联想。显而易见，无论是田园诗歌中的美好自然还是异教神祇，都与中世纪的宗教观念相悖，在这种形势下，表现现世的生活乐趣和社会问题的田园诗歌似乎难以为继。但事实上，田园诗歌在宫廷和民间都存活了下来。其中法国牧女恋歌(pastourelle)还十分流行，于中世纪后期逐渐从民间进入宫廷，成为复杂宫廷文化的一种。

1　书中存在多个姓为"托马斯"的人名，此处为作区分而保留全名。以下各处不再另作说明。

十四世纪，意大利经济复苏，人们不再对现世生活持绝望态度，人文主义思想逐渐成为精神主流。同时，大批古希腊和古罗马的文化艺术被东罗马人带入意大利，使相关研究得以复兴，维吉尔等一批古典诗人和思想家重回大众视野。另外，田园诗歌的复兴还有赖于基督教神学家对于《旧约》和《新约》中出现的好牧人、该隐与亚伯、伯利恒的牧羊人等形象的解读[1]。到了中世纪末期，田园诗歌率先在意大利复兴，获得了彼特拉克、薄伽丘等诗人的青睐；彼特拉克和薄伽丘二人均模仿维吉尔写作拉丁语田园诗。之后，田园诗歌逐渐成为文艺复兴时期诗人最为喜爱的艺术形式。他们发展了维吉尔田园诗歌的现实影射和暗指功能，扩充了田园诗歌的主题和视角。田园传奇故事（pastoral romance）得到了意大利的雅各布·桑纳扎罗（Jacopo Sannazaro）、西班牙的霍尔赫·德·蒙特马约尔（Jorge de Montemayor）和塞万提斯（Miguel de Cervantes Saavedra）的继承和改写，在欧洲宫廷和文人中广为流行。对英国田园诗歌影响最大的诗人分别是注重宗教讽喻性的拉丁语诗人曼图安（Mantuan）[2]和描写廷臣隐退乡村的意大利语诗人桑纳扎罗。

从十六世纪中期到十七世纪后期，田园文学成为英国最受欢迎的文学形式，其流行一方面受到欧洲大陆文明的影响，另一方面源于十六世纪后期英国主流社会对于土地和乡村的认识的变化。基思·托马斯（Keith Thomas）的最新研究成果表明，政权初步稳固的都铎王朝对农业和耕耘表现出前所未有的重视，"耕耘土地是文明的象征……未耕耘的公地就是'退化的自然的代表'"（基思·托马斯：254），于是多数贵族倾向于生活在乡村，他们的财富和名望正是由农业地产支撑着。加之十六世纪伦敦环境恶化，市民燃烧海煤产生的大量烟尘使城市空气污染严重，部分改变了人们对于城乡关系的认识，乡村成为众多城市居民的向往之地。整个十六

---

1 在基督教教义中，迷途的羔羊象征等待拯救的教众，牧人象征牧师，好牧人则是上帝的代表。

2 曼图安，原名为巴蒂斯塔·斯帕格努里·曼图安纳斯（Baptista Spagnuoli Mantuanus），曼图安是后人对他的尊称。

和十七世纪，众多作家开始主动摆脱中世纪将自然看作堕落之地的思维模式，而将其视为上帝赐予的令人愉悦的去处。自然虽仍旧是低级的，却受到越来越多的神学家和诗人的喜爱。然而，"对于信奉基督教义的艺术家来讲，直接赞美自然这一堕落的世界会构成神学意义上的挑衅，因此重新采纳田园诗歌模式便不足为奇了"（Hiltner: 81）。对自然和乡村的态度的显著扭转促使田园诗歌的发展进入全盛时期。

田园短诗和田园元素被广泛用于诗歌、戏剧、传奇故事甚至个人书信中。伊丽莎白一世时期，田园文学首先流行于宫廷，后成为大众娱乐的重要形式。五朔节时，伦敦人会来到草地与林间，在美丽的花丛、和谐的鸟鸣中畅享精神的愉悦。女王巡游期间也常有乡村主题的表演项目，对伊丽莎白女王的歌颂成为这一时期英国田园文学的重要主题。在伦敦举行的游行活动或公众娱乐活动中，牧人生活也是不可或缺的演出主题之一。詹姆斯一世和查理一世时期，田园主题依然风靡，常见于国王举办的假面舞会或私人剧院表演（Chaudhuri: xxiv）。文艺复兴时期，田园元素被广泛地应用于高雅或大众文化类型中，表现出极大的可塑性和延展性，成为英国当时最流行的文化元素。

1.2.1 伊丽莎白时期的田园文学

伊丽莎白时期是英国文艺复兴的高潮期，古典田园诗歌在这一阶段不断裂变，衍生出田园史诗、田园传奇故事、田园喜剧等变种，以及田园风景诗等各种田园诗子类型。在这一时期的史诗、戏剧、诗歌等作品中，田园短诗也时常作为插曲、独白或颂歌出现。田园想象成为文人创作的有机部分，用来表达各式各样的寓意和目的。文艺复兴时期影响最深远的非诗歌类田园文学要数锡德尼的田园传奇故事和莎士比亚的田园戏剧。锡德尼的《彭布罗克伯爵夫人的阿卡迪亚》是文艺复兴时期英国最流行的田园传奇故事。这部传奇故事既表现了理想的浪漫田园生活，又从一定角度反映了当时激烈的政治争斗和风起云涌的农民起义。莎士比亚的《皆大欢喜》

是文艺复兴时期最杰出的田园喜剧，采取了田园牧歌典型的廷臣隐退和回归的模式，中心场景是一处绿色世界——亚登森林（Arden）。Arden一词取自Arcadia和Eden，既有阿卡迪亚的欢乐无忧，也有伊甸园的天然富足。

威廉·哈兹里特（William Hazlitt）曾评论称，英国几乎没有优秀的田园诗人，"我们的举止不是阿卡迪亚式的，我们的气候不是四季如春的，我们的时代也不是黄金时代。我们没有可以与忒俄克里托斯媲美的田园诗人"（Hazlitt: 73）。哈兹里特自有其着眼点，他认为英国诗人对田园生活的描写大多不够自然清新。事实上，就英国文艺复兴时期的田园诗歌而言，其伟大之处恰恰在于思想的深刻性。这一时期是英国田园诗歌史上的黄金时代：这时的诗歌创意最为多样，题材最为丰富，寓意最为深刻，诗歌成就也最为显著。英国最早模仿曼图安创作田园诗歌的是诗人亚历山大·巴克莱（Alexander Barclay），他于1515年前后创作了五首牧歌，借描写乡村生活批评宫廷腐败。伊丽莎白时期的田园诗歌以古典田园诗歌为范本，模仿意大利和法国的诗歌技巧，融入英国化思考和本土元素，形成了属于英国的规范的田园诗歌形式，并占据了诗歌主流。这一时期的代表作品是斯宾塞的《牧人月历》。

正如年轻的维吉尔凭借《牧歌》一举成名，英国"诗人中的诗人"斯宾塞以《牧人月历》开启了属于他的诗歌时代。《牧人月历》包含文艺复兴时期田园诗歌的几乎所有特征，于1579年借化名出版，它的出版不仅是田园诗歌史上的重要事件，更是"英国诗歌史的大事件之一"（Kermode: 96）。它代表了当时英语诗歌的最高成就，使得英语诗歌可以与意大利语诗歌和法语诗歌比肩抗衡。诗人德雷顿称，"单凭一本《牧人月历》，就足以使埃德蒙·斯宾塞的诗名不朽，斯宾塞是英国头号田园诗人"（Drayton: 37）。斯宾塞受到了杰弗里·乔叟（Geoffrey Chaucer）的直接影响，力图使用纯地方性的英语语言进行创作，并有意使用古英语来体现一种古雅的美感，使诗歌充满艺术气息和肃穆感。《牧人月历》共十二首诗，每首诗前都印有木版画、概要，诗后都有题词、E.K.[1]的注释和评议。十二首诗以十二个月份命名，每个月份都描写了相应的季节风景、农业生产活动、世俗或宗教节日及星象变化，呈现出一幅独特的、恢宏的、英国化的自然和历史图景。这十二首田园诗歌虽反映了不同的主题，但具有明显的重复性和循环性。E.K.将它们归为三组，即"忧怨组诗"（plaintive category）、"道德组诗"（moral category）和"欢乐组诗"（re-creative category）。"忧怨组诗"表达对失恋或人生的感悟，分别为《一月》《六月》《十一月》《十二月》；"道德组诗"主要表达对政治和宗教的批判，包括《二月》《五月》《七月》《九月》《十月》；"欢乐组诗"表现快乐的乡村生活，包括《三月》《四月》《八月》。

斯宾塞继承了古典田园诗歌的诸多艺术手法。其一，《牧人月历》延续了古典牧歌中的牧人对歌或歌唱比赛的形式，诗歌往往以天色已晚或比赛分出胜负结束。其二，诗歌继承了维吉尔将牧人作为诗人代言人的手法，诗人穿着牧人罩袍感叹诗歌的荣耀或为灵感枯竭而苦恼。牧羊人柯林·克劳茨（Colin Clouts）就是斯宾塞的化身，正如维吉尔化名为提屠鲁一样。斯宾塞的同代人经常将他称为"柯林"，他本人也在《仙后》（The Faerie Queene）第六卷及《柯林·克劳茨回家记》（Colin Clouts Come Home Againe）等其他诗歌中多次使用牧人柯林的身份。其三，诗歌保留了潘神、福玻斯(阿波罗)、缪斯、命运三女神等田园诗歌中常见的异教众神形象，与牧人共同构成一个和谐互助的社区。其四，诗歌沿用了古典田园诗歌的情节和形式，如单相思、老牧羊人的劝诫等情节以及颂歌、挽歌等形式。其五，诗歌仍然献给宫廷人物，以获得恩主的政治庇护。

斯宾塞田园诗歌的成就在于其显著的本土化风格，表现出英国特有的

---

1 《牧人月历》首次出版时，便有E.K.为其评注，指出诗中的深意。至于E.K.是否真有其人，是否是诗人的好友爱德华·柯克（Edward Kirke），还是诗人本人的化名，学界见仁见智。

自然和社会风貌。他的诗歌在语言、情感、文化背景、世界观、道德和宗教观念上都与维吉尔的古典田园诗歌有所区别。《牧人月历》更是处处体现出英国本土特色。牧人不再有希腊化的名字，"柯林"、"西诺"（Thenot）、"卡狄"（cvddie）等都是英国普通乡村青年的名字。牧歌的背景亦从遥远的阿卡迪亚转移至英国的肯特郡，如《十一月》中的柯林在唱起给"伟大牧人的女儿"狄多（Dido）的挽歌时提到牧人住在肯特丘原。全诗描写的是英国的田园风景，出现了诸如山雀、斑鸠、画眉、夜莺等英国常见的鸟类，橡树、三色堇等典型的英国乡村花木，以及沼泽、湿地等英国自然风貌。诗歌中还出现了英国民间传说中的精灵。《六月》中希腊的潘神、美惠三女神（the Graces）与英国的林间精灵出没在同一片谷地："友好的精灵，与美惠三女神相遇，/宁芙仙女在夜间轻快地追逐"[1]。诗歌也不再只展现春夏两季，而表现出四季的更替，尤其注重展现英格兰的严冬。《一月》描述了冬天的严酷，将冬之严霜与生命的苦难相类比。实际上，冬日的冷寂是贯穿整个《牧人月历》的主基调；欲望和生存的挣扎、纯真与快乐的遗失是诗歌的内在之意。南希·林德海姆（Nancy Lindheim）认为，斯宾塞将时间概念引入田园诗歌当中，称时间是"支配生命的毁灭性的现实原则"，人类的身体和精神都会衰竭，诗中也不再永远是"黄金时代"，而是更接近生活的常态（Lindheim：138）。

《牧人月历》继承了中世纪文学的道德寓言传统，注重通过象征、反讽和类比等修辞手法进行道德教谕。比如《十一月》借助夜莺的形象歌颂自由人性；《二月》用橡树作为受难的基督的象征，表现基督徒在面临迫害时的坚忍（丁光训等：702）。《牧人月历》不同于古典田园诗歌的一个显著特征便是对基督徒生活和教会的关注。《六月》里失恋的牧人柯林羡慕快乐的霍宾诺尔（Hobbinol），将自己失去的无忧无虑的田园时光比作亚

1　引自《牧人月历》，原文参考网站 Renascence Editions 收录的电子书 *The Shepheardes Calender*。详见 http://www.luminarium.org/renascence-editions/shepheard.html。除《四月》外，本书的《牧人月历》引文均出自此电子书，由笔者所译，不注页码。以下各处不再另作说明。

当所失去的伊甸园："噢！快乐的霍宾诺尔，我赞美你的生活，/那是天堂的重现，亚当曾失却"。古典时期人神共居的阿卡迪亚到了文艺复兴时期演变为上帝恩赐的伊甸园。另外，基督教赋予死亡更积极的含义，指向基督道成肉身，死而复生。因此，在《十一月》中挽歌的最后，死去的女郎进入天国，悲伤的葬礼逐渐演变成"欢乐的葬礼"。《十二月》中再次提到了基督，这时牧人的神不再是潘神，基督取而代之成为唯一的神；柯林由于抛弃了世俗世界，虔诚地信仰基督，而获得了心灵的平静。

此外，诗人学习曼图安的做法，借用田园诗歌来反映宗教斗争和教会腐败。事实上，"在十六世纪中期的英国，为诗歌正名最有效的方式就是用诗歌为英国国教辩护"（Waller：72）。斯宾塞是伊丽莎白一世的宠臣莱斯特伯爵（Earl of Leicester）的秘书，锡德尼爵士的朋友，这两位都是激进的新教教徒。在《五月》中，诗人借牧人皮尔斯（Piers）之口大肆斥责天主教徒。在《七月》里，两位牧人讨论了什么是"好牧人"的问题，诗人认为住在低地中的汤姆林（Thomalin）才是真正的"好牧人"，他实际代表英国新教；住在山丘上的莫雷尔（Morrel）则代表高高在上的天主教会，E.K.称他是"傲慢又野心勃勃的牧人"[1]。诗人借汤姆林之口讽刺天主教徒无所事事，追求浮华和享受。

> 他们的羊吃面包屑，他们吃面包：
>
> 切成片，配上美好佳肴：
>
> 他们剪掉羊毛，让羊长臕，
>
> （噢，瞧那傻羊）
>
> 谷物是他们的，打谷却是其他人的活计，
>
> 他们双手绝对不碰。
>
> 他们谷仓盈满，存货丰盈，

---

1 原文为pastour一词，在古英语中指牧人，E.K.在这里一语双关，既指牧人，又指牧师。

> 高朋满座，敌人寥寥：
>
> 他们怎么用得着看护羊群？

在诗人笔下，天主教徒如同社会的寄生虫，不但无法拯救世人的灵魂，还抢夺大众的劳动果实。对罗马天主教的批判和对英国新教的赞扬是《牧人月历》的主旨之一。

《牧人月历》以独特的视角呈现出伊丽莎白时期特有的社会形态，影射了这一时期英国的政治和社会问题。譬如《四月》中对牧羊女王伊丽莎（Elisa）的贞洁的歌颂，事实上也是对伊丽莎白一世委婉的谏言，即请求她保持贞洁，不要嫁于天主教徒阿朗松公爵弗朗索瓦（François, Duke of Alençon）。

> 让你们清越的歌声把伊丽莎赞颂，
>
> 那有福的佳丽：
>
> 贞女的花朵啊，祝愿她欣欣向荣，
>
> 在王家境地
>
> 绪任克斯的女儿，她毫无瑕疵，
>
> 牧人的潘神生下了她这个孩子：
>
> 雍容的风度
>
> 来源于神族，
>
> 沾染不了人间的污渍。（斯宾塞：15–16）

诗人反复强调牧羊女王"毫无瑕疵""沾染不了人间的污渍"，实是劝诫伊丽莎白女王不要轻易谈婚论嫁。《九月》中的笛根·戴维（Diggon Dauie）如梅利伯一样，是一位被剥夺了财产的牧人。这首诗揭露了羊吃人的"圈地运动"和公地减少引发的农民生活贫困、流离失所的社会现实："如果你在附近转悠，/你几乎看不到烟囱冒烟/肥壮的公牛原本安卧牛栏，/如今命悬一线任人摆布"。诗歌在揭示圈地运动给乡村贫民带来深重灾难的同时，也表现了城市资产阶级的罪恶。

除了对现实问题的隐喻，《牧人月历》还体现了一种普世关怀：诗歌通过牧人柯林的故事，表现了个体从青春期到成年发现自我的过程，涉及对于爱情、人生、未来和死亡的思考。阿尔珀斯认为《牧人月历》提出了若干核心问题，比如牧人最重要的象征是什么（Alpers，1996：177）。在阿尔珀斯看来，田园诗中的牧人代表着现实生活中的每一个普通人，直指人的本质。他说："无论我们的命运如何迥异，都会遇到相似的情形。牧人的生活的确代表着我们所有人的生活"（Alpers，1982：455）。

斯宾塞的《牧人月历》是自维吉尔以来所有用欧洲语言写就的田园诗歌中最为完善的一部，但也有一定的缺点。蒲柏认为，与古典田园诗相比，《牧人月历》的"篇幅过长"，"寓言性过重"，"诗节音律不一致"，"长短不规整"；"他所使用的古英语和乡村语句有的是完全过时的，或者是最卑劣的人才会使用的"（Pope，"Alexander Pope <? 1704>"：52）。另外，诗中每个季节三个月份之间的区分并不那么清晰，因此有些描写显得重复（53）。蒲柏以维吉尔的《牧歌》为范本，以古典田园诗歌为评判标准，认为《牧人月历》有上述缺点，但我们应该意识到，使用古英语是斯宾塞有意为之，为向乔叟致敬，同时也是他为田园诗歌本土化所作的尝试之一。《牧人月历》出版后即大获成功，成为英国田园诗歌的典范，吸引了众多追随者。其后继者中成就最为突出的当数德雷顿，他的田园组诗《思想：牧羊人的花环》是符合古典牧歌及英国田园诗歌规范的杰出作品。

伊丽莎白时期还流行田园爱情诗，即以田园牧歌的形式表达对自由爱情的追求。出版于1600年的《英诗渊薮》选录的田园诗歌多数以爱情为主题，其中最著名的当属克里斯托弗·马娄（Christopher Marlowe）的名作《多情牧童致爱人》。这首诗节奏明快，充满青春的活力，表达了年轻牧人爱的邀约："来与我同居吧，做我的爱人，/我们将品尝一切的欢欣，/凡河谷、平原、森林所能献奉，/或高山大川所能馈赠"（马娄：64）。诗中的牧人将乡村生活理想化，这种生活如同身处伊甸园，只有玩乐，无须劳作。牧人还承诺二人将一起接受大自然的馈赠：

> 最细的羊毛将织你的外袍，
> 剪自我们最美的羊羔，
> 无须怕冷，自有衬绒的软靴，
> 上有纯金的扣结。

> 芳草和常春藤将编你的腰带，
> 琥珀为扣，珊瑚作钩。（马娄：64）

这里的自然馈赠似乎过于奢华，显然这位叙述者根本不是牧人，而是伪装成牧人的廷臣。他假扮成牧人以强调内心感情的单纯和炽烈，但"最细的羊毛""衬绒的软靴""纯金的扣结"更多地表现了一种沉湎于物欲和爱欲的享乐主义。这首牧歌曾引起同时代至少三位诗人的应答，包括约翰·多恩（John Donne）、罗伯特·赫里克（Robert Herrick）和沃尔特·雷利（Sir Walter Raleigh），其中以雷利于1600年发表的《林中仙女答牧羊人》最为出色。这首诗采用与上述邀约诗几乎相同的结构，一一驳斥牧羊人的"谎言"，拒绝牧羊人的邀约。林中仙女回应道：

> 一张甜蜜的嘴，一颗恶毒的心，
> 是幻想的春天，是悲哀的冬天。

> 你的长袍、你的鞋、你的玫瑰床。
> 你的冠冕、你的花束、你的裙装，
> 会很快衰败、枯萎、被遗忘——
> 在愚蠢中生，在理智中灭亡。（雷利：21–22）

这位林中仙女非常理智，她不相信牧羊人的甜言蜜语，也不相信乡村生活有那么美好。在她看来，正如冬天必将来临，爱情总会衰败，生活也将陷入无望和痛苦。这首应答诗通常被认为是最早表现乡村真相、持现实主义态度的反田园诗歌。

英国田园诗歌在十六世纪得到了显著的发展，孕育了新的主题和形式，反映了英国独有的社会现象。乔杜里总结了文艺复兴时期田园诗歌的总体特征，提出这一时期的田园诗歌虽数量众多，但少有上乘之作，大多是对曼图安等诗人的模仿之作，彼此大同小异；但无可否认的是，正是众多这样的诗歌一起共同形成了文艺复兴时期田园诗歌百花齐放的盛景（Chaudhuri：xxv）。

伊丽莎白时期的田园诗歌主要朝着两条路径发展，一条是曼图安式的宗教寓言诗或道德教谕诗，一条是桑纳扎罗式的田园隐退诗或爱情诗。前者是受赞助的文人献给恩主的献媚或政治宣传之作，如上述斯宾塞的田园诗歌便表现出鲜明的宗教批判性和政治寓意；后者是廷臣或贵族的自娱自乐之作，如马娄的田园爱情诗，牧人不过是一种理想化的面具或高雅的伪装，田园也仅仅作为宫廷娱乐的戏剧场景。罗森梅耶指出，伊丽莎白时期的田园诗歌之所以变得愈来愈戏剧化和浪漫化，是因为它要刻意避免古典田园诗歌的简单性，显示"复杂性和分量"，诗人需要赋予其"情节、一定的长度和德育效果"（Rosenmeyer：9）。诗人在田园诗歌中增添了戏剧性，使得田园诗歌更符合宫廷贵族的文化审美。

就田园文学这个更大的类型而言，它在伊丽莎白时期已然成为最受欢迎的文学形式，也常常表现为典型的宫廷文学。"隐退—回归"是这一时期田园文学的经典模式：廷臣离开熟悉的庇护所来到乡村，获得一种全新的生活态度，最终再以全新的面貌重返宫廷。退居田园是道德上和精神上的放松：在田园中，时间仿佛不再存在，人们有足够的自由找寻自我，廷臣在这里能够返璞归真，找到最本质的需求，看到自身更多的可能性。因此，"隐退田园"一直是田园诗歌和其他田园文学类型的重要主题。

雷纳托·波吉奥利（Renato Poggioli）总结道："一旦都市生活的喧嚣变得难以承受，人们开始逃避它带来的压力，起码从思想上逃离的时候，田园诗歌就会出现"（Poggioli：100）。

但隐退之后的最终结局必然是"回归宫廷"。正如吉福德所言，"无论田园隐退的地点和模式有哪些可能，从某种意义上来说，肯定伴随着从隐退之处回归文化背景这一过程，这趟旅程的意义就要放在这一文化背景中来理解"（Gifford，1999：81）。换言之，隐退只是短暂的经历，只是远离生存压力和痛苦的一种喘息。作为主角的王公贵胄，他们不管多喜爱乡村美景，内心仍旧依恋宫廷。此外，乡村也未必如看上去那般宁静祥和，"这个田园世界既安全又脆弱。如果它是一个封闭的场所，那么封闭意味着意识到了外在的危险势力。如果它就是无忧而简朴的，它的简朴则可能是因为无知或无助"，因此，回归宫廷是最好的选择（Ettin：12）。隐退的过程孕育了重新看待问题并解决问题的视角，这种新的认知促成了回归宫廷时矛盾的化解及问题的解决。

1.2.2　十七世纪的田园诗歌

伊丽莎白一世去世后，英国社会动荡不安，宗教和经济问题层出不穷。1640年，英国内战爆发，战火和冲突持续不断，一直到1688年光荣革命才得以平息。整个十七世纪，资产阶级的地位持续上升，新兴资产阶级和土地贵族开始争夺土地所有权；他们使用各种手段一步步把农民从土地上赶走，佃农和自耕农逐渐失去了土地。虽然政治斗争不断，英国首都伦敦却在持续扩张。从1500年到1700年，伦敦的人口翻了十倍（Hiltner：70）。早在伊丽莎白时期，工业和家用的海煤已经造成了伦敦严重的空气污染。十七世纪初，烟尘、噪音、工业废物、卫生等城市问题在伦敦已经十分突出。城市的弊病更加凸显了乡村的价值，人们渴望逃出令人窒息的伦敦，回归绿色清新的田园。同期，人们的自然观念也发生了极大的变化，自然逐渐被赋予了一种积极的宗教力量。基思·托马斯指出，从十七世纪开始，人类越来越淡化"堕落"（the fall）的概念，不再强调自然的衰败，更强调自然是上帝的设计，"人们越来越普遍地认为自然是为了上帝的荣耀而存在的"（基思·托马斯：169）。不仅如此，人们越来越倾向于"将上帝看作是无处不在的而不是超验的"（Hiltner：80）。乡村处处彰显着上帝的神功造化，于是在乡间散步沉思被赋予了庄严的宗教意味，尤其在1640年之后，"退居乡间不再只是对抗腐败世界的反抗机制；它是敞开的大门，通往人类之前的乐园"（基思·托马斯：259）。

十七世纪，田园戏剧依旧十分流行，琼森的《悲伤的牧羊人》（*The Sad Shepherd*）和《重现黄金时代》（*The Golden Age Restored*）、德雷顿的《牧人赛琳娜》（*The Shepheards Sirena*）、约翰·弗莱切（John Fletcher）的《忠诚的牧羊女》（*The Faithful Shepherdess*）等都大放异彩。十七世纪的田园诗歌也继续保持着蓬勃发展的势头。德雷顿之后，斯宾塞一派的诗人还有威廉·布朗（William Browne）、乔治·魏瑟（George Wither）和菲尼斯·弗莱切（Phineas Fletcher）。此外，田园诗歌发展至此，已经演变出一些本地化的子类型，如田园寓言诗、乡村庄园诗、田园风景诗、田园隐退诗等（Chaudhuri：xxiv-xxv）[1]。这些诗歌类型均延用田园诗歌对乡村人物和乡村风景的描写，但侧重点各不相同。田园寓言诗利用田园诗歌影射英国现实社会中的政治和宗教矛盾，如玛格丽特·卡文迪什（Margaret Cavendish）利用田园诗歌表达保王党的政治需求，安东尼·斯宾至（Anthony Spinedge）利用田园挽歌悼念被砍头的查理一世。另外，政局动乱促成了众多田园隐退诗的出现，其中最为著名的有亚伯拉罕·考利（Abraham Cowley）的短诗《心愿》（"The Wish"）和《幽独》（"The Solitude"），以及查尔斯·克顿（Charles Cotton）的《隐退》（"The Retirement"）。田园风景诗侧重描写地形地貌和自然风景，最成功的是

1　学界对于文艺复兴时期田园诗歌的分类并没有一致的意见，不同的批评家根据不同的标准或理论形成了不同的分类方式。本书参考了乔杜里的分类，此处只介绍其中最为重要的几个类型。

德雷顿1612年出版的名作《多福之邦》（*Poly-Olbion*），此作主要描写了英格兰和威尔士的地理风貌和乡村美景。约翰·德纳姆（John Denham）的《库珀山》（*Cooper's Hill*）也是田园风景诗的代表作，主要描写了泰晤士溪谷的风景。这些子类型逐渐从古老的田园诗歌文类中分离出来，有的发展为自成一体的诗歌类型并流传下来，如田园风景诗；有的短暂兴盛之后便消失了，如乡村庄园诗。乡村庄园诗极具十七世纪的时代特色，虽昙花一现，但造诣极高。

作为田园诗歌的分支，乡村庄园诗是田园诗歌英国本土化的结晶。贵族们在乡间或城郊大兴土木，建造奢华时髦的乡村庄园，定期在城市与乡村之间往返居住。英国第一首乡村庄园诗是1611年女诗人艾米莉亚·兰耶（Aemilia Lanyer）献给恩主坎伯兰伯爵夫人玛格丽特·克利福德（Countess of Cumberland, Margaret Clifford）的《库克姆之歌》（"The Description of Cookham"），诗中恩主的库克姆庄园被塑造为女学者的天堂。琼森的《致潘舍斯特》（"To Penshurst"）和《致罗伯特·罗斯爵士》（"To Sir Robert Wroth"），托马斯·卡鲁（Thomas Carew）的《致萨克斯海姆》（"To Saxham"），以及马维尔的《阿普顿宅邸》（"Upon Appleton House"），都是典型的乡村庄园诗。乡村田园诗的出现与诗人受恩主赞助的传统相关：恩主为诗人提供住所和食物，诗人写诗回馈恩主的慷慨。琼森曾在锡德尼的出生地——肯特郡的潘舍斯特庄园短暂居住，发表于1616年的《致潘舍斯特》便是为了赞颂庄园主；卡鲁在友人约翰·克罗夫茨爵士（Sir John Crofts）的萨克斯海姆庄园客居多年，于1640年发表的《致萨克斯海姆》是为了致敬友人；1651年，马维尔给费尔法克斯爵士（Lord Fairfax）的女儿当家庭教师，在此期间出于感恩写就《阿普顿宅邸》。这些诗歌"被用来奉承恩主，赞颂恩主能够轻松地将乡村田产管理得井井有条、生机无限"（Gifford，1999：30）。阿拉斯特尔·富勒（Alastair Fowler）总结了乡村庄园诗的常见要素，包括"邀请和欢迎、娱乐活动、参观、致谢、隐退、花园和幽谷、密室和走廊、建筑和重修、打猎等"（Fowler：14－16）。

歌颂庄园主的美德是乡村庄园诗的目的。例如，《致潘舍斯特》开篇就将潘舍斯特同其他宅邸作比较，以突出庄园主的美德。

> 潘舍斯特，修建你的目的不是为了炫耀
>
> 展示，你并非用大理石建成；这里也没有一排
>
> 磨光圆柱，或是黄金屋顶：
>
> 你并不像传闻所言，有着穹隆顶塔，
>
> 或者楼梯、庭院；但却古老巍峨，
>
> ……
>
> 尽管你的围墙是用乡下石头建起，
>
> 但它们没有造成任何人的毁灭，也没有人抱怨，
>
> 没有哪个在周围居住的人希望它们倒塌。（转引自威廉斯：41）

琼森歌颂庄园主顺应土地使用传统，不改变当地原始风貌，不胡乱引进外来的植物和奇异的建筑风格。马维尔的《阿普顿宅邸》同样以房屋的建筑风格和材质开头，称赞这座宅邸"不是外国建筑师的作品"，它"正如自然，整齐又亲切：/ …… 体型大的人屈身/才能进入门洞，/好似练习，通过耸立的门，/费劲力气穿过天堂的大门"（Marvell, "The Appleton House"）。马维尔将低矮的门洞与天堂之门相比，表现庄园主的低调与谦卑。乡村庄园诗中的庄园主多被刻画为怀有仁爱慈善之心的绅士，而非高不可攀的贵族。他们乐善好施，关爱穷人，将田产所出与穷人共享，将晚宴向所有人开放。他们还善于经营，能够与地产上的人和动植物和谐共处。由于遵循自然秩序，庄园呈现出欣欣向荣的景象。

乡村庄园诗往往将庄园描写为基督教伊甸园与希腊神话中"黄金时代"的统一体，丰饶又透着人情味。自然的慷慨、庄园的富足是乡村庄园诗的必备要素。在《致潘舍斯特》中，人们不用辛苦耕作，便有果子

挂满枝头，人们只需采摘享用："早熟的樱桃和晚熟的李子，/无花果、葡萄和榅桲，应时出产：/红红的杏和毛茸茸的桃/挂在你的围墙上，每个孩子都能够到"（转引自威廉斯：46）。这里土地肥沃，物产丰盛，自然界似乎会无限地赠予。卡鲁在《致萨克斯海姆》中将这种自然的慷慨表现得更为夸张和理想化。

> 野鸡、山鹑以及云雀
>
> 飞进您的宅邸，恰似飞进方舟。
>
> 公牛甘愿走进
>
> 屠宰场，和羊羔一起
>
> 每一只野味都主动
>
> 将自己供奉。
>
> 长着鳞的鱼儿在盘子中
>
> 比在小溪中还要快乐。（Carew, "To Saxham"）

庄园是神佑的"方舟"，牲禽在这里自愿被宰杀，这显然是诗人一厢情愿的想法 —— 赋予人类对自然万物的支配权，带有明显的人类中心主义色彩。这种不平等的关系不仅存在于人类与非人类之间，还存在于庄园主和佃农之间。

实际上，乡村庄园诗并未遮蔽真正的社会等级关系，自然秩序仍旧是一种等级秩序。在庄园的土地上，庄园主既如潘神一样，是这块田产的保护神，又如同国王一般，对土地、林地、飞禽走兽和佃农施加生杀予夺的权力。《阿普顿宅邸》的最后一节中，马维尔将庄园主的女儿描写成居于伊甸园的夏娃，草地供她嬉戏玩耍，花朵为她提供花冠，河流为她展现美貌，树林是她秘密安全的领地。实际不公正的等级关系被美化成一种自然秩序。威廉斯从社会政治关系入手，指出《致潘舍斯特》中的慈善宴席模糊了庄园主与佃农之间实质上的剥削与被剥削关系：穷人辛苦劳作的事实被忽略，劳工关系被神秘化。因此，这些乡村庄园诗本质上描写的"不是乡村生活，而是社会赞美；一种人们熟知的对贵族及其服务者的夸张修辞"（威廉斯：48）。乡村庄园诗流行于1600—1660年期间，随着王室复辟，英国乡村资本主义快速发展，乡村面貌日渐改变，乡村庄园的风格和功能发生了显著变化，诗中所反映的生活方式亦随之改变，乡村庄园诗逐渐式微。

除了乡村庄园诗，马维尔还创作了大量带有个人和时代特征的规范的田园诗歌，如"割草人组诗"[1]、《林泽仙女哀悼小鹿之死》（"The Nymph Complaining for the Death of Her Faun"）和《克拉琳达与达蒙》（"Clorinda and Damon"）等，这些诗歌多是他住在阿普顿庄园期间创作的。这段隐居生活让马维尔能够不被世事打扰地进行更为超然、更具哲思的玄学思考，为其诗学成就奠定了基础。《花园》与《阿普顿宅邸》一样是十七世纪田园诗歌的经典之作。作为一首田园隐退诗，其特殊性在于诗中隐退之处乃是花园，而非传统的田园，表现出一种颇具时代性的"花园境界"。封闭的、与世隔绝的花园暗指基督教的伊甸园，是十七世纪田园诗的典型意象，出现于大量诗歌中，如弥尔顿的《失乐园》。

《花园》全诗共九个诗节，前五节主要展现花园的静谧和富足，使人身心放松，后四节则是对精神和灵魂平静的追求，表现出诗人进入花园之后思想的不断净化和升华。诗歌开头，诗人因"棕榈、橡叶或月桂"象征的胜利和荣誉而烦扰，来到这幽静的花园，惊讶于这"可爱的绿色"（马维尔：134-135）。诗人随之进入"花园境界"的第一层——宁静和幽独。诗中，诗人特意点出了花园的"宁静""天真无邪""幽独"，暗指其与古

1　"割草人组诗"共四首，分别为《割草人不喜花园》（"The Mower Against Gardens"）、《割草人达蒙》（"Damon the Mower"）、《割草人致萤火虫》（"The Mower to the Glowworms"）和《割草人之歌》（"The Mower's Song"）。四首诗歌均为割草人达蒙（Damon）的内心独白，时间依次对应暮春、盛夏、早秋和初冬，主题为控诉人造花园、单相思等，以类似《牧人月历》的视角表现了割草人达蒙一年中的成长。

典田园诗歌的互文性(马维尔:134-135)。随后诗人的欲望慢慢褪去,感受到花园犹如伊甸园一般丰饶富丽。丰饶便是花园的第二层境界。在花园中,人获得自由,得以随心随性地享受上帝的各种恩赐。这里永远温暖如春,树上挂着吃不完的果实:"成熟的苹果在我头上落下;/一束束甜美的葡萄往我嘴上/挤出像那美酒一般的琼浆"(136)。在这富足而安定的自然中,诗人进入"花园境界"的第三层——冥思。古希腊的伊壁鸠鲁派鼓励人们过隐居的生活,"伊壁鸠鲁花园"逐渐指代"哲学家的花园"。在十七世纪,花园已经成为理想的隐退和静思场所,也是圣灵的所在。在这"哲学家的花园"中,"头脑因乐事的减少,/而退缩到自己的幸福中去了:/头脑是海洋,其中各种类族/都能立刻找到自己的相应物"(136)。诗人将头脑比作包容万物的海洋,充分体现了玄学巧思,颇具马维尔的个人特色。之后,诗人层层推进,越来越远离世俗,越来越形而上,勾画出一个超然神秘的理想世界:凡世中的一切虚妄都消散了,"变成绿荫中的一个绿色的思想"(136)。最后,诗人的"花园境界"达到至善——一个没有异性、没有欲望的乐园。

> 这时,人还没有伴侣,在此逍遥:
>
> 经历过如此纯洁甜美的去处,
>
> 还须什么更适合他的伴侣!
>
> 然而想要独自一个在此徜徉,
>
> 那是超出凡人的命分,是妄想:
>
> 想在乐园里独自一人生活,
>
> 无异是把两个乐园合成一个。(137)

显然,马维尔心中的伊甸园并非《圣经》中亚当和夏娃居住的乐园,这里只有亚当,没有夏娃。"在乐园里独自一人生活",在诗人看来是双重的快乐。没有情欲,便不用担心原罪和堕落,也就能够永远留在伊甸园中。《花园》反映出灵魂与肉体的矛盾。马维尔将爱情和异性当作扰乱平静生活的罪魁祸首，表现出对情欲的恐惧，有厌女的倾向，是对古典田园诗歌单相思主题的极端化处理。苏珊·斯奈德（Susan Snyder）将《花园》中理想世界的特征总结为："空闲，安逸，富足，无时间性，独居的满足，无须劳作，没有欲望以及不知匮乏"（Snyder：78）。这种独居的富足乐园既体现出马维尔的巧思，也表达了他强烈的避世愿望。《花园》还体现了逃避乱世、享受孤独的文人情怀。花园里的生活为经历过内战、四处游荡的诗人所珍惜。不论外界的政治局势如何，这里永远都是一派生机勃勃的繁荣景象。诗人喜欢玄思，希望舍弃"棕榈、橡叶或月桂"带来的烦恼，躲到自然中，满足于这"哲学家的花园"，规避积极的入世行为。但诗人明白，纯粹的"哲学家的花园"并不存在；短暂休憩后，诗人再次获得面对现实的勇气和面向未来的希望。可见，隐退花园蕴含着回归的可能性。

喜欢隐退乡村花园的不仅有马维尔，还有弥尔顿。1632年，从剑桥硕士毕业的弥尔顿本可以获得一份牧师的工作，但他因厌恶教会腐败拒绝了这一职位，之后便在父亲新建的乡村别墅中隐居了数年。这期间，他潜心治学，钟爱写作田园诗歌。《幽思的人》（"Il Penseroso"）、《快乐的人》（"L'Allegro"）和《利西达斯》[1]都是这一时期的佳作。在《幽思的人》和《快乐的人》中，弥尔顿提出了著名的"快乐的人"的概念，他认为行动上的快乐是纯粹感官的快乐，不是深层次的快乐，只有"幽思的人"才是真正快乐的。

经典挽歌《利西达斯》作于1637年，是剑桥师生悼念因沉船而丧生的剑桥学生爱德华·金（Edward King）的作品之一，收录于1638年出版的挽歌集《悼念爱德华·金的葬礼》（*Justa Edouardo King Naufrago*）中。塞缪尔·约翰逊（Samuel Johnson）评价《利西达斯》中的情感和意象具

---

1 《弥尔顿抒情诗选》的译者金发燊将之译为《黎西达斯》，但现多译为《利西达斯》。本文考了其诗歌译文，但采用的是《利西达斯》这一译名。

有美感,"但并非出自天然的情感,显得做作"(Johnson:71)。诺斯罗普·弗莱(Northrop Frye)则认为,《利西达斯》所表达的"不是个人感情的真挚,而是诗歌的真挚"(Frye:210)。弥尔顿与死去的金不算是挚友,但他的诗歌确实充满感情。

《利西达斯》全诗共193行,主要采用抑扬格五音步诗体,其中夹杂着一些自由韵体诗行和长短诗行。《利西达斯》带有明显的古典田园挽歌的烙印,诗名取自忒俄克里托斯的田园诗歌,诗歌本身也继承了其田园挽歌传统,同时借鉴了古希腊诗人彼翁(Bion)的挽歌《哀阿多尼斯》(*Epitaph of Adonis*)的写作手法。《哀阿多尼斯》哀悼的是非正常死亡的、有才华的牧人,即年轻诗人的化身。在《利西达斯》中,诗人回忆二人在剑桥的同窗生活,将其描绘成牧人所过的自由自在的美好田园生活:"我们俩在同一山岗上哺育成长,/牧同一羊群,在泉边,树荫下,河川旁"(弥尔顿:217)。诗歌包含多个歌唱对象和发声体,采取了质询、命令、痛斥、安抚等多种语气,情感线索为甜蜜回忆、质询和哀悼、获得安慰。诗歌还沿用了情感错置以及将死者神化等挽歌常用的表现手法。与斯宾塞田园诗中的基督教意象类似,弥尔顿的基督教意象也与古罗马异教信仰相混合。诗中,利西达斯之死使得异教众神慌乱不堪,直到救世主将逝者带入天堂,危机才得以解除。

《利西达斯》具有十七世纪英国社会的时代印记,表现出当时清教徒与新教教会之间的矛盾。与文艺复兴时期的同类田园诗歌一样,"好牧人永远都是以常见的基督形象出现,充满爱心的牧师被树立为腐败教会的对立面"(威廉斯:30)。弥尔顿作为一名清教徒,借圣彼得之口,明确表达了对腐朽堕落的英国教会阶层的强烈谴责。

> 多的是这样的人,为了欲壑
> 偷偷地连挤带爬进了教会!
> 对别的事儿他们丝毫不琢磨,

只争先恐后上剪羊毛丰收的筵席，

……

饿羊仰头求食，哪能得一饱，

喝撑西北风，毒雾疠瘴遍地跑；

还有狼暗中伸魔爪穷凶极恶，

天天吃一片，人们不吭不叫。（弥尔顿：223-225）

    作为激进的清教徒，弥尔顿把僧侣们比作闯进羊圈里的恶狼，强烈抨击了僧侣阶层贪图享乐、监守自盗的行径。不同于田园挽歌的凄婉，《利西达斯》的音韵更加激昂，情感更加激越，彰显了诗人对抗社会不公的决心，迸发着澎湃的革命激情。这首挽歌写于英国内战爆发前夕，国内宗教矛盾一触即发，它正像是革命的预言："瞎眼的复仇女神用可怕的剪刀，剪断薄如织锦的生命"，罪恶的势力终将在末日审判得到严惩，因为教会"门口那两手操作的机器/等待着一劳永逸一举歼灭"（225）。

    田园诗歌在文艺复兴时期是宫廷和城市文化想象的一部分。这一时期的田园诗歌延续了古典田园诗歌中的城乡对立主题，并衍生出几组重要的对立关系，如乡村与城市、自然与艺术、理想与现实等，这几组对立关系相互联系、彼此渗透，使得田园诗歌内外的城乡关系愈加复杂。一方面，在文艺复兴时期，随着希腊传说逐渐融入基督教教义，英国乡村不再与"黄金时代"的意象结合，而多被比作伊甸园，于是从乡村到城市的转移就意味着人类从被福佑的纯真状态堕落。另一方面，城市对文化的支配性也愈发明显。希尔特纳认为，"英国文艺复兴时期的田园诗歌主要是伦敦现象"（Hiltner：71）。伦敦的扩张带来了城市阶层的细化以及新的传统和道德标准，城市往往被当作智识和乐趣集聚之地，象征着文明和世故。事实上，整个文艺复兴时期，宫廷和城市上层阶级支配着关于乡村想象的文化霸权。田园诗歌里往往有两个世界，前景是概念化的田园环境，背后则隐藏着起支配作用的宫廷和城市势力。

文艺复兴时期的田园诗歌在歌颂田园美景的同时并没有遮蔽现实。在锡德尼看来，田园诗歌表面上是"关于狼和羊的小故事"，实则展现了底层人的苦难和上层人的权力（Sidney：34）。田园诗歌通过底层人之口说出了深刻的道理。彼时的人们相信田园诗歌具有广泛的适用性，"可以用在任何地方，可以涉及关系任何人的任何问题"（Lindheim：2），正因如此，英国田园诗歌在文艺复兴时期达到了辉煌的巅峰。在这一时期，"田园模式的潜力得到了深入挖掘"（Chaudhuri：xx）。此后，英国田园诗歌于十八世纪完成了本土化进程。

1.3　成熟——新古典主义时期

光荣革命后，君主立宪制稳固确立，从安妮女王继位到乔治一世薨殁的二十多年间，英国暂时摆脱了宗教纷争，一直维持着表面的和谐稳定，资产阶级因此快速崛起。十八世纪上半叶，英国农业经济经历了巨大变革，圈地运动愈演愈烈，逐渐由地主自发组织演变为议会主导。这一时期英国农业经济繁荣，农产品逐渐商品化，大宗销往海外市场。政治家十分注重农业改革，大力培植贵族和乡绅的经营意识，鼓励他们以市场为目标进行生产。处于和平盛世之中，思想界再次出现了复兴古希腊罗马艺术的思潮，诞生了主张高雅、简洁、工整的新古典主义文学思想，田园诗歌不可避免地被裹挟其中。

1.3.1　十八世纪的田园诗歌

1709年，一本诗集的出版引发了英国文学史上关于田园诗歌理论的首场论辩。这一年雅各布·汤森（Jacob Tonson）主编的《诗歌杂集·六》（*Poetical Miscellanies: The Sixth Part*）收录了大量当时优秀的田园诗歌作品，以菲利普斯的六首诗歌开头，以蒲柏的"田园组诗"

（"Pastorals"）四首结束。两位诗人的田园诗歌虽都以古典田园诗歌为蓝本，却有着明显的差异。约翰逊如此评价二人："菲利普斯效法斯宾塞，蒲柏则模仿维吉尔。菲利普斯设法写得自然，蒲柏则尽力表现雅致"（约翰逊：319）。这一说法立刻引起了评论者的注意。论战的导火索是1713年春托马斯·迪科尔（Thomas Tickell）在《卫报》上连发五篇文章高度赞扬菲利普斯的田园诗歌，完全无视蒲柏，引起蒲柏的反击。以斯威夫特为代表的一派支持蒲柏，以约瑟夫·艾迪生（Joseph Addison）为代表的一派立挺菲利普斯。

蒲柏与菲利普斯的论战持续数十年，双方针锋相对，争执的核心在于自然与艺术的矛盾：田园诗歌到底应该更加艺术化，模仿古典田园诗歌，反映田园理想，还是应该贴近自然和现实，反映真实的英国乡村和农人。蒲柏与菲利普斯的田园诗歌反映了不同的创作原则。二人均创作了单相思主题的爱情诗和挽歌，但写法有所差异。蒲柏"田园组诗"中的《冬》是一首古典形式的挽歌，悼念一位化名为达芙妮（Daphne）的贵族妇女坦皮斯特夫人（Mrs. Tempest）。诗歌模仿古典田园挽歌的结构，包含六个不同主题的诗节，分别以"美丽的达芙妮已死，爱情/美人/快乐/音乐/荣耀/悲伤不再"[1]结尾。多个诗节运用了古典挽歌常见的情感错置手法来营造一种万物同悲的效果。

> 再没有了，鸟儿，模仿她的歌谣，
>
> 或者，惊奇地住嘴，倾听着她的倾诉；
>
> 再没有了，溪流，忘记他们的低语，
>
> 去欣赏更美妙的音乐；
>
> 但是，告诉芦苇，告诉歌唱的河堤，

---

1 引自"田园组诗"四首，原文参考网站Online Library of Liberty收录的 *The Complete Poetical Works of Alexander Pope* 电子书，由笔者所译。详见http://oll.libertyfund.org/title/2278。以下各处不再另作说明。

> 美丽的达芙妮已死，音乐不再！

蒲柏的挽歌语言简洁、结构对仗、韵律优美，重点在于歌颂达芙妮的美德。

菲利普斯的挽歌悼念的是1700年夭折的安妮女王的唯一继承人乔治王子，诗中将乔治王子称为阿尔比诺（Albino）。

> 噢，愿你温和的灵魂永享安宁！
> 你的身上盖着鲜花盛开的草坪；
> 没有猫头鹰在此尖叫，没有蝙蝠，在你的墓碑旁环绕，
> 没有午夜精灵来这里狂欢。（Philips, "The Third Pastoral. Albino"）

菲利普斯的挽歌中出现了古典田园挽歌中没有的坟墓意象。虽然阿尔比诺的坟墓上青草覆盖，鲜花盛开，仿佛逝者获得了永恒的青春，然而诗中反复出现象征死亡和黑暗的猫头鹰、蝙蝠及午夜精灵意象，难免给人一种异教的神秘感。诗中亦多次提到阿尔比诺的母亲，对安妮女王的恭维随处可见。

论战中，两派不断细化各自的创作标准，展现了古典田园诗歌英国化过程中的观点碰撞。蒲柏一派主张田园诗歌的写作应该谨遵古典传统，认为田园诗歌是模仿性的、人为的。蒲柏在1717年发表了一篇关于田园诗歌的论文《论田园诗》（"The Discourse on Pastoral Poetry"），将田园诗歌的理想定义为"淳朴、简洁和精致"（simplicity, brevity and delicacy）[1]，使之符合其在《批评论》（"An Essay on Criticism"）等作品中确立的新古典主义文学的艺术标准。他认为"田园诗歌中的乡村应是黄金时代的再

---

[1]　引自《论田园诗》，参考网站Online Library of Liberty收录的 *The Complete Poetical Works of Alexander Pope*电子书，由笔者所译。详见http://oll.libertyfund.org/title/2278。以下各处不再另作说明。另，蒲柏本人声称论文的部分段落写于1704年，但并无证据证实。

现，不能按照真实的乡村来描写乡村，而是要按照人们心中的理想乡村来描写"。在菲利普斯一派看来，蒲柏的田园诗歌"完全幼稚"，"缺乏现实性"（Heuston: 160）。他们大力推崇菲利普斯的自然化描写，如艾迪生赞美菲利普斯赋予了田园诗歌别样的活力，把"英国古老的寓言、神话故事和民间迷信融入牧人的世界之中"，利用田园诗歌讲述英国故事，表现了真实的英国乡村和对社会的思考（转引自Heuston: 161）。迪科尔甚至盛赞菲利普斯是忒俄克里托斯、维吉尔及斯宾塞三位大师的直接继承人（Tickell: 55）。

事实上，蒲柏和菲利普斯对于田园诗歌写作的准则虽有争议，但都将古典田园诗歌视为典范，试图将本土田园诗歌规范化、标准化，且都注重田园诗歌的寓言性，认同田园诗歌的审美价值高于现实意义。可见，两人的田园诗歌并没有那么显著的区别。其实在论战开始之前，两人还都曾给过对方的诗歌正面评价。一些评论者如安娜贝尔·帕特森（Annabel M. Patterson）认为，两派的论战多半是各自不同的政治立场和政治诉求造成的，"他们关于田园诗歌类型的较量已经超出了文学范畴"（Patterson: 212）。

菲利普斯是一位热衷政治的辉格党成员，天主教徒蒲柏的政治诉求则更接近托利党。蒲柏将1713年发表的《温莎森林》（"Windsor Forest"）献给了乔治·兰斯多恩爵士（George Lord Lansdown），一位重要的托利党成员和詹姆斯二世党人（Jacobite）。该诗是为了庆祝同年托利党人主导下的《乌得勒支条约》（Peace of Utrecht）的签署。《温莎森林》在田园诗歌的梦幻外衣下，表达了托利党的政治诉求。诗歌的大部分都在对安妮女王歌功颂德。

> 看潘神带领羊群，波摩娜头戴果蔬头冠，
> 含羞的福罗拉为大地增彩，
> 塞瑞斯赐予的麦浪翻滚，

> 点头诱导欢喜的收割者伸手；
>
> 丰收在原野上展开笑颜，
>
> 和平与富足宣告：**斯图亚特**（Stuart）统治的骄傲。[1]

　　这几句诗语调高昂，歌颂安妮女王施行的民主宽和的政治制度带来了英国的繁荣昌盛。诗中的"Stuart"特意大写，表现出明显的政治意味。在安妮女王统治后期，辉格党与托利党因为王位继承问题矛盾不断。辉格党要拥立德意志汉诺威信仰新教的乔治王子，托利党对此十分抵触，蒲柏便在此敏感时期大肆歌颂斯图亚特王朝带来的太平盛世，并猛烈批判外来统治者。诗歌将斯图亚特王朝的无为而治与早期封建时代诺曼底国王的独裁进行了对比，暗指征服者威廉一世及其后人的残暴统治使得英格兰变成了"干涸的沙漠""幽暗的荒原"。帕特森认为，"《温莎森林》整首诗实际上就是托利党委婉的、秘密的政治武器"（Patterson：210）。

　　在歌颂安妮女王的同时，蒲柏还在《温莎森林》中具体描述了他心中的黄金时代或理想社会的特征。

> 伊甸园里的树林，已遗失多年，
>
> 在书中出现，在歌中长青：
>
> ……
>
> 没有混乱、挤压和冲撞，
>
> 而是，世界和谐地混杂：
>
> 眼前一切纷繁且规整
>
> 在这里，所有事物不同却又协同。

1　引自《温莎森林》，参考网站 Online Library of Liberty 收录的 *The Complete Poetical Works of Alexander Pope* 电子书，由笔者所译。详见 http://oll.libertyfund.org/title/ 2278。以下各处不再另作说明。在古罗马神话中，波摩娜（Pomona）为果树之神，福罗拉（Flora）为花神，塞瑞斯（Ceres）为谷神。

　　安妮女王的统治使得现实中的温莎森林成为理想的伊甸园。需要注意的是，这里的伊甸园与以往天然富足的伊甸园意象有所不同。吉福德指出，"《圣经》伊甸园中的自然原本就不是野性的，而是赐给亚当和夏娃玩乐的花园"（Gifford，1999：33）；同样，蒲柏笔下的温莎森林也不是野性的，而是突出了对秩序的追求，即"和谐地混杂"。"和谐地混杂"这一矛盾修饰法体现出新古典主义者对于包罗万象与和谐共生的追求。蒲柏高度赞扬这种和而不同的理想秩序。启蒙时期的人们认为自然暗含秩序和法则，体现了各种力或矛盾的对立统一，理应成为理想社会的象征。诗人歌颂安妮女王统治下理性、谨慎、中庸的英国，表达了诗人对于和谐与秩序的保守政治追求。

　　就在蒲柏和菲利普斯还在为到底何为规范的田园诗歌争论不休时，规范的田园诗歌似乎已悄然过时了。约翰逊在1750年7月21日发表于《漫步者》（Rambler）的文章《论田园诗》（"On Pastoral"）的第一部分中提及，十八世纪中期之后，"这类（新古典主义田园）诗开始没落，因为读者看到诗的题目，便能猜出它一系列全部内容；即使人们精读了上千首这类诗，也不能增加任何一点有关大自然的知识，或者得到任何以表现道德为目的的新形式所带给人的想象的快乐"（Johnson，"On Pastoral"）。显然，古典主义田园诗因无法展现英国乡村社会和自然的真实面貌而使读者产生了审美疲劳。现实中，圈地运动在十八世纪的英国全境轰轰烈烈地展开，新兴资产阶级拿出在城市赚取的资本到乡村买田置地，与原有的土地贵族一起瓜分土地。农业资本主义快速发展，农业生产与市场接轨，英国乡村原有的封建贵族时代的自然秩序逐渐消失，以牧人为主角的田园诗歌难以为继，被贴上了"不自然""刻意""僵化""滑稽""幼稚"等标签。到了十八世纪中期，规范的田园诗歌被描写真实英国乡村生活的诗歌所取代，正如约翰逊所说，"如果我们在维吉尔的作品中寻找田园诗歌的真正定义，就会发现，田园诗歌是给任何对田园生活带来影响的行动或激情的再现。根据事物发展的普遍规律，任何乡间的素材都可以成为田园诗人写作的对象"（Johnson，"On Pastoral"）。约翰逊主张田园诗歌应适应时代的要求，展现英国乡村经济的发展、乡村面貌的改变以及乡村社会的变迁等事实。

十八世纪英国乡村经济的快速发展催生了大量农事诗，并使之成为当时最为流行的诗歌类型。1697年，约翰·德莱顿（John Dryden）将维吉尔的《农事诗》翻译成英文出版，点燃了大众，尤其是知识阶层，对农业和乡村生活的热情。学界多认为，十八世纪农事诗的流行得益于一定的政治背景，如维吉尔创作《农事诗》就是为了响应屋大维的农耕政策。十八世纪农事诗的流行还与英国内战后重视农业生产、稳定生产秩序的政治导向有关。事实上，对于劳作的重视从十七世纪内战结束后便开始了，"在弥尔顿的《失乐园》和《复乐园》中，劳作已经不再被看作上帝对亚当的诅咒，而成了人类尊严的基础，社会强大的保证"（Griffin：868）。变革和进步是十八世纪社会的主流意识形态，人们渴望通过个人的努力获得更好的生活。农事诗因其能够真实地记录英国乡村面貌的变化，表现农业生产方式的进步而流行开来。

关于农事诗和田园诗的关系，英国学界的观点比较一致，大多并未将农事诗看作独立于田园诗的单独文类。1697年，艾迪生发表文章《论维吉尔的〈农事诗〉》（"Essay on Virgil's *Georgics*"），称农事诗"是披着欢乐外衣的农耕科学，饰有诗歌之美"（Addison：4）。艾迪生的定义让农事诗因其"科学"特性而有了被排除在诗歌范畴之外的风险，但其中的"欢乐外衣"要素与规范的田园诗歌不无相似之处。正如唐娜·波茨（Donna Potts）所说，"农事诗是田园诗歌的说教版本，它的目的是为了将勤劳而非悠闲的乡村生活理想化，并传递关于农业生产的实用知识"（Potts：3）。农事诗与田园诗的融合发生在文艺复兴时期。阿尔珀斯认为，在文艺复兴时期，由于"基督教谦卑的思想与上帝命人类劳动不息的诅咒更为适应"，而农事诗更注重自然环境的不确定性和严酷性，与多数农民的生活更一致，农事诗与田园诗在各个方面开始相互融合（Alpers，1996：28）。到了十八世纪，得益于英国农村社会的积极变化以及社会上下对于农事的乐观态度，农事诗和田园诗的联系愈加紧密，逐渐演变为"你中有我，我中有你"的互补诗歌类型。巴雷尔认为，农事诗"在英国的特殊语境中，与其说是有别于田园诗的另一种描写乡村生活的模式，不如说是对田园诗的补充"（Barrell，1980：12）。因此，学界对英国田园诗歌的研究多将十七世纪中期之后的农事诗囊括其中。约翰·戴尔（John Dyer）的《羊毛》（*The Fleece*），詹姆斯·格兰杰（James Grainger）的《甘蔗》（*The Sugar-Cane*）以及克里斯托弗·斯马特（Christopher Smart）的《蛇麻花园》（*The Hop Garden*）都是十八世纪农事诗的代表。戴尔在《羊毛》的开篇就点明了这部诗歌的主要内容：

> 羊群的照料，织机的操作
>
> 和贸易的秘诀，我歌唱。你们这些乡村宁芙，
>
> 乡下小伙儿，还有王公一样的商人们，助我成诗。
>
> …… 主要是你，
>
> 我们的牧羊人，脱颖而出
>
> 从每个山谷里的众多青年中，
>
> 你有着广为赞许的力量和敏锐的双眼，
>
> 在快乐的田野中传播善行，
>
> 天国的职业！你佑护着这首歌！[1]

诗人点明这首诗讲述的是一些实用的养羊技术、织机操作及羊毛贸易。与此同时，他将牧羊人这一职业理想化，甚至神圣化，称之为"天国的职业"，是所有乡村行业中最为杰出的。这一理想化倾向减弱了农事诗的科学性，更多地表现出对农事和劳动的赞美。

---

[1] 引自 *The Fleece: A Poem* 电子书，由笔者所译。详见 https://archive.org/details/fleeceapoeminfo 01dyergoog/page/n8。

汤姆逊的《四季》创作于英国乡村社会因圈地运动的全面展开而起伏跌宕的重要历史时期。1725年，汤姆逊首次离开风景如画的故乡苏格兰，来到了伦敦。对于故乡美景的思念促成了《冬》（"Winter"）的创作。这首诗于1726年甫一问世便大受欢迎，接着汤姆逊于其后两年先后发表了《夏》（"Summer"）和《春》（"Spring"），并在1730年将《秋》（"Autumn"）及其他诗作集合出版。《四季》组诗多使用弥尔顿常用的无韵体，措辞受到拉丁语的影响，诗风高雅，气势恢宏。汤姆逊在诗集发表后的十六年间不断对其进行修缮扩充，截至1800年，《四季》再版五十次，影响了一代代诗人和读者。

《四季》正面积极地对待农业社会变革。汤姆逊作为改良者，歌颂勤奋和实干，批判懒惰和无所事事，号召人们都加入征服自然的活动中。在《秋》中，他歌颂"勤劳"（Industry）：

> 但是懒惰，
>
> 仍旧无所事事，
>
> ……
>
> 浪费时间！直到勤劳出现，
>
> 将他从痛苦的怠惰中唤醒；
>
> 他的潜能得以施展；又为他指出
>
> 丰饶自然何处需要艺术之手的指引，给他看如何
>
> 通过机械之力提升他的绵弱体力。（Thomson: 311–312）

在诗人看来，懒惰是令人痛苦的，勤劳虽然伴随着"劳作、汗水和疼痛"，却蕴含着创造性力量，促使人充分发挥其潜能，创作出各种巧夺天工的"技艺"（Art）（311）。诗人欣然接受乡村社会的变化，赞颂乡村中所有的新旧事物，将原本矛盾的对象理想化。威廉斯提出，汤姆逊为顺应政府重视农业开发的要求，表现出"支持改良的地主阶级公开的意识形态"

（威廉斯：97）。诗人歌颂经过耕耘的自然：

> 你的山谷
>
> 金色的麦浪起伏；山岭上羊群咩咩，
>
> 不计其数；游荡在他们身边的
>
> 健壮的黑牛群哞哞低吼。
>
> 山脚下，你的草场闪耀着光，此起彼伏
>
> 在割草人的镰刀下。四面八方，
>
> 乡村庄园熠熠增辉。（Thomson：310）

翻滚的麦浪、遍野的牛羊和广阔的草场是诗人眼中的美景，是富足和快乐的象征。诗人遵循十八世纪的价值观，认为只有经过农业技艺改造、井然有序且丰饶多产的乡村自然才是美好且值得赞颂的，无人开垦的荒野则是对资源的浪费。

事实上，汤姆逊对自然的态度不无矛盾。他一方面认为人造艺术比自然更美，更有经济价值，另一方面又痴迷于荒野带给他的精神享受。正如《秋》所描述的那样："荒凉的景色刺激着灵魂。/他来了！他来了！每一阵微风都送来了/哲学式忧郁的力量"（Thomson，"Autumn"）。汤姆逊的田园诗歌预示了十八世纪后期感伤话语的出现，田园诗歌向着哲学化、情感化的方向发展。荒凉的自然是孤独的，具有预言性的，承载着人类的情感。这种避世的、忧郁的哲思在格雷的墓园派诗歌中得到了淋漓尽致的表现。1751年《墓园挽歌》的发表标志着诗歌风尚由新古典主义转向感伤主义。《墓园挽歌》虽然用了"挽歌"一词，但与古典挽歌有着显著差别。诗中没有一个特定的悼念对象，缅怀的是埋在教堂墓地里的普通大众；诗中也没有出现诸如求助缪斯、质问死亡原因、将死者神化等古典挽歌的手法，而是诉诸情感，传达出中产阶级对旧式乡村生活的怀旧之情。威廉斯认为，随着土地资本主义的兴起，"阻碍这种现代化发展的社会关系就被逐步地、有时甚至是无情地废弃",田园诗歌中"对快乐的佃农和乡村隐居生活的美化,已经让位于对变化和失落的深切而悲伤的感悟"(威廉斯:86)。格雷借挽歌形式表达的正是这种失落感和怀旧感。

威廉·柯珀(William Cowper)是十八世纪后期最有影响力的田园诗人。他的田园诗歌集《任务》(*The Task*)发表于1785年,共六卷,近5,000诗行。诗中多对话体和日常口语,采用无韵体,语调柔和,情感敏锐。创作这部诗集时,诗人的精神状况不佳,长期居于乡下。诗人热爱乡村的日常生活,关注生活细节,乡村的一花一木、一桌一椅、虫鱼鸟兽、花园凉亭都是诗人的描写对象。在第一卷的《长沙发》("The Sofa")中,诗人写下了名句"上帝创造乡村,人类创造城市"(Cowper, "The Sofa")。

不同于以往的田园诗歌写法,《任务》中还出现了以动物或花木为视角的叙事,如第三卷中的《受伤的鹿》("The Stricken Deer")以第一人称描述了围场中鹿的可悲处境。

> 我曾是一只受伤离群的鹿
> 很久前;箭箭重伤我身
> 逃离时我颤抖的侧身又被射中
> 只好寻觅一处隐秘的角落等待死亡。
> 在那儿我被另一只发现
> 他也曾被弓箭中伤。他的侧身,
> 手和脚上的伤疤惨不忍睹。(Cowper, "The Stricken Deer")

诗人对鹿的不幸感同身受,既反映出十八世纪后期一个重要的社会现实,即大众开始接受善待动物的观念,又体现了感伤主义思想对文学创作的具体影响,即对弱小动物的同情成为常见的文学主题。柯珀对乡村树木同样充满感情,他在《白杨林》("The Poplar Field")中哀悼被肆意砍伐的白杨树:"白杨已伐尽,簌簌的叶声,/树荫的清凉,全都不留踪影;/

枝头的和风不再嬉戏啸吟，/乌思河不再映照它婀娜的身形"（Cowper，"The Poplar Field"）。诗中的白杨树就像诗人的亲朋，白杨树被伐使诗人联想到岁月短暂，浮生如梦。在诗人的笔下，这些弱小的动物或植物和贫苦乡民一样，是纯洁和善良的象征，诗人将其与乡村生活相联系，与城市的罪孽构成对比。

诗人不仅借自然界的动植物来感时伤怀，还借不断消失的鸟类和树木来批判圈地运动。新兴资产阶级大肆圈占土地、砍伐树林以农耕或造园，《白杨树》一诗就谴责了这种毁林行为。外来者看重乡村新鲜的空气和优美的风景，为了一己之欲，任意更改乡村原有的林地和河道。《任务》第三卷中提到，"面前的湖变成了草地，/林地消失，山峦沉降，低谷凸起"（Cowper & Thomson：77）。城市资本随意改变乡村生态，破坏了原有的和谐与秩序。"府邸曾经/熟识他们的主人，和农户/曾送走了父代，服务着子孙"（76），如今的庄园却易主频繁。"地产被风景化，为了时而观看，/然后登广告，拍卖出去"（77）。十七世纪乡村庄园诗中对土地尽心尽责的态度已消失不见，人与土地之间长时间相互依托所产生的情感随着旧的生产秩序的终结而消散，乡村仅仅保留了审美价值。"自然开始向景观转化，成为审美的对象。乡村宅院被当作快乐花园而非需要照料和管理的土地"（Bate，2000：11）。至此，果实累累、鸟兽欢叫、人们在其中"快乐地劳作"的旧式乡村已然消失，出现了一个"孤立分离的自然景观，供观察者从外部观看或研究，仿佛透过窗子凝视，确信观察对象居于另一个领域"（基思·托马斯：84）。

柯珀的诗歌具有高度原创性，赋予自然中的动植物以可知可感的能力，使自然万物人性化，预示着浪漫主义的到来。柯珀被柯勒律治称为"最好的当代诗人"[1]，代表着新古典主义的尾声和浪漫主义的前奏，他的语言和视角对华兹华斯等浪漫主义诗人产生了深刻影响。

---

1 柯勒律治对于柯珀的评价引自网站Poetry Foundation的"William Cowper"页面。详见https://www.poetryfoundation.org/poets/william-cowper。

1.3.2　十八世纪的反田园诗歌

柯珀的田园诗歌不仅预示着浪漫主义思潮在英国诗坛的降临，还标志着十八世纪反田园诗歌的集体登台。其实"反田园"与"田园"从来就不是相悖的，广义的"反田园"可指任何反映乡村现实、打破田园幻象的描述，常作为诗歌元素存在于田园诗歌当中。反田园元素自古典时期便已存在。大卫·罗森博格（David M. Rosenberg）认为，维吉尔在《牧歌》中就加入了反田园元素，"制造了过度的张力"（Rosenberg：55）；菲利普·哈迪（Philip Hardie）也指出维吉尔将战争、疾病等反田园元素引入了田园诗歌中（Hardie：8）。反田园诗歌其实一直存在于田园诗歌的发展进程当中，例如雷利的《林中仙女答牧羊人》便是对马娄田园诗歌的反田园戏仿，但此类作品数量极少。

十八世纪后期愈演愈烈的社会矛盾使反田园诗歌蔚然成风，成为田园诗歌的一个子类型。乡村劳动者和真正有过乡村生活经历的诗人加入了田园诗歌的写作队伍之中，他们有意扭转古典主义的田园诗歌传统，追求乡村书写的真实性和诗歌语言的自然性，试图描绘真实的乡村生活。在吉福德看来，以现实主义的手法描写乡村，去除理想化特质，揭示现实的残酷和真实存在的矛盾冲突是反田园诗歌的核心特质。在这些诗歌中，乡村不再是阿卡迪亚或伊甸园，而是各种力量抗衡对峙的角力场；对于生活其中的农民来说，乡村并不美好，它是严酷的生存战场（Gifford，2012：59）。

十八世纪反田园诗歌的代表诗人有戈德史密斯、克雷布、斯蒂芬·达克（Stephen Duck）等。他们力求如实反映乡村的本来面貌和农民真实的生活境遇，表现乡村的变迁。他们的诗歌风格淳朴、直白，甚至开始以农民的视角和语气讲述真实的生活，表现了农民作为劳动者和生产者的存在。

十八世纪首部重要的反田园作品是1736年由威尔特郡农场上的打谷工人达克创作的《打谷者的劳作》（"The Thresher's Labour"）。在这位有着"打谷诗人"之称的农民的诗中，劳工，而非土地所有者，第一次通过诗歌发出了声音。诗人批评传统田园诗歌的虚伪："我们不像牧羊人一样会讲动听的故事；/我们的声音失落了，被嘈杂的打谷声淹没"（Duck，"The Thresher's Labour"）。以往田园生活的话语权掌握在城市诗人手中，农民的话语无人聆听，因为他们只顾劳作，甚至根本不识字，不会讲吸引人的田园故事。达克厌恶那些"无趣的幻想"（dull Fancy），声称乡村根本没有欢乐，在乡间只能看到一片"阴郁、忧郁的景象"（a gloomy, melancholy Scene）。在达克的诗中，农民的劳作周而复始且单调乏味，收割庄稼尤为辛劳。

> 但是当烈日当空，
> 近旁没有谷仓遮蔽；
> 我们疲惫的镰刀被杂草缠绕，
> 汗水如水流般簌簌坠下。
> ……
> 这样，年轮又转一圈，
> 我们的劳作无法停歇
> 像西西弗斯，我们的劳作没有终点；
> 不停推回滚动的巨石。（Duck，"The Thresher's Labour"）

打谷者起早贪黑为他人出苦力，这样的生活看不到终点，如西西弗斯不停将巨石推上山顶一样毫无希望。诗人接着慨叹："万恶的命运！我们的劳作在睡梦中也没有停止；/赫拉克勒斯也不曾受过如此劳顿"（"The Thresher's Labour"）。这种暗无天日、艰辛劳苦的生活才是乡村的真相。

达克给田园诗歌带来的另一个变革在于对劳动群体的展现。他诗中的叙事人称不是"我"（I）或"他"（he），而是"我们"（we）——诗人作为劳动者的一分子，表达的不是个人的感伤思绪，而是一种集体的、公共的真实生活体验："当我们敲打乌黑的豌豆，你们不知道/我们原本的肤色，因为劳作：汗水，灰尘，和呛人的粉尘，/看起来更像是埃塞俄比亚人的模样"

（“The Thresher's Labour”）。诗人作为底层穷人的代表，客观地展现了打谷劳动的辛苦和脏乱，打谷工邋遢落魄的模样跃然纸上。诗人与这些劳动者站在同样的立场，拒绝将乡村生活浪漫化或将农工喜剧化。他要让城市读者知晓真实的英国乡村——那里没有悠闲自由的自耕农，有的是被生活折磨得脱形的穷苦农工。

与达克不同，戈德史密斯出身于爱尔兰牧师家庭，受过良好教育，后得到约翰逊的赏识而扬名文坛，在戏剧、小说和诗歌方面都颇有造诣。他在1770年发表的诗歌《荒村》（“The Deserted Village”）记录了圈地运动背景下英国乡村的衰败。《荒村》全诗共430行，采用五步抑扬格诗体，双行押韵。

诗歌开篇追忆诗人童年生活的村庄奥伯恩，将它描绘成其乐融融、充满温情的理想社会，因此有些评论者，如埃德蒙·伯克（Edmund Burke），将这首诗歌归为田园诗歌。然而这种美好只存在于苦难发生前的过去。《荒村》体现了抗议和怀旧的混合，记忆中的繁荣反衬现实乡村的荒芜萧条，诗人悲凉、思虑重重的语调透着对现实的痛心和怨愤，因此多数评论者将《荒村》视为反田园诗。诗歌旨在揭露圈地运动给英国乡村带来的毁灭性破坏。

> 但世道骤变；贸易冷漠地入侵
> 强占土地，驱逐乡村青年；
> 沿着草地，曾有村庄散落，
> 如今矗立着笨拙的浮华和庞大财富，
> 每一种贫乏都与富裕相连，
> 愚蠢的傲慢终将付出代价。（Goldsmith，“The Deserted Village”）

古朴的村庄被浮华的大厦所取代，曾经宁静和睦的奥伯恩被贪婪的城市资本所倾覆。随着乡村社区的解体，乐于助人、自立自强的传统美德也渐渐消失，"田园乐趣和淳朴风俗一去不复返"（"The Deserted Village"）。戈德史密斯认为乡村的衰败要归罪于贪婪的土地新贵。他们没有把心思花在田产管理上，而是一味追求奢侈享乐，压榨土地资源和劳工。诗人将这些唯利是图的土地新贵和城市投机者比作暴君，他们是"富裕、高傲的人／占据了曾经供养着许多穷人的空间；／用来建造他的湖泊，扩展庄园广阔的领地，／用来饲养他的马匹，让马车和猎犬可以任意驰骋"（"The Deserted Village"）。吉福德将《荒村》定义为"政治反田园诗"（Gifford，1999：124），因戈德史密斯直白地指出了田园荒芜与土地所有者自私自利行为之间的直接关系。诗人批判土地贵族的丑恶行径和圈地运动的罪恶，表达了对失地农民的同情。帕特森认为，在解读《荒村》时，我们应该看到它既体现了追忆古老乡村秩序的保守主义立场，也展示出批评贸易扩张和圈地运动的激进主义立场（Patterson：228）。

诗人克雷布成长于穷困的乡村，做过医生的学徒。他在26岁时来到伦敦，想要从事文学写作，得到了伯克的赞助，之后又在其帮助下谋得一份牧师的工作，从此过上了安定的生活。克雷布深刻体会过乡村生活的苦寒，懂得地主阶级和佃农之间难以调和的对立关系，深知乡村也有罪恶。他于1783年发表的诗歌《村庄》（"The Village"）用平实的语言、现实主义的笔触描写了普通民众的生活，真实地揭露了乡村的凋敝与堕落。克雷布对脱离现实的新古典主义田园诗歌深恶痛绝，认为它们硬生生将一个"生铁时代"描绘成"黄金时代"，遮蔽了大众的双眼。他有意反驳修正蒲柏提出的新古典主义田园诗歌理论，开篇便称要"展现穷人的真实生活"，指出诗人中只有"诚实"的达克真正写出了穷人的苦难（Crabbe，"The Village"）。诗人还明确表达了对于理想化的田园诗歌的厌恶："文雅的人哪，田园之梦使你心安，／平静的小溪，流畅的十四行诗使你悠然。／去吧！你既然歌颂茅屋农舍的安宁，／去吧！进去看看那里是否浪静风平"（克雷布：188-190）。

《村庄》并不带有任何怀旧情绪，有的只是愤怒和不平。《村庄》"用对痛苦的描写来反对田园诗对欢乐的描写。同样地，对那些美化道德经济的描述提出了质疑；应当给予的关爱并没有被给予"（威廉斯：132）。克雷布诗中的牧羊人是年迈体衰的老人，牧羊是他唯一的活计。因为年老，"指挥奴隶的主人常常换上新人，/督促他衰弱的双手，不断地拼死耕耘"（Crabbe，"The Village"）。富人鄙视他，穷人对他不屑一顾，每天迎接他的是没完没了的劳作，他的生活极为贫苦。在克雷布看来，他所处时代的诗人并不真正关心乡村底层劳工的苦难，他们没有展现劳动人民的艰难处境。穷人的日日劳作并没有给他们带来健康，他们"日晒雨淋/疾病缠身，饱受折磨"（"The Village"）。克雷布反拨乡村穷人淳朴善良的刻板形象，表现出穷人的堕落，揭露他们酗酒、诽谤、卖淫等恶行。他认为这些罪恶不是穷人独有的，而是受到了富人的传染，因为"贵族的疾病也攻击乡下人"（"The Village"）。

克雷布的反田园诗歌揭开了自然的"富足"假象，客观地反映了农业生产的低效。乡村并不平静安稳，它是可怕的、持续对抗的磁力场。

> 但这些场景是自然吝啬的手
> 对饥荒的土地的有限赐予；
> ……
> 在那里富足女神在微笑——唉！她只对少数人微笑——
> 而那些品尝不到富裕，然而却看到了她的宝藏的人，
> 就如同挖掘金矿的奴隶，——
> 周围的财富使他们加倍贫穷。（转引自威廉斯：131）

自然的赐予是"吝啬的"，只有少数人能够拥有。在反田园诗歌中，"自然不再被建构为'梦幻之地'，而是一个阴郁的生存战场，没有神圣意志（divine purpose）"（Gifford，1999：120）。达克的诗中亦如此：真实的自然乌云密布，雷声滚滚，是农工意欲征服的对象；他们在那里留

下汗水，甚至鲜血。"富足的自然"根本不存在，"汗流成河"才是真正的现实。

巴雷尔和布尔明确指出，"田园传统的历史主要是神话与实际、理想与现实之间关系不断变化的产物"（Barrell & Bull: 8）。这些关系的对立与统一是田园诗歌的魅力所在，也是田园诗歌与反田园诗歌相互促成的发展动力。十八世纪，田园诗歌在如何对待现实的问题上产生了分歧，由此催生了反田园诗歌。反田园诗歌意图扭转田园诗歌过度理想化的问题，要将田园诗歌从空中楼阁拉回现实，或者更准确地说，要将田园诗歌彻底暴露在现实当中。反田园诗歌真实地反映了乡村贫民艰难的生活，揭露了乡村尖锐的阶级矛盾。达克、戈德史密斯、克雷布等诗人从农工或独立的道德观察者的角度揭露了各自眼中的乡村现实，展现了遮掩在传统田园诗歌外衣下赤裸裸的贫困、衰败、冲突和怨愤。反田园诗歌在田园诗歌的范畴之内突破了田园诗歌固有的理想化模式，为描写乡村生活增加了新鲜的、现实主义的维度，是田园诗歌英国化的显著成果，其对穷人生活的关注在浪漫主义诗歌中得到了延续。

1.4 转折与没落——浪漫主义与维多利亚时期

十八世纪末，法国大革命的爆发改变了欧洲版图，也改变了英国年轻一代的思想。第一次工业革命带来了显著的工业化和城市化，土地的重要性逐渐降低，工业成为财富的主要来源。煤炭的大规模开采和使用造成了空气、河流的严重污染，再加上森林的砍伐，英国的生态环境急剧恶化。十九世纪，英国共发生四次霍乱，造成40,000多人死亡。肺结核、肺炎、支气管炎等传染病是主要的致死疾病。当城市越来越不适合居住，城市居民对于洁净乡村的怀念之情便愈加浓厚，阅读田园文学作品成为他们弥补无法前往乡村的遗憾的一种手段，却殊不知这一时期的乡村同样发生着巨变。

十八世纪末十九世纪初，圈地运动在英国全境愈演愈烈，越来越多的乡村被圈占，传统的乡村社区逐渐被荒废，浪漫主义诗人亲眼见证了自己童年的乡村走向衰败。乡村资本主义侵袭并逐渐取代了传统的自耕农经济，集中化、资本化的乡村与古典田园诗歌中的阿卡迪亚已截然不同，如要找寻田园诗歌中与世隔绝的生活，只能去往更偏僻的荒野。十八世纪晚期，荒野自然的"如画美"（the picturesque）和"崇高美"（the sublime）受到推崇。随着农业高度资本化，人们不再关注自然的有用性和丰产性，而是开始发掘荒野的不规则美感，这种荒凉野性之美被称为"如画美"；同时，欧洲大陆的高山、瀑布、悬崖、雪山等曾经威严可怕的自然形象也逐渐具有了一种神圣的"崇高美"。人类对自然，尤其是对荒野自然的欣赏转化为一种宗教情绪——曾经对上帝怀有的敬畏、恐惧、欣喜等情感逐渐转移到自然之上。

到了十九世纪中期，圈地运动悄然落幕，"英国已经是个工业化国家，往昔那种田园诗般的风情不见了，待之而起的是一个忙忙碌碌的世界"（钱乘旦、许洁明：220）。此时，农业经济高度资本化和机械化，英国乡村社会持续萧条，变成空洞的城市附庸。此外，维多利亚时期科学技术的进步不断改变着人们对于世界的认知，地质学、生物学等学科试图从不同的角度解释自然现象，探索自然规律，这消除了自然的神秘性和崇高性。尤其在1859年达尔文的《物种起源》出版后，上帝的存在得不到科学的证实，英国人的宗教信仰被撼动，曾经追求崇高和超验的思想界因而变得万马齐喑。在这样的环境中，田园诗歌也陷入了困顿，但并未绝迹：人们仍旧怀念曾经宁静安稳的乡村，依然有诗人以英国乡村生活为题材创作诗歌。

1.4.1 十八世纪末到十九世纪上半叶的田园诗歌

马克斯认为，"（人与自然）关系的扭转，对新型关系的认识势必会带来新型的田园诗歌模式。毕竟，人类深知自己身处复杂与简单、艺术与自然的边界之上，并一直都在用田园表达这种认知"（Marx，1992：222）。田园诗歌从诞生之初就体现出诗人对于城市与乡村、文明与原始的关系的探究。一旦人与自然的关系发生改变，由此衍生的关系以及人们对于这些关系的表述势必随之转变。

很多学者认为，承自古希腊的传统田园诗歌在十八世纪末已几近消失。彼得·玛里奈利（Peter V. Marinelli）声称，"在真正意义上，所有后阿卡迪亚式（post-Arcadian）田园诗歌都徒有虚名"（Marinelli：6）。阿卡迪亚式诗歌即效仿古希腊式的传统田园诗歌，或称古典主义田园诗歌，在十八世纪主要表现为新古典主义田园诗歌，而后阿卡迪亚式田园诗歌则指此后出现的田园诗歌。到了十八世纪末，pastoral一词已不再专指十六到十八世纪人们印象中那个特定的、明确的文学类型，而"具有了更加宽泛和综合的含义"（3）。艾德蒙·钱伯斯（Edmund K. Chambers）认为，到十八世纪后期，"田园诗变得荒唐，甚至比荒唐更甚（worse than ridiculous）"，诗人试图更加写实，"更加忠于观察到的事实"，这样一来，"关于歌唱的牧羊人的古旧理念便没有任何发展余地了"（Chambers：xv-xvi）。加勒德将吉福德在《田园》一书中提及的三种田园诗歌形式进一步具体化，指出吉福德提及的第一种田园诗歌实指古典主义田园诗歌，这种诗歌在工业革命和生态危机的时代背景下，已于十八世纪末逐渐消失。第三种贬义的或者说肤浅的理想化田园则作为一种元素一直存在于西方文化当中。在加勒德看来，吉福德对于田园诗歌的第二种定义，即任何描写乡村的、明显或隐含地涉及城乡对立主题的文学形式，在浪漫主义田园诗歌中表现最为突出（Garrard：34）。浪漫主义田园诗歌从根本上有别于之前的田园诗歌："在浪漫主义时期，田园诗歌由弥补进步的简单逻辑升级为一种对抗进步的可能性"（40）。反抗工业进步，回归原始，以原始的简朴对抗社会快速变革所带来的无序性是卢梭（Jean-Jacques Rousseau）的呐喊，也是以华兹华斯为代表的浪漫主义田园诗人的呼唤。正如波茨所说，十八世纪末，"（田园诗歌）并没有消失，而是以一种革新的形式继续保持繁荣，（它）不是带来逃避现实的归隐之地，而是作为对抗复杂现实的方式继续拥有潜力，正如忒俄克里托斯和维吉尔所做的那样"（Potts：3）。

需要特别指出的是，浪漫主义田园诗歌不同于浪漫主义自然诗歌。布伊尔提到，浪漫主义时期诗歌的根本转变是"在再现自然时，由描绘其为人类活动的舞台转变为倡议将其作为自给自足的存在"（Buell：52）。自然本身成为浪漫主义诗人关注和写作的对象，他们对于自然的描写"为后世的田园想象提供了语言、意象甚至地点"（Garrard：34）。然而，以自然为中心的浪漫主义诗歌实际已偏离田园诗歌的轨道。田园诗人关注的是人在自然中的生活或有人生活的自然，即乡村；关注乡村中人与自然的积极互动以及人在自然当中获得的不同于在城市中的感受。早在1750年，约翰逊在《论田园诗》中就将田园诗定义为对乡村生活的描述。他提出"田园诗是作用于乡村生活的行动或激情的再现，最核心的要素就是对于乡村意象的聚焦，没有这一点，就不是田园诗，这是它的真正特质"（Johnson，"On Pastoral"）。因此，我们将英国浪漫主义田园诗歌的研究范围限于那些表现乡村生活，突出城乡对立的诗歌。

浪漫主义诗歌的先锋、苏格兰诗人罗伯特·彭斯（Robert Burns）有着"苍天所教的耕夫"（Heaven-Taught Ploughman）、"农民的诗人"（Poet of the Peasants）和"艾尔郡的游吟诗人"（the Bard of Ayrshire）等称号，是苏格兰乡村的代言人。作为自学成才的农民诗人，彭斯推崇忒俄克里托斯的田园诗歌，并受到苏格兰诗人艾伦·拉姆塞（Allan Ramsay）的深刻影响，力图以现实主义的笔触和苏格兰百姓的语言来描绘苏格兰独有的地貌风景，展现苏格兰乡村的风土人情。彭斯采用苏格兰民谣独有的诗节形式、韵律和曲调，打破了新古典主义对称工整的诗行和韵律规则。例如，《乡间宴会》（"The Fete Champetre"）便是一首奇里克朗基曲调（Killiecrankie tune）的歌谣。不过，虽然彭斯赋予了田园诗歌地方色彩，真正开启田园诗歌重大转折的却是伟大的浪漫主义诗人华兹华斯。

华兹华斯是英国浪漫主义的领袖人物，同时也是田园诗歌的集大成者和传统田园诗歌的反思者。巴雷尔和布尔认为华兹华斯的田园诗歌集合了以往田园诗歌的所有要素，"容纳了十八世纪田园诗歌和反田园诗歌中本来相互冲突的各种要素，有汤姆逊诗歌中积极的唯物主义，柯珀诗歌中文雅的隐退，戈德史密斯的怀旧，克雷布的现实主义"，表现出极大的包容性（Barrell & Bull：427）。在相当一部分评论者看来，田园诗歌从华兹华斯开始发生了显而易见的根本性变革。玛里奈利以华兹华斯为界将田园分为古典主义田园和现代田园[1]，指出现代田园在简单中蕴含人类生活的复杂性（Marinelli：3），这与燕卜荪"把复杂事物简单化的过程"的田园定义及马克斯的"复杂型田园"有异曲同工之妙。

华兹华斯对传统田园诗歌的变革在艺术形式方面清晰可见。他在1800年版《抒情歌谣集》的"序言"中明确提出要使用大众的日常语言。十八世纪，从蒲柏、汤姆逊到格雷，田园诗歌的语言越来越文学化，也越来越远离日常。华兹华斯认为，普通民众的语言"从反复的经验和稳定的情感中产生，比诗人通常用来代替它的语言更永久、更具有哲学性"（Wordsworth，"Preface to *Lyrical Ballads*"）。华兹华斯强调大众语言的自然性和天然性，认为这种语言更加适合用来表现自然状态下的乡村生活。此外，华兹华斯的诗歌多采用无韵体，突破了古典田园诗歌的韵律规则，强调情感的自然迸发。

华兹华斯热爱乡村生活，在《序曲》的第八章"追溯：对大自然的爱引致对人的爱"中，他提到自己自小最爱乡村的牧人。但他眼中的牧人不同于古典主义田园诗歌中的形象，他形容他们是：

> 忙碌的人们；并非希腊诗歌中所赞美的

---

1 玛里奈利在其书中也以旧田园（old pastoral）或早期田园（earlier pastoral）与现代田园（modern pastoral）或浪漫主义田园（romantic pastoral）作对比。

那些牧人，他们隐居在阿卡迪亚的

山寨，世代传递着幸福与满足；

也不是那一伙朝廷中人，厄运

使他们离开宫廷或家园，

······

也并非斯宾塞

美化的羊倌。（华兹华斯，2017：219−220）

　　华兹华斯反对理想化的牧人形象。牧人不是悠闲生活的符号，而是真实存在的个体，同所有人一样，他们的生活中既有快乐也有痛苦。帕特森认为，田园诗可笼统分为"软田园诗"（soft pastoral）和"硬田园诗"（hard pastoral）：软田园诗展现"柔和、悠闲的"田园生活，"充满怀旧色彩"，类似于理想化的田园诗或传统田园诗；硬田园诗则注重表现充斥着"苦难和劳作"的现实生活，包括反田园诗和农事诗（Patterson：279）。华兹华斯的创新之处是将这两种田园诗合二为一。正如帕特森所说，华兹华斯笔下的牧人往往是"提吐鲁和梅利伯的辩证结合体，他们的经历是痛苦和快乐的混合"（281）。

　　华兹华斯通过诗歌《迈克尔：一首田园诗》改写了古典主义田园诗歌中的牧人形象，塑造了一个悲苦而又崇高的老牧人迈克尔。诗中的迈克尔既展现了牧人的理想素质，如"强健非凡""俭省""勤快""心灵手巧""干脆利落"等，又反映了牧人现实的生存困境。迈克尔这一牧人形象的理想性在于他满足于自耕农的生活，热爱和亲近自然，这体现在他对于流动的风的关注。

不论刮的是什么风，狂风唱的是

什么调，他都明白其中的含义；

往往，当别人谁也不曾留神，

他却听到了南风在隐约吹奏，

仿佛远处高山上传来的风笛。

这个老牧人，听到了这个信号，

便想起他的羊群，便自言自语：

"这股风，它想派点活计给我干！"（华兹华斯，2000：55－56）

迈克尔对于自然有着敏锐的感知能力，能够辨别无形的风的话语。在华兹华斯看来，生活在自然中的穷人还没有被社会环境所异化，他们与自然形成和谐的整体，是情感最为细腻深刻的人类群体。虽然生活艰苦，但他们没有被劳作束缚，仍保持着难得的身体与精神的双重自由。正如乔纳森·贝特（Jonathan Bate）所说，华兹华斯笔下的乡村不是失落前的伊甸园，而是"一个工作中的天堂"（a working paradise），乡村中的人过着不同于田园诗歌传统、更加艰难却又更加自由高尚的生活（Bate，1991：24）。巴雷尔和布尔同样认为，华兹华斯"将艰苦的劳作当成自己田园诗歌的核心要素"，不仅因为这种劳作是现实存在的，还因为与"快乐劳动"相比，它与严酷贫瘠的自然环境更加协调一致（Barrell & Bull：428）。华兹华斯笔下的劳动者与乡村自然融为一体，是净化后的人类形象。玛里奈利认为，华兹华斯笔下的牧人既孤独又崇高，"……被赋予高大的身形，变成苍穹下孑然孤立的存在"（Marinelli：2）。华兹华斯赋予了这些孤独的劳动者肃穆感。威廉斯认为，在华兹华斯笔下，"基本的隔绝、沉默和孤独成了自然和社群的唯一载体，用以反对平庸社会的严酷、冷漠与自私的安适"（威廉斯：183）。自然中孤独崇高的个体与城市中喧嚣冷漠的人群构成强烈对比；华兹华斯将渺小卑微的乡村人物塑造成高大坚毅的英雄形象，使得他们在道德上高于庸俗的城市人。

华兹华斯热衷于记录穷人的苦难，看重穷人在面对苦难时所展现的精神力量，正如他在《序曲》中所说，"激发我想象力的却是我常听/常见的那些危险与危难的景象，/是人类在强大的自然外力面前/所经历的苦难"

（华兹华斯，2017：221）。苦难净化了穷人的内心，使他们展现出坚忍不屈的优秀品质，也使他们具有更深沉的爱和更深切地感受痛苦的能力。正是城市邪恶势力带来了这些苦难，这种情况出现在《迈克尔：一首田园诗》等多首诗歌中。在《玛格丽特的悲苦》一诗中，农妇玛格丽特遭受了儿子出走后杳无音讯、生死未卜的打击。

> 可能你受到残酷的伤害，
> 躺倒在某处地牢里呻吟；
> 要不，就是给扔在沙漠里，
> 却成了一个狮窝的主人；
> 要不，给人召去远航海上，
> 尔后又连同所有的同伴
> 沦入音讯不通的梦乡。（华兹华斯，1986：160–161）

玛格丽特思忖着儿子出走后可能的遭遇，想象着他或远去非洲或做了远洋水手，这种想象与《牧歌》中梅利伯想象自己流浪到非洲或远航到天涯海角如出一辙。圈地运动使农民丧失了赖以生存的土地，乡村青年不得不离开乡村，为了生计和财富走上不归路，这是对当时农业社会变迁的真实反映。华兹华斯将许多亲见或听闻的穷人的悲惨故事写进了诗歌，比如《露西·格瑞》中露西的惨死，《我们是七个》中女孩兄弟姐妹的接连夭折，以及《坎伯兰的老乞丐》中老乞丐的孤独流浪。诗人希望通过描述穷人的苦难呼唤仁爱之心和社群精神的回归。

但帕特森指出，华兹华斯通过苦难突出了穷人高贵、庄严的形象，却"模糊了人物内心的真实感受，从文学的角度将其对象化，变成一种只从外部观察的审美对象"（Patterson：282）。华兹华斯虽同情穷人，却将他们遭受苦难的原因归结为穷人自己的不慎或命运的安排，而不是社会或体制的问题，他的这种态度决定了其保守主义政治立场。正如帕特森所说，

"他在诗中虽表现出对原始主义的崇拜,但对待穷人却仍是界限清晰的决绝态度"(Patterson: 276)。也就是说,华兹华斯将原始当作对抗进步的力量,但无法设身处地地体会穷人在温饱线上挣扎的痛苦。《迈克尔:一首田园诗》表现了牧人的悲惨遭遇,却并没有指明谁应为此负责,也没有解释具体的社会经济原因,只能算作"田园诗媚俗作品"(pastoral kitsch)(Garrard: 40)。可见,华兹华斯的田园诗歌依旧从城市诗人的视角书写乡村,虽更具哲学深度,但与传统田园诗歌在阶级立场上并无本质区别。

华兹华斯的田园诗歌中弥漫着怀旧情绪——不仅是对旧时代的怀念,更是对金色童年的怀念。对于青春、热情和纯真的歌颂,在古典田园诗歌中早已有之。"童年与田园诗歌的连接在忒俄克里托斯的《田园小诗》中已有所暗示"(Marinelli: 75)。文艺复兴时期的田园传奇故事或喜剧亦展现出童话般的奇思妙想。玛里奈利认为,田园诗发展到浪漫主义时期的一个重要特征是关于阿卡迪亚的田园诗被关于童年的田园诗所取代:"遥远的过去(童年)已经取代了遥远的地方,成为田园文学的关注点"(77)。巴雷尔和布尔同样认为,华兹华斯的诗歌体现出一种回到童年时代的渴望,"诗人认为那时的他曾与自然形成某种程度的和谐一致,这种怀旧与诗人成长过程中不断获得的对于自然和宇宙更深刻的认识相对立"(Barrell & Bull: 428)。华兹华斯在《咏童年往事中的永生的信息》的开篇指出:"儿童乃是成人的父亲; /我可以指望: 我一世光阴/自始至终贯穿着天然的孝敬"(华兹华斯,2000: 243)。诗人认为,因儿童从天国来,是成人的父亲,所以至今仍保留着对于纯粹存在的依稀记忆。在华兹华斯笔下,孩子的形象总是与欢乐、春天和自然的意象相联系。哈兹里特将人们对于乡村的喜爱与对于童年的怀念联系起来。他在《论乡村之爱》("On the Love of the Country")中提出,人们热爱自然是因为自然物"比任何人都更生动直接地唤起童年的回忆"(Hazlitt, "On the Love of the Country")。童年的无忧无虑与乡村的质朴美好相呼应,能够在每个人心中产生共鸣。约翰逊也有过同样的感受,他提到"也许任何人看到这样的地方(乡村),都会产生某种间接得到的快乐和偶然碰到的喜悦，或会联想到年轻朝气时的每件往事，把自己带回到生活中最美好的时期"（约翰逊：51）。因此，玛里奈利认定，"对童年的强调是浪漫主义田园诗歌的一项重要创举，其核心理念是儿童清晰的观看世界的方式比成人的更加优越"（Marinelli：77）。每个人的金色童年就是黄金时代，诗人希望通过重返童年，歌唱孩子纯粹的信仰，唤起成人读者对世界的希望。

在华兹华斯的诗中，乡村仍旧是美德和安稳的象征，乡村生活虽穷困却不无自由，因此依旧高于城市生活。不同的是，无论是古希腊的田园诗歌还是英国新古典主义的田园诗歌，其中所涉隐退之处都是"经过耕作的、文明的、能够支撑悠闲生活的富足自然"——要么是城市近郊的乡村庄园，要么是精致的人造花园。这种隐退不过是暂时的，孕育着回归的必然。对于华兹华斯来说，"居于中部郡县的沃土，根本不算隐退"（Barrell & Bull：427）。诗人寻求人烟更加稀少，更加遗世独立的地方，比如彼时的湖区。不过巴雷尔和布尔指出，华兹华斯所寻求的这种隐退模式无法延续。华兹华斯笔下的乡村人物或叙述者多独自劳作或在乡间田野游荡，他们如岩石或树一样不言不语，"没有动作，没有力量，没有感觉"，被动地融入自然的运转当中，"如此一来便消解了田园风景的可居住性，也就消除了人与自然和谐共处的潜力"（429）。巴雷尔和布尔认为，这种独居的生活方式在本质上与田园诗歌的诉求是不吻合的，并据此提出，在经历了华兹华斯的高峰之后，田园诗歌的发展将举步维艰（429）。而事实上，"农民诗人"克莱尔依靠对地方独特性的细腻体验为田园诗歌注入了别样的活力。

克莱尔出身贫苦家庭，在阅读约翰逊的《四季》时受到启蒙，从而走上诗歌创作之路。贝特在《克莱尔：一部传记》（*John Clare: A Biography*）的扉页上高度评价克莱尔是"英国历史上最伟大的劳工阶级诗人。他表现的自然、童年乡村生活，以及被异化、不稳定自我的程度前无古人"。1820年，克莱尔因出版诗集《描写乡村生活和景色的诗歌》（*Poems*

Descriptive of Rural Life and Scenery）及其农工身份而获得了一定的知名度，他随后离开家乡来到伦敦谋求发展，却很快成了明日黄花。他后续出版的《乡村歌手》（*The Village Minstrel*）、《牧羊人月历》（*The Shepherd's Calendar*）、《乡村缪斯》（*The Rural Muse*）都乏人问津，这使他的生活变得极其艰难，最后他只能返回家乡继续务农。克莱尔长期受到诗人与农工的身份差异的困扰，直到精神崩溃。他的诗歌题材涉及家乡沼泽地中的四季景象、野生动植物、农民生活、爱情、民间故事、社会不公等。他反对用规则限制诗歌，诗中大量使用方言，很少使用标点符号。

克莱尔赞赏克雷布反田园诗歌的批判性，但又认为他仍旧站在牧师的旁观者角度，其对传统田园诗歌的批判并不彻底。在1821年一月的一封书信中，克莱尔如此批评克雷布："他的诗歌中有许多做作的成分，这是这位牧师诗人常要的把戏，当他在牧师住所舒适的炉火前沉思的时候，他知道多少穷人的苦痛？"（转引自McKusick，1999：81）。在诗歌《冬日原野》（"Winter Fields"）中，克莱尔讽刺克雷布这样的诗人根本不了解牧羊人真正的生活。

> 噢！在书本中忘记了冬日的凛冽，
> 满足的愉悦、会心的笑容，
> 坐在角落的沙发上磨蹭着腿，倾听着。
> 荒野里布满沼泽和泥泞，穷困潦倒的
> 是那些困在泥路上的人。
> 那里牧羊人跨着大步，找寻结实的路，
> 担心整夜湿冷的双脚和停不下的干咳
> 让他无眠到天明。
> 肩膀前倾，手拿牧杖，
> 试探着眼前的泥潭能否徒足。（Clare，"Winter Fields"）

克莱尔截取了牧羊人迎着冬日寒风在泥泞中艰难归家的生活片段，用寥寥几个动作便表现了生活在沼泽地区的牧羊人生活的不易。克莱尔作为乡村底层劳工的一员，见证过或经历过这种生活。他注重刻画牧羊人的细微动作，并将这些细节与田园诗人的程式化想象相比较，以此批评衣食无忧的诗人根本不了解穷人的苦难。这首诗从亲历者的视角揭露乡村真相，是一首更加彻底的反田园诗歌。

克莱尔的田园诗歌一直显现出矛盾性——既要突破克雷布等诗人的局限，展现乡村的社会现实，又不自觉地遵循十八世纪的田园传统，抒发对于乡村生活的热爱——这两种倾向在他的诗中形成一种拉锯。威廉·布鲁尔（William Brewer）认为克莱尔的诗歌，尤其是1821年出版的第二部诗集《乡村歌手》，"反映了年轻诗人的成长过程，克莱尔作为农工和诗人的双重角色带给他双重身份"（Brewer：74）。诗集中的《樵夫》（"The Woodman"）一诗充分展现了这一矛盾性或双重性。诗歌一开始描写冬日清晨的漆黑与寒冷，"自然中的一切看起来伤感，绝望得快死去"（Clare，"The Woodman"）。樵夫摸黑出门砍柴，但他并不抱怨，反而心怀感恩。

> 砍木柴，绑成捆，还唱着歌，
>
> 高兴得像王子，像国王，
>
> 有他们华贵的一切：他是被福佑的，
>
> 劳动的微薄收入能
>
> 收支相抵，没有长期的债务，
>
> 让一大家子人都干净整齐。（"The Woodman"）

这就是克莱尔记忆中的樵夫生活，既有劳作的艰辛和乡村生活的不易，同时也有卑微的愿望和对于生活的满足感，带有一定的乐观或理想化倾向。贝特认为，克莱尔的诗中表现出一种"恋地情结"（topophilia），即对土地的归属感和依附感，或因"真正的居住"而产生的"一种愿意观看和倾听世界的愿望"（Bate，2000：155）。诗人如同沼泽地中的树木，扎根于这片土地，吸取这里的养分。威廉斯评论道：在克莱尔的田园诗歌中，"不仅纯真和安全，而且宁静和富足都首先印刻在一片特殊的风景上，然后被强有力地扩展至一个特殊的乡村往昔"（威廉斯：196）。对于圈地前快乐的乡村生活的回忆在《牧羊人月历》中尤为凸显[1]。

克莱尔在城市遭遇挫折后返回家乡，却发现记忆中的沼泽地已不复存在，他所珍爱的一草一木也都不见踪影，诗人备感心痛。在诗歌《沼泽地》（"The Mores"）中，诗人表达了对于圈地运动的愤怒。

> 通往自由和亲切童年的路上
> 一张木板告知"此路不通"
> 常青藤盘绕的树上悬挂着
> 粗俗丑陋的告示
> 好像就算是鸟儿也应该学着了解
> 他们所到之处绝对不能继续前行。（Clare，"The Mores"）

这几句诗写的是诗人从精神病院逃回家的途中看到的情景。曾经的沼泽被抽干，草地和道路被篱笆圈为私人领地。诗人将抢占公有土地的人称为"小暴君"（little tyrant），由于他们的傲慢和贪婪，"土地不再闪烁神圣的光芒"（"The Mores"）。诗人控诉圈地运动使依赖公有土地生存的穷人和湿地上的生物失去了家园，"鸟儿，树木，花朵，没有名字/全都叹息，当枉法的法律开始圈地"（"The Mores"）。诗人深知罪魁祸首是贪婪的立法者，他们盘剥土地，使穷人失去了故土，也失去了希望。这首反田园诗歌表现了诗人面对家园倾覆时的愤怒。对于家乡的依附感与故土不再后的异化感一直是克莱尔诗歌中两种相互交织的情感。

1　关于《牧羊人月历》对田园诗歌传统的继承及对新思想的阐发，详见本书第四章。

　　田园诗歌在浪漫主义时期经历了显著变革。华兹华斯和克莱尔等诗人主张展现真实的乡村和有个性的乡村人物，于是田园诗歌中的牧人不仅不再歌唱，甚至不再言说，他们回忆着短暂的快乐瞬间，默默地忍受着苦难，从自然中获得精神慰藉。从这时起，人逐渐退至背景，自然则迈步进入前景。自然成为诗人热爱和歌颂的对象，描写自然的诗歌一路高歌猛进，展现乡村生活的田园诗歌则逐渐式微。在克莱尔之后，描写乡村生活的田园诗歌似乎陷入停滞状态。十九世纪中期以后，田园诗歌由一种文学类型衰落为一种文学模式。

1.4.2　十九世纪下半叶的田园诗歌

　　到了十九世纪中期，随着圈地运动的终结和英国第一次工业革命的完成，古朴的乡村社会不复存在，人们也不再相信田园幻境。菲利普·戴维斯（Philip Davis）总结道，"曾经华兹华斯将'自然'理解成超越物质世界的、上帝的语言"，但到了维多利亚时期，"自然不断被抛弃并降级为停滞不前的落后乡村"，彼时"华兹华斯式的记忆和感觉的模式……如果没有完全遗失，也已经被取代，或遭到破坏"（Davis：55–56）。巴雷尔和布尔认为，维多利亚时期的田园诗"变得极其正式和学术化，诗人创作田园诗似乎只是为了保存一种过时的表达方式，以期田园充满魅力的纯真意象能够得以留存"（Barrell & Bull：431），但是这一时期的人们心知肚明，乡村的剧烈变迁史掺杂着无数人的血泪，人们对乡村的复杂情感中包含着深深的忧郁。因此，在十九世纪中后期的田园诗歌中，同时存在对安定平静生活的渴望与对神圣自然的幻灭这两种相互矛盾的心理，忧郁沉思成为诗歌的主基调。乡村的没落、阶层的细化导致"农民诗人"再也不可能出现，只有受到良好教育的"城市诗人"依靠自己的童年记忆继续书写着越来越边缘化的乡村世界。

　　阿尔弗雷德·丁尼生爵士（Alfred Lord Tennyson）的诗歌创作横跨浪漫主义时期和维多利亚时期，他对田园诗歌的贡献在于革新了田园挽歌这一传统形式，并创作出更具地方色彩的方言诗。1832年，诗人的好友亚瑟·哈兰姆（Arthur Hallam）突然去世，给诗人带来了沉重的打击。此后的十七年间，他断断续续创作了131首抒情挽歌，并于1850年出版了合集《悼念集》（*In Memoriam*）。该诗集受到了维多利亚女王的青睐，丁尼生因此成为维多利亚时期最负盛名的桂冠诗人。欧文·舒尔（Owen Schur）认为，"《悼念集》既回顾了英国伟大的挽歌传统，又预见了碎片化、间离性的现代长诗实验"（Schur：18）。《悼念集》中不乏田园挽歌常见的写作手法，如在《悼念集》第二首中，诗人将自然界的四季循环与人死不能复生相对比，"花开时节又带来了花朵，/带来了初生的幼畜雏禽；/你荫影里的一下下钟声/把短短的人生逐点敲走"（丁尼生，1995：175）。《悼念集》第十一首借用田园挽歌的情感误置和拟人手法：自然万物纷纷哀悼死者，大海也被赋予了悲伤的情感，"宁静的海是银色的睡乡，/睡着的波浪轻摇着自己，/海面起伏只因为它叹息，/它胸中的宁静一如死亡"（179）。《悼念集》第二十二首的古典挽歌模式更为显著，诗人将与友人度过的美好时光描述成快乐的乡村生活："广袤的土地令我们惬意，/我们俩走着那里的小路，/美妙的四年里起起伏伏，/历经了多少回花时雪季"（183）。

然而，从《悼念集》第二十五首开始，自然的角色和意义发生了巨变，传统的田园挽歌形式已经无法表达诗人心中的痛苦。诗人热爱自然，但也意识到自然的冷漠无情，他在多首诗歌中反思人与自然、人与上帝以及自然与上帝的关系。他笔下的自然明显不同于浪漫主义诗人眼中神圣的自然，它充满了残酷的生存斗争，如诗人在《悼念集》第五十五首中询问道："上帝和自然是否有冲突？/因为自然给予的全是恶梦，/她似乎仅仅关心物种，/而对个体的生命毫不在乎"（丁尼生，1985：41）。上帝之善不再显现于自然之中，自然被视为强者的天地、弱者的屠宰场。在《悼念集》第五十六首中，自然被喻为嗜血猛兽，"爪牙染满了血"（43），这样的自然已经无法给予悼念者任何安慰。这首诗是丁尼生在阅读了早期进化论者罗伯特·钱伯斯（Robert Chambers）的作品后的感触，他从中认识到了科学发现与宗教信仰之间的冲突。

如古典田园挽歌一般，这种绝望无助的情感达到高潮之后，在结尾部分得到缓和。在第118首中，诗人号召浑浑噩噩的中产阶级"快起来超越/那醉舞的牧神、那声色之乐，/向上运动，从'兽'中超脱，/而让那猿性与虎性死灭"（丁尼生，1985：48）。可见，诗人虽一定程度上接受了达尔文进化论中关于人类起源的说法，却认为人不应止于兽性，而要追求超越，摆脱世俗声乐，以获得更高层次的人性。在第130首中，诗人与哈兰姆取得了某种精神上的联系，"我的爱包含了往日之恋，/如今变成更博大的深情；/你虽同上帝和自然相混，/我对你的爱像有增无减"（丁尼生，1995：217）。诗人似乎意识到了上帝对于人类精神世界的意义，愿意相信世上存在一种博爱和超验的精神力量。《悼念集》在形式上明显沿用了古典田园挽歌的写作手法，但在主题上反映了现代人的精神迷失；诗人悼念的并非只是哈兰姆，而是包括田园传统在内的英国社会的旧日秩序和信仰，在主题和语言上都彰显出现代性。

十九世纪五十年代后，丁尼生创作了大量方言诗，意图真实地再现乡村地区普通大众的谈吐、生活和价值观念。其中，《北方农民：旧篇》（"Northern Farmer: Old Style"）和《北方农民：新篇》（"Northern Farmer: New Style"）是丁尼生使用家乡林肯郡的方言创作的田园诗歌。诗歌采用对话和独白的形式，生动地展现了林肯郡旧式农民和新式农民不同的生活方式，表现了他们应对城市资本的不同态度，凸显出林肯郡乡村社会的变迁。《北方农民：旧篇》中出现了几近消失的旧式农民形象，他们坚守传统的生活方式和观念，具有虔诚的信仰，严守等级秩序，热爱土地，勤奋劳作。诗中，旧式农民反复强调"我尽到了我的职责，正如对待土地一样"（Tennyson，"Northern Farmer: Old Style"）。相反，新式农民的目标则是挣钱和扩张。

听到我的马快跑时的动静吗？

迫迫提，迫迫提，迫迫提——我听到这声音。

迫迫提，迫迫提，迫迫提——萨姆，你累得像头驴一样：

马蹄里的智慧也比你脑子里的多。（Tennyson,"Northern Farmer: New Style"）

这里的马蹄声"迫迫提"（proppurty）一语双关，暗指"财产"（property）。马蹄不停奔腾，词语一再重复，暗示财产的重要性，以及新式农民对于发财获利的急切渴望。他们不再将土地当作家园，而是当成盈利手段。他们放弃自给自足的小农经济模式，转而采用资本化的运作方式，这样的新式农民与城市资本家无异。新式农民还提到，"你知道吗，一个人要么是人要么就是只老鼠？"（"Northern Farmer: New Style"）他们清晰地认识到社会竞争的残酷以及社会等级的差异，在他们眼里，乡村社区内部已不再是友好互助的关系，而是你胜我败、你死我活的赤裸裸的竞争关系。新式农民的产生反映了维多利亚时期农村地区的工业化和资本化，以及传统乡村社区的解体。

丁尼生曾骄傲地宣称，他所用林肯郡方言十分地道，以至于一位农民的女儿在听过他的方言诗后赞叹道："这就是林肯郡老百姓说的话，我觉得丁尼生先生真是个绅士[1]。"丁尼生认为，只有用方言写的田园诗歌，才能将乡村人物的思想、语气和性格表达得更加真实，才能更好地再现乡村社会的真实面貌。不过在巴雷尔和布尔看来，林肯郡方言不过是给诗歌抹上了一层貌似真实的色彩，在都市语言不再被田园诗歌读者信任的情况下，这只不过是欲盖弥彰（Barrell & Bull: 431）。巴雷尔和布尔的说法或许有点偏激，不过也从一个侧面说明，维多利亚时期的人们比之前任何一

---

1 参见网站British Library收录的关于诗歌的评论片段"Alfred Lord Tennyson's 'The Northern Farmer' with Manuscript Revison"。详见https://www.bl.uk/collection-items/alfred-lord-tennysons-the-northern-farmer-with-manuscript-revisions。

个时代的人们都更加清醒地认识到，田园诗歌所宣扬的宁静生活只是一种虚幻的文学想象。事实上，丁尼生的方言诗也的确无法改变田园诗歌的没落局面。田园诗歌只能在文人对童年或青年生活的追溯中留存，成为越来越文学化、理想化、局限化的存在。

马修·阿诺德（Matthew Arnold）作为时代的反思者，经常处于苦恼之中，他曾写道："彷徨在两个世界之间，一个已死，另一个却没有力量诞生"（转引自飞白：16[1]）。阿诺德捕捉到了整个社会的思想混乱和对于信仰失却的惊恐，《多佛海滩》以田园诗中宁静的自然开头，却以反田园式的自然真相结尾，表现了社会普遍的信仰危机。他的《塞尔西》（"Thyrsis"）是一首类似于《利西达斯》的田园挽歌，但却完全没有采用古典田园挽歌的写作手法。诗歌提到牧人塞尔西的部分并不多，更加注重抒发个人情感，通过追忆青春来重塑理想。尼尔斯·克劳森（Nils Clausson）认为《塞尔西》融合了古典田园挽歌与浪漫主义抒情诗这两种模式（Clausson：174）。在吉福德看来，《塞尔西》是一首"青春田园诗"（pastoral of youth），诗中细致地描写了诗人青春记忆中的牛津郡，"满怀怀旧的情绪将其构建成阿卡迪亚，使得哀悼的语调更加柔和，与丁尼生《悼念集》中幻灭的焦虑有所区别"（Gifford，1999：117）。然而，阿诺德的《塞尔西》虽技艺高超，却似乎已成绝响。克劳森认为，"尽管1866年之后田园挽歌并没有完全消失，在阿诺德之后，这一诗歌类型的地位很快从重要诗人的保留作品的位置滑落，严肃的诗歌读者也不再对其感兴趣"（Clausson：174）。

虽然丁尼生和阿诺德试图通过赋予田园诗歌时代性来挽救这一古老的艺术形式，但都收效甚微，维多利亚后期只有哈代还在书写彼时已经越来越边缘化的英国乡村。哈代熟读忒俄克里托斯和维吉尔等人的田园诗歌作品。《哈代的"诗歌问题"笔记本》（*Thomas Hardy's "Poetical Matter"*

1　此页码为"前言"中页码。

Notebook）显示，哈代多次提及忒俄克里托斯，将其与童年的乡村生活相联系，但他并没有将田园诗与理想化简单对等。因迪·克拉克（Indy Clark）认为，"哈代的多数乡村主题诗歌挑战了田园诗歌的诸多限制和传统观念"（Clark: 2），意在改写传统的田园诗歌，"展现出超越田园传统的复杂性，并挖掘出这一传统所具备的创新的可能性"（8）。哈代的创造性在于他常常或明或暗地使用传统田园诗歌的情节或素材，同时以出其不意的形式重新考量这些内容在现代社会的价值。

哈代于1887年写就的诗歌《在林中》（"In a Wood"）明显将矛头指向田园诗歌，表达了与丁尼生和阿诺德类似的对于神圣自然的信仰的幻灭。诗歌开头，诗人和传统田园诗人一样，受困于城市的喧嚣，渴望能从林荫中找到内心的宁静。诗人将森林视为"隐蔽之地"，将大自然想象成"温和的慰藉"，以摆脱"人世间的动乱"（哈代，1992: 16）。然而，诗人很快发现，森林中也并不平静。

> 但是，当我进入林中，
> 大大小小的植物
> 显示出与人类的相似——
> 个个都在角逐！
> 美国梧桐推挤栎树，
> 爬藤奴役纤细的幼苗，
> 强壮高大的榆树，
> 被常春藤掐得几乎死掉。（17）

本来静止的各种植物，在诗人眼里进行着你死我活的生存之战。优胜劣汰、适者生存，自然无时无刻不在斗争之中，充满了危险和未知。自然对于任何势力都冷眼旁观，没有仁爱，根本无法给人带来精神的抚慰和灵魂的解脱。哈代的诗歌充满了悲观主义和宿命论思想，自然的严酷与宇宙的冷漠在他的诗中无处不在。

虽然哈代不再去往自然中获得慰藉，但他并没有放弃乡村生活这一主题。他的家乡多塞特郡荒凉幽美，曾经是古威塞克斯王国的所在地，保留着多处神秘古迹，这里的荒原成为其系列小说和诗歌的灵魂所在。哈代以荒原风景和人物为基础，创作出一个既真实又理想化，既保留原始野性又受到工业文明污染的威塞克斯乡村世界。哈代在1895年二月出版的《远离尘嚣》的前言中首次称威塞克斯"只是一处现实主义的乌有之乡"（a merely realistic dream-country）[1]，可见哈代设计的威塞克斯是田园理想化元素与现实主义批判性元素的结合体。1898年，哈代出版了第一部诗集《威塞克斯诗集》（*Wessex Poems*），这五十一首诗围绕虚构的威塞克斯，描写了那里荒凉神秘的自然风景与具有时代性的乡村人物。诗歌用词简练，朴实无华，探索了时间和空间多重维度，具有一定的现代性。1901年，哈代出版了第二部诗集《今昔诗集》（*Poems of the Past and the Present*），同样包含着对于童年乡村生活的回忆。

哈代笔下的威塞克斯是十九世纪末高度工业化的乡村，风景迷人，但已渗透了城市势力。在《挤奶姑娘》中，城市势力已经深入到了最幽静的溪谷。

> 姑娘仿佛在喃喃自语——
> 赞叹大自然的幽美静谧，
> 吐露她的情感心愿，
> 完全与溪谷融为一体。
>
> 可是她眼里却闪出痛苦的目光，

1　引自 *Far from the Madding Crowd* 电子书，由笔者所译。详见 https://ebooks.adelaide.edu.au/h/hardy/thomas/h27f/preface.html.

接着，一滴泪水下淌：

啊，是不是列车驶过，

她清静的耳膜被呜呜尖叫刺伤？（哈代，1987：33–34）

前一节中，哈代暗讽了华兹华斯所推崇的劳动中的人与自然融为一体的言论。在他看来，人与自然无法实现融合：自然冷眼旁观人类的苦难，苦难对于经受着它的人来说没有丝毫美感可言。后一节中，城市的铁路修到了乡村各处，震耳欲聋的轰鸣声打破了乡村的宁静。在《远离尘嚣》的前言部分，哈代提到，这是一个现代的威塞克斯，有铁路、一便士邮政制、割草机和收割机、联合济贫院、安全火柴，以及能够读写的劳工和公立学校学生（哈代，1982：1）。可见，十九世纪后期的乡村社会不再封闭，人口和资本是流动的，生产方式不断变化，乡村生活随时需要应对贸易和市场的冲击，乡村人物的地位和阶级也随时面临变化。克拉克提出，"哈代描写乡村的诗歌并没有陷入城市和乡村二元对立的模式，而是在探索城市和乡村社会的内在联系性"（Clark：9）。在《被毁的姑娘》中，乡下姑娘并非传统田园诗歌中的天真形象，她追逐虚荣，毁于虚荣，然而却有更多的姑娘步她的后尘。

——"我多想也有漂亮的仪表，华丽的长袍，

众多的服饰，能过市炫耀！"

"哦，亲爱的，"她说，"不懂事的乡下姑娘，

千万不要这么想，你还没有被毁掉"。（哈代，1998：642）

乡村青年向往城市的繁华，他们在乡村和城市之间自由流动，造成了阶级和生活的不确定性，经历了种种悲惨的人生遭遇。哈代反对华兹华斯将个人的苦难当作对其美德的考验，他笔下乡村人物的苦难不是审美的对象，年轻男女的堕落有着更多身不由己的宿命论色彩。巴雷尔和布尔认

为，"田园理想与现实主义尴尬地并存于哈代的田园作品中。造成这种理想与现实之间的拉锯的原因是，永恒的黄金时代和反应迟缓的牧人等田园诗旧有的特质很难展现十九世纪农业历史格局的激烈动荡，以及这种动荡给英国乡村居民带来的影响"（Barrell & Bull: 431）。

约翰·罗森博格（John D. Rosenberg）曾评论道："在西部大铁路轰鸣着驶入牛津市中心时，田园诗歌已经变成了濒危物种"（Rosenberg: 149）。威廉斯认为，十九世纪末的读者"几乎都免不了要把乡村看作是空无一物的大自然，或者是比他们低劣的人工作的地方"（威廉斯: 279）。乡村不再具有富足安稳的特质，自然也不再具有安抚人心的作用。在功利主义盛行，自然科学与达尔文主义否定了上帝的存在的维多利亚时期，诗歌表达了社会中弥漫的哀伤和忧郁。这一时期，田园挽歌受到了丁尼生和阿诺德的青睐，他们在悼念亡友的同时，也在悼念曾经信仰坚定、安定和谐的旧秩序。哈代写给亡妻的挽歌最受读者的认可，不过它们抛弃了古典挽歌的形式。然而，远离大众的诗歌无法长久，十九世纪中期以后关于乡村的描写似乎只在丁尼生的方言诗中得到了一定的发展，且显出一幅山枯水瘦的景象。哈代也无法再以田园的眼光打量乡村，他眼中的乡村俨然浸透了城市势力，与世外桃源或阿卡迪亚再无瓜葛。田园诗人再难以觅到一处不受工业文明污染，保留着原始生活方式的乡村。但只要城市在扩张，它的对立面乡村便是一个充满魅力的存在。田园诗歌虽然衰落，但从未消亡，始终在诗歌的星空中闪耀着独特的光芒。

1.5　新发展——二十世纪

二十世纪是英帝国由盛转衰的世纪。在二十世纪初期，英国仍是世界上最强大的殖民帝国，到了中期却沦落到唯美国马首是瞻的境地 —— 两次世界大战是造成英国衰落的根本原因。二十世纪的前四十多年，英国疲于应付帝国间的大战和帝国内各殖民地的独立运动，在此过程中这个曾经的日不落帝国变得四分五裂，最终走向衰落。二战后，和平和发展是英国社会的主流，城镇化和工业化迅猛推进，人们的生活水平快速提高，但同时环境问题也日益突出。鉴于两个时期的矛盾焦点不同，下文对二十世纪英国田园诗歌的梳理将分为二战前和二战后两个阶段展开。

1.5.1　二战前的田园诗歌

进入二十世纪，英国国内经济增长遇到瓶颈，人口膨胀，城市急剧扩张。到了1901年，英国的人口总数已经是1801年的四倍，接近4,000万，其中城市人口占总人口的78.1%[1]，也就是说只有大约五分之一的人口住在乡村地区（Simmons：172）。真正的农村人口已经不多，农业经济的地位日趋边缘化；而城市的大多数居民只是工业化生产中的一环，感受着越来越深刻的疏离感、陌生感、孤独感和异化感。思想上，J.G. 弗雷泽（James George Frazer）的人类学、弗洛伊德的心理学、尼采（Friedrich Wilhelm Nietzsche）的唯意志论、爱因斯坦（Albert Einstein）的相对论彻底颠覆了西方人的宗教和价值体系。现代性打破了旧秩序，扰乱了原有的社会规则和伦理关系，人们开始对自我、集体、世界和宗教产生怀疑。在这样一个翻天覆地的时代，在实验性的现代主义文学主宰文坛的大局之下，仍有一批中产阶级诗人依旧视英国为神秘的故土，描写浪漫如画的英国乡村风景。

1912年，在青年诗人鲁珀特·布鲁克（Rupert Brooke）的提议下，爱德华·马什（Edward Marsh）编辑出版了第一部《乔治诗歌》（*Georgian Poetry*）。到1922年，先后共有五部《乔治诗歌》出版，收录了三十多位诗人的诗作。这些诗人中以布鲁克最为当时的读者所熟知，

1　需要说明的是，78.1%这一数值是城市人口数与总人口数的比值，但由于各种原因，十九世纪中期到二十世纪初的英国人口数据多只计算英格兰和威尔士的人口数，并未涵盖苏格兰和北爱尔兰的人口数。对于这一情况，此处不作深究。

此外还有詹姆斯·弗莱克（James Flecker）、埃德蒙·布伦顿（Edmund Blunden）、罗伯特·格雷夫斯（Robert Graves）和沃尔特·德·拉·梅尔（Walter de la Mare）等。布鲁克曾提到希望创作一部长诗，"把英格兰当作一个非地方性的存在，将其视为一个抽象的、不受时间影响的意念中的国家，而非真实的国家"；实际上马什正是按照这个原则选编诗歌的，因而这五部诗集共同描绘了一个"朦胧的、童话般的、浪漫的英格兰"（转引自Caserio：98）。总体而言，早期的乔治诗歌以英格兰乡村和自然为表现对象，传承浪漫主义之遗风，诗风梦幻，逃避现实，歌颂田园隐居生活，可以归为理想化的田园诗歌，其中最具标志性的便是布鲁克写于1912年的诗歌《格兰奇斯特的牧师旧居》（"The Old Vicarage, Grantchester"）。当时正在德国旅行的诗人在诗中表达了对这个剑桥郡的小村庄的怀念，他写道：

> 在格兰奇斯特，在格兰奇斯特！
> 也许人们可以触碰
> 自然，土地，如此这般。
> 聪明的现代人看见
> 农牧神从绿荫中探出头
> 觉察古典并未消亡，
> 瞥见水泽仙女发间的芦苇
> 听到潘神的笛声轻柔。（Brooke，"The Old Vicarage, Grantchester"）

在剑桥附近的乡村里，诗人仿佛看到了古典田园诗歌中的众多神话人物，这里便是他心中的阿卡迪亚，是被异乡者施以浪漫化想象的故乡。乔治诗歌所表达的中心思想便是"逃离城市"和"对乡村的美丽和宁静的坦诚欣赏"，而后者包含了"对劳动的尊重"（威廉斯：350）。以布鲁克为代表的中产阶级诗人渴望简单淳朴的生活，追求平等自由的生活状态。

虽然乔治诗歌因其逃避现实的标签而被排除在诗歌经典之外，却得到了同时代人的高度评价。爱德华·托马斯（Edward Thomas）评价《乔治诗歌》中收录的诗歌"非常聪明地表现出现代人对纯朴和原始的那种热爱的许多方面，这种纯朴和原始存在于孩子、农民、野蛮人、早期人类、动物以及整个大自然当中"（转引自威廉斯：354）。由此可见，在二十世纪初英格兰高度城市化的背景下，人们依旧对以乡间劳作为代表的古老生活方式怀有深厚的感情，英格兰乡村成为英格兰人对于过去的共同回忆，成为"旧英格兰"的代表形象。威廉斯认为，乔治诗歌中的乡村人物或事件被纳入一个朦胧的代表乔治时代内部情感和观点的整体意象——乡村英格兰（威廉斯：354）。换言之，乡村变成了英格兰之梦中的一个样板，反映了人们对于简朴生活的脸谱化印象，也寄托了他们对于和平和安宁的期许。

一战是欧洲各帝国间的混战。大战初期，英国上下爱国精神高涨，一批批青年踊跃参军奔赴前线。然而战场如同屠宰场，英国军队在一战中伤亡三百多万人，阵亡士兵和将领约一百万（钱乘旦、许洁明：318）。从战场归来的一代人对进步和文明的信仰彻底破灭，整个二十世纪二十年代，人们都处于幻灭的痛苦之中。一战期间，大批才华横溢的年轻诗人为国捐躯，其中就包括布鲁克和爱德华·托马斯。血腥的一战使得诗人们之前抱有的英雄理想破灭，剩下的只有对战争罪恶的反思。后期的《乔治诗歌》收录了描写真实战争的诗歌，但多数描写都是间接的。处在战争阴影中的人们愈发怀念曾经宁静的英国乡村。诗人怀念故土，将田园的宁静与战争的暴虐相对比，批判战争的罪恶，悼念阵亡战士。爱德华·托马斯擅长用自然的宁静反衬战争的残酷[1]，如《樱桃树》："樱桃树垂向古老的大路，/过路人都已死了，只见一片落英，/满地花瓣像准备谁的婚礼，/这阳春五月

1　爱德华·托马斯的诗歌并没有收录在《乔治诗歌》之中，但与乔治诗歌的诗风和理念类似，因而爱德华·托马斯也多被当作乔治诗人。

却无一家成亲"（爱德华·托马斯：425）。短短四行就写出了一种物是人非的悲凉：四季循环，春天如约而至，五月依然灿烂，村庄的少年却已战死沙场，自然景致的繁华更衬得生命的脆落。在《纪念：1915年复活节》这首四句短诗中，诗人再度将繁花似锦与家园荒芜的景象并置："黄昏时的树林繁花似锦，／复活季节又记起那些人；／本该与情人来采英撷花，／却长眠于他乡难回家门"（转引自姜士昌，2007：68）。树林、繁花和复活节愈令人欣喜，最后一句"长眠于他乡"愈令人为本该风华正茂的青年感到哀伤。诗人并不直陈战争之罪孽，而是以美好的自然画面中暗含的深深的悲哀促使人们反思战争。

一战之后，英国诗人继续以中产阶级的固定眼光看待乡村。威廉斯认为，这一时段虽仍有大量描写英国乡村的散文和纪实作品，但几乎都是"从真实记录转到惯例写法然后又转回来，这种转换有时明显有时难以察觉，最后这两种描写方式似乎已经纠结不清了"（威廉斯：359）。关于乡村的写作呈现为一种惯例模式，"观察、传说、纪实和一部分历史深深地交织在一起"（359）。中产阶级的读者像看待异域一样看待乡村，乡村题材的诗歌、回忆录等成为城市人的休闲娱乐。诗人按照中产阶级的惯例描写乡村，其所谓精细的观察和记录很难带给人真实的冲击力。有深度、有新意的英格兰田园诗歌直到二十世纪下半叶才重现于休斯笔下。不过，英国除英格兰以外的田园诗歌依旧璀璨。

二十世纪开始，英帝国对广阔殖民地的统治和管理开始力不从心。一战使英帝国元气大伤，各殖民地人民反帝国、求独立的呼声此起彼伏，自由的凯歌不断奏响。在英帝国内部，十九世纪末二十世纪初的爱尔兰出现了文艺复兴，大批诗人和作家致力于展现爱尔兰民族文化和民族精神，如威廉·巴特勒·叶芝（William Butler Yeats）、乔治·威廉·拉塞尔（George William Russell）、詹姆斯·乔伊斯（James Joyce）等。由于农业和牧业是爱尔兰的主要经济类型，尼古拉他·斯坦卡（Nicoleta Stanca）认为，对于复兴主义者来说，爱尔兰乡村意味着民族性，乡村景观就是爱尔兰的核心所在（Stanca：109）。乡村和田园是以叶芝为代表的复兴主义者回顾爱尔兰历史，展现爱尔兰民族精神时采用的主要意象。

叶芝毫无疑问是二十世纪最伟大的诗人之一。作为英裔爱尔兰人，他受到了良好的英式教育。叶芝早年十分钟爱古希腊题材的田园诗歌，通过模仿创作这类诗歌，表达了他"对美好理想的追求和对物质社会的厌恶以及逃避现实的情绪"（陈恕：65）。在1908年发表的《威廉·巴特勒·叶芝诗歌散文集》（*Collected Works in Verse and Prose of William Butler Yeats*）中，诗人回忆了自己的创作历程："最初写作时，我随着阅读的方向到处寻找我的主题，我最爱阿卡迪亚式和浪漫印度式的国度，但如今我已确信，绝不去祖国以外任何其他国家找寻诗歌的风景，我想我会一直将这个信念贯彻到底[1]。"叶芝早年创作了许多以古希腊和印度为题材的诗歌，多收录在他的第一部诗集《乌辛漫游记及其他》（*The Wanderings of Oisin and Other Poems*）中。1886年，叶芝结识了芬尼亚运动（Fenian Movement）的领导人约翰·欧利尔瑞（John O'Leary）。在他的启发下，叶芝转而以爱尔兰历史和风土为题材，注重在爱尔兰本土风景中发掘灵感。

从第二部诗集开始，叶芝开始有意识地挖掘爱尔兰的民谣和神话传说，尝试构建一个古老的充满乡土特色且理想化的爱尔兰乡村。写于1890年的《湖岛因尼斯弗里》将位于爱尔兰西部的斯莱戈郡吉尔湖上的小岛描写成阿卡迪亚。诗人自述这首诗的创作背景为："我少年时住在斯莱戈郡时曾有个梦想，我希望模仿梭罗的生活，前往吉尔湖上的因尼斯弗里岛。当行走在弗利特街，我突然思乡，在商店的橱窗上看到了一湾清泉……，然后开始忆起湖水[2]。"站在伦敦灰色的人行道上，诗人愈加想念

1　引自网站 Poetry Foundation 的 "William Butler Yeats" 页面。详见 https://www.poetryfoundation. org/poets/william-butler-yeats。

2　叶芝的自述引自网站 Bunpeiris 对于诗歌的解读部分。详见 http://www.bunpeiris.org/lake-isle-of-innisfree/。

萦绕在心中的阿卡迪亚。

> 现在我要起身离开，前去因尼斯弗里，
> 用树枝和泥土，在那里筑起小屋：
> 我要种九垄菜豆，养一箱蜜蜂在那里，
> 在蜂吟嗡嗡的林间空地幽居独处。

> 现在我要起身离去，因为在每夜每日
> 我总是听见湖水轻舐湖岸的响声；
> 伫立在马路上，或灰色的人行道上时，
> 我都在内心深处听见那悠悠水声。（叶芝：75–76）

不同于灰暗的城市，岛上蜜蜂嗡嗡、流水潺潺、晨雾霭霭，爱尔兰的因尼斯弗里岛成了阿卡迪亚般的人间仙境。诗人将梦幻与现实相结合，将爱尔兰乡村生活理想化。波茨认为，这首诗体现了田园诗歌常见的城乡对比，"对比了理想化的乡村生活的良善与城市生活的堕落，特别将爱尔兰西部富饶肥沃的因尼斯弗里岛与灰暗的、人性沦丧的伦敦相对照"（Potts：8）。不过，这首诗在城乡对比的背后表达了更为深刻的主题，即对伦敦所代表的帝国主义势力的批判。二十世纪初，伦敦是世界上最大的城市，也是腐朽的帝国主义势力的大本营。尽管英国本土大不列颠岛早在十八世纪便开启了工业化进程，爱尔兰的部分乡村地区直到二战时才开始受到工业化的影响。叶芝对爱尔兰乡村的歌颂与其民族解放的诉求密切相关。他和其他复兴主义者歌颂爱尔兰乡村社会的精神力量，以乡村美德对抗城市罪恶，以田园传统对抗现代化和帝国主义。

叶芝收集了大量爱尔兰民谣，这些经过加工的民谣共同构成了一个去历史性的、神秘的、充满苦痛而又超脱苦痛的乡村社区。诗人在《欧哈特神父谣曲》中塑造了一个善良的乡村神父形象，"从主妇、猫儿和孩子们/到空中的鸟儿，全都喜欢他"（叶芝：41）。这样一位善良的牧师寿终时，"并不曾有人来哭丧；/只有来自克瑙克纳瑞的群鸟/和克瑙克纳希周围的万物/在那一天前来哭吊"（41）。群鸟和万物为牧师唱起了挽歌，这正是千百年来田园诗歌所歌颂的人与自然和谐相处的场景。波茨认为，"叶芝和其他复兴主义者赋予了爱尔兰农民一种精神力量，将其与维多利亚时期英国城市文化中的庸俗主义（philistinism）相对比"（Potts：8）。在叶芝等人眼中，"爱尔兰的农民永远不会成为物质主义的牺牲品，因为爱尔兰的乡村风景和他们的种族记忆都融入了古老的灵性世界之中"（Stanca：111）。叶芝通过构建浪漫化的爱尔兰乡村纪念即将失落的爱尔兰文化，为爱尔兰民族文化的复兴作出了贡献。但是，叶芝所表现的爱尔兰乡村社会往往是道听途说或纸上得来的；以叶芝为代表的爱尔兰复兴主义者大多是英裔爱尔兰人，是爱尔兰社会中的精英阶层，他们并不真正了解爱尔兰乡村社会的现实。他们不加批判地一味赞扬爱尔兰乡村生活的做法引来了后世爱尔兰诗人的批评。

帕特里克·卡瓦纳（Patrick Kavanagh）是爱尔兰文艺复兴浪潮过后出现的真正的农民诗人，是理想化的爱尔兰乡村诗歌的改写者。不同于叶芝等人，他出身于穷困的佃农家庭，终生保持着农民的生活方式，以农民的视角书写真实的爱尔兰乡村生活。1935年，卡瓦纳的处女作《农夫和其他诗歌》（*Ploughman and Other Poems*）出版，诗中展现了爱尔兰佃农艰难的生活和短暂的快乐瞬间。1942年，卡瓦纳发表了长篇叙事诗《大饥荒》（*The Great Hunger*），以现实主义的视角和现代主义的创作手法展现了二十世纪三十年代爱尔兰贫穷佃农普遍面临的生理和心理方面的双重饥荒。吉福德认为，诗歌取名为《大饥荒》，暗示这种饥荒的严重性堪比十九世纪四十年代爱尔兰历史上出现的大饥荒，"马圭尔的饥饿感是'地上每个角落的'佃农都感受到的"（Gifford，1995：82）。诗中细致地描写了爱尔兰佃农帕特里克·马圭尔（Patrick Maguire）的耕作细节，字里行间流淌着马圭尔内心的潜意识，夹杂着众多宗教意象和备受诟病的性暗示。诗歌表现了爱尔兰佃农的生存悲剧，体现出一种无法挣脱的宿命感。

在卡瓦纳看来，以马圭尔为代表的爱尔兰佃农长期遭受着经济上的贫穷和生理上的压抑，他们的生活"没有疯狂的蹄子御风飞驰，/只有软弱、慵懒的真实悲剧"（卡瓦纳：166）。卡瓦纳首次展现了贫困佃农所遭受的生理压抑，他对性压抑的表现将反田园的层次由外在的苦累深入至内心的挣扎。经济上的贫困是佃农"打光棍"最直接的原因，另外宗教的罪恶感也使他羞怯害怕。

> 宗教、土地和对主的畏惧
>
> 和不谙世事给这懦夫以重击，
>
> 他不敢从结着果子的生命树上
>
> 采摘幻想。他低下头，
>
> 看见湿草缠着脚趾。（149–150）

"结着果子的生命树"带来了原罪和堕落，马圭尔害怕上帝的惩罚。他的母亲要求他"将土地当作新娘"，所以他不得不推迟结婚和生育。吉福德认为，《大饥荒》"所宣传的救赎只是一种欺骗，宗教表现为简单的迷信"（Gifford，1995：85）。在现实和宗教的双重压迫下，马圭尔不得不长期抑制生理欲望，最终变得懦弱胆小又"女里女气"（卡瓦纳：158）。

卡瓦纳在爱尔兰系列电视剧《自画像》（*Self Portrait*）中曾直言自己和同时代的佃农所面临的精神匮乏："事实上，佃农生活在低于意识水平的状态，处于无意识的黑暗洞穴之中，他们看到光明时只会尖叫。真正的贫穷是缺乏启蒙[1]。"在卡瓦纳看来，佃农的精神匮乏与无法宣泄的孤

1　引自网站Poetry Foundation的 "Patrick Kavanagh" 页面。详见https://www.poetryfoundation.org/poets/patrick-kavanagh。

独是他们生活中最痛苦的部分。卡瓦纳的反田园诗歌不仅展现了传统反田园诗歌中辛苦的劳作和无望的贫困，更进一步揭露了佃农所承受的多重压迫。农民与耕作的土地相隔绝，这反映了一战后现代人的精神荒原不仅存在于城市，且已蔓延至乡村。总体而言，这一时期的爱尔兰诗人将田园诗歌与政治、宗教、历史等相结合，大大扩展了二十世纪田园诗歌的深度和广度。

1.5.2　二战后的田园诗歌

英国在二战中损失惨重，彻底失去了一流强国的荣光，此后依靠"马歇尔计划"（The Marshall Plan）的资助，国力才逐渐恢复。由于科学技术和石油化学工业的飞跃性发展，英国社会发生了翻天覆地的变化，财富呈几何级数增加，新技术、新设备不断出现，人民生活水平得到提高。1955年，英国城市人口占总人口的比重达78.8%，直到二十世纪末，这一数值基本保持稳定，略有浮动[1]。二十世纪后期，全球范围的城镇化和工业化带来了严重的空气、水和垃圾等污染，自然环境的持续恶化已经危及人类的生存安全。环境危机的出现使得人们再度将目光转向自然。

在英国卷入二战硝烟时，威尔士文学异军突起，出现了两位名叫"托马斯"的诗歌巨匠，分别是迪伦·托马斯（Dylan Thomas）和R.S. 托马斯（Ronald Stuart Thomas）。迪伦·托马斯诗名显赫，他创作了大量关于战争和死亡的诗歌，也写出了《羊齿山》（"Fern Hill"）和《冬天的故事》（"A Winter's Tale"）这样的田园诗歌佳作。迪伦·托马斯不幸于1953年英年早逝。我们在这里主要讨论另一位托马斯——R.S.托马斯。R.S. 托马斯是位隐居乡村的牧师，是巴雷尔和布尔在《企鹅英国田园诗选》中特别提到的二十世纪硕果仅存的田园诗人之一。他创作的田园诗歌主要集中在早期的《R.S. 托马斯自选诗集：1946—1968》中，之后的诗歌主要以宗

1　网站Worldometers可查从1955年到2019年的英国人口相关数据。78.8%的数值取自城市人口数与总人口数之比。详见 www.worldometers.info/world-population/uk-population/。

教为题材。R.S. 托马斯一生拒绝与现代技术打交道，其田园诗歌主要展现荒芜的威尔士农场和在山地恶劣环境中生存的威尔士农民，力图以一种现实主义的、粗犷的、毫无修饰的诗歌语言展现乡村生活的艰苦。

R.S. 托马斯的许多田园诗歌以所在教区的教民，如农场工人、家庭妇女等人的真实故事为题材。在他的笔下，威尔士乡村的农民像原始人一样粗鲁而充满野性，他们不追忆过去，也不忧虑未来，像一棵树或一块岩石一样默默承受生活的风吹雨打。《一个农民》中的人物泼列色启（Prytherch）是 R.S. 托马斯诗歌中典型的威尔士农民形象[1]，他被枯燥的生活折磨得思想麻木。

> 晚上他呆坐在他的椅子上
>
> 一动不动，只偶尔倾身向火里吐口痰。
>
> 他的心是一块空白，空得叫人害怕。
>
> 他的衣服经过多年流汗
>
> 和接触牲口，散发着味道，这原始状态
>
> 冒犯了那些装腔作势的雅士。
>
> 但他却是你们的原型。一季又一季
>
> 他顶住风的侵蚀，雨的围攻，
>
> 把人种保留下来，一座坚固的堡垒，
>
> 即便在死亡的混乱中也难以攻破。（R.S. 托马斯，《一个农民》：744–745）

泼列色启是"那些装腔作势的雅士"所写或所读的诗歌中的原型，然而，这样一位威尔士农民并非华兹华斯笔下哲学家式的牧人，他的内心

1　参考网站 Poetry Foundation 对于泼列色启人物形象的总结。详见 https://www.poetryfoundation.org/poets/r-s-thomas。

一片空白，没有深远的思绪，原始又粗鲁。R.S. 托马斯自觉地避免将自然和荒野理想化或神秘化，在《秋来大地》（"Autumn on the Land"）中，诗人写道："你必须修正／你乏味的自然哲学，大地／本身无力使人智慧"（Thomas: 106）。自然本身并不能给人增添智慧，大地也不过是农民征服的对象。诗人敬佩山区农民坚忍的品质，明白这种品质是他们能够在严酷的环境中生存下来的关键。他曾在一次访谈中提及："（威尔士农民）毕竟克服了种种艰难并且生存下来了，这就说明他们的内在有个坚硬的核心"（R.S. 托马斯，2004：5）。诗人对威尔士农民怀有复杂的情感，既怜悯他们生活的艰辛，又不满他们内心的空白，但他还是敬仰他们千百年来坚守在这片贫瘠的土地上，让威尔士人坚忍的品质得以代代相传。

R.S. 托马斯力图在诗歌中表现真正的威尔士。他笔下的乡村是个万年不变的地方，在《农村》中，诗人称这里是"过去时间的最后据点"，在这里"很少发生什么；一条黑狗／在阳光里咬跳蚤就算是／历史大事"（R.S. 托马斯，《农村》：743–744）。农村的时间仿佛凝固，恒久不变，村子周围则"慢慢转动着一整个世界，／辽阔而富于意义"（744）。诗中的威尔士乡村是被人、被历史遗忘的地方，任凭外面的世界旋转不停，乡村依然如故。诗人厌恶威尔士的工业化和现代化，怀念过去传统的生产和生活方式。他在1997年出版的《R.S. 托马斯自传》（*R. S. Thomas, Autobiographies*）中谈到，自己"常常回顾过去，认为过去更美好"[1]。在诗人看来，只有乡村才能代表真正的威尔士，"在这里，在这泥土、灰尘和泥炭中有我们的生活、天堂和地狱，一个威尔士人应在这样的环境里塑造他的灵魂。……城镇并非威尔士的特征；那是外来影响的证明"（R.S. 托马斯，2004：202）。

1　引自网站Poetry Foundation的 "R.S. Thomas" 页面。详见https://www.poetryfoundation.org/poets/r-s-thomas。

诗人在1955年所写的诗歌《别无选择》中回顾了自己创作田园诗歌的历程，表达了对诗歌在当代有限的社会效应的失望之情。

> 一切都是徒劳。
> 我将不再钟情于这把犁，
> 不再钟情于一切的生灵和
> 那与大地联为一体的人。（R.S.托马斯，2004：60）

诗人设法使读者关注他诗歌中那个原始的、远离喧嚣的威尔士高山乡村，但却失望地发现自己无法将人们从锱铢必较的物质生活中拯救出来，所以他怀疑读者根本无法与他产生共鸣。1963年，诗人写道："诗人的潜在读者是城市居民，这些人或许同情自然，但大多数接触不到自然，他们与自然的接触受到了机器的修正。这有可能会剥夺一些植根于乡村的文字的关联性"（转引自Gifford，2011：68）。诗人认为，城市读者恐怕无法完全理解田园诗歌的真正含义。不过，诗人并不愿放弃，也没有绝望。诗歌最后，诗人感到"绿色桃源/古老的谎言依然诱我"（R.S.托马斯，2004：60）。现代人对于"新世界"的憎恶，对于"绿色桃源"的渴望是田园诗歌在当代社会虽已如星星微火，但依然不灭的原因。

二十世纪六十年代末，随着西方环境主义运动轰轰烈烈地开展，田园意识、本土情结等问题重新进入大众的视野。人与自然之间的关联一直都是田园诗歌关注的话题，当下更是呈现出一种前所未有的意义。一切都在消失中，正如诗人菲利普·拉金（Philip Larkin）在《在消失中》中所写的那样，"我原以为可以保我这一辈子——/总能感到在城市尽处/有草地和农田，/村子里会有二流子，/在爬那总会没砍尽的大树"（拉金：776），但如今只剩下"冷冰冰的高层建筑登场"（777）。当乡村消失时，对于诗人而言，"英格兰也就消失，/连同树影，草地，小巷，/……只留下混凝土和车胎"（778），英格兰乡村所代表的英国传统也随之消失。在城市生活成为主流，环境问题、食品问题日益突出的时代背景下，当代人已经完全意识到了人与自然的隔绝，并越来越渴望恢复曾经美好的绿色乡村。于是，当代诗人再度将目光转向越来越边缘化的乡村和荒野，寻找重新融入自然的可能。

休斯是英国的桂冠诗人，他对野性自然的描写、人性的探索以及社会历史的思考独树一帜。一反以拉金为代表的运动派诗歌平淡现实的诗风，休斯的自然诗歌充满张力，去除了所有中产阶级诗歌的弊病，洋溢着来自远古时代的呐喊和激情，表现出自然的恒久神秘与勃勃生机。二十世纪七十年代以后，休斯的中后期诗歌开始回归现实，《摩尔镇日记》便以现实主义的笔法记录了现代英国的农场生活及乡村面貌，呼吁人们承担起对自然的责任。1973年，休斯买下了北德温郡的摩尔镇农场，与妻子卡罗尔·休斯（Carol Hughes）和岳父杰克·奥查德（Jack Orchard）一起生活并经营农场。《摩尔镇日记》以类似日记的形式，记录了诗人在农场中的四季生活。诗人以一种既沉浸其中又抽离旁观的视角记录着农场发生的大小事件，并采用"一气呵成、几乎未做任何修改"的作诗方式以排除想象力的加工和对于措辞的反复推敲（陈红，2014：121）。诗人有意避免华兹华斯式经过思维过滤的、雕琢的诗句，他对劳作细节体察入微，对农场发生的血腥和暴力不加遮掩，跳出了中产阶级田园诗歌的固有模式。

作为一部当代农事诗集，《摩尔镇日记》详细记录了农场一年四季的各种农事活动，也记录了农场牲畜和周边野生动物的生存状况，描写极为细致鲜活。休斯非常喜欢当众朗诵诗歌《二月十七日》（"February 17th"），这首诗描写了农场真实发生的一个血淋淋的事件：为了拯救难产的母羊而割下未出生的小羊的头。休斯有意颠覆传统田园诗赋予绵羊的浪漫化形象，用农场动物所面临的残酷的生存现实让读者认识乡村的真相，这首诗因此被吉福德定义为反田园诗歌（Gifford，1999：150）。

此外，诗人还记录了农场内外的一些经营活动，如《她来通过考试》（"She Has Come to Pass"）记录了休斯妻子到牲口拍卖场学习交易的活动。诗集中还有六首诗歌回忆已逝的岳父奥查德。《正式拍卖者》（"The Formal Auctioneer"）回忆奥查德买牲口的经历。《一个纪念碑》（"A Monument"）描写了奥查德冒雨修筑铁丝网的情景："你的雨衣破破烂烂，脸上带着全力以赴的专注，/在柱子、工具和打桩机下面来回跟跄，/此时雨使得紫色的桦树苗闪闪发亮/衣服淋成了一大张铅皮"（转引自陈红，2014：131）。在奥查德身上，诗人看到了一个典型的、可敬的英国农民形象：他熟悉农场的各种农活，认真照料每一头牲畜，勤勤恳恳，任劳任怨；他也是一个尽职尽责的农场管理者，游刃有余地从事市场交易活动，从容应对各种危机，坚毅而沉默。吉福德认为，休斯苦苦追寻人类到底应当如何在地球家园中生活，他在奥查德的劳作中找到了某种答案。奥查德在休斯眼中正是理想生活方式和价值观的表率，而奥查德和休斯对农场事无巨细的照料也让吉福德看到一种对环境和土地负责任的态度（Gifford，2009：53）。奥查德死后，农场难以为继。对于休斯来说，岳父的死不仅意味着实际的经营困难，更意味着一种生活方式的终结。他在与友人的书信中写道："一个美好的梦结束了"（Hughes，2007：375）。远离城市、重归自然是休斯的梦，"数年的农场生活让休斯重新感受到大自然的脉动，同时也找到了回归劳动阶层的安稳感"（陈红，2014：132）。然而梦醒之后就要回归城市，诗人的隐退只是一种田园情节，回归本就是题中之意[1]。

　　谢默斯·希尼（Seamus Heaney）是1995年诺贝尔文学奖的获得者，是一位以表现爱尔兰乡村和爱尔兰历史而获得世界声誉的爱尔兰诗人[2]。希尼出生于北爱尔兰的一个农民家庭，童年亲密的、穴居的、与世隔绝却亲近自然的生活方式滋养了他的诗歌创作。1966年，希尼出版了第一部诗集《自然主义者之死》（*Death of a Naturalist*），记录了青少年时代在家乡

1　更多有关《摩尔镇日记》与田园诗歌传统的关系的分析，参见本书4.2节。

2　希尼出生于北爱尔兰，后移居爱尔兰共和国，并加入了爱尔兰国籍。但他深受英国诗歌传统的影响，仍然使用英语写作，并在休斯死后得到了英国桂冠诗人的提名，因此多数研究和专著仍将他放在英国诗人之列。

德里郡乡下的劳作和生活。1969年，诗人出版了第二部诗集《通往黑暗之门》（*Door into the Dark*），其中多数诗歌仍然以童年乡村生活为题材。

希尼是一位具有鲜明地方特色的诗人，也是一位传统主义者，他在诗中有意地指向一个前工业化的世界。希尼早期的诗歌表现出田园诗与反田园诗之间的平衡：他既钟爱乡村的风土人情，又明白乡村生活的艰难，意识到变化莫测的自然和社会力量。希尼以农事诗的方式细致地描述了爱尔兰农民世世代代的艰辛生活。在他的第一部诗集的开篇作品《挖掘》中，希尼回顾了自家祖祖辈辈的农耕传统。

> 我祖父一天挖出的泥炭
>
> 比任何在托尼尔挖炭的人都多。
>
> ……
>
> 继续利落地切割，把草皮
>
> 甩过肩，为得到更好的泥炭
>
> 越挖越深。挖掘。（希尼，2001：7）

泥炭是爱尔兰人的主要生活燃料，在泥沼地里挖掘泥炭也是爱尔兰独有的劳作内容，最为希尼所熟悉。爱尔兰乡村受现代化和工业化影响的程度较低，"即使到了二十世纪中期，人们依旧使用原始的工具和技艺"（Potts：54）。《自然主义者之死》等早期诗集中记录了爱尔兰乡村的许多古老行当。《铁匠铺》回忆了诗人小时候的邻居铁匠，诗人清晰地忆起打铁的声音、色彩和形状，赋予铁匠铺一种"祭坛"般的神圣力量（希尼，2001：25）。诗人在《盖屋顶的人》中详细地描写了盖屋顶的工人如何熟练地搭茅草屋顶，称赞他的技艺是点石成金的"米达斯之技"（27）。还有《采黑草莓》等诗细腻地描写了爱尔兰特有的农事活动。诗人赋予这些普通的乡间劳作以庄严感，但也注意到了这些工作的单调性和机械性。他以自己的家庭为中心，再现了一个团结互助的爱尔兰乡村社区。《追随者》

表达了他对"农业专家"一样的父亲的敬重。在《老婆的故事》中，二十世纪后期的乡村没有了诗人达克笔下的打谷者，打谷机接替了他们的工作，打谷的场子也不再尘土飞扬。诗中，时值正午，"打谷机的嗡嗡声和吞咽声筋疲力尽，/大传动带停止旋转"（希尼，2001：31），田间一片寂静，令人昏昏欲睡。农人十分满意今年的收成，对着来送饭的老婆夸赞道："'谷子打得比我想象得要好，注意/那都是些又好又干净的谷粒'"（31）。老婆离开时，看到"他们仍在树下/悠闲地/伸展着四肢，敞着怀，心满意足"。这里的农人与传统田园诗歌中的牧人一样闲适而富足，不过这些是透过回忆的滤镜所看到的景象，难免带有理想化色彩。

当然，希尼并非一味沉湎于怀旧，他意识到了爱尔兰的局势一触即发，他的很多田园诗歌直接或间接地表现了爱尔兰天主教徒与英国政府的长期敌对状态。如在《警察来访》中，希尼回忆了父亲与警察周旋的经历。警察骑着摩托，腰挎手枪，拿着"沉重的账簿"来统计收成，极尽详细（希尼，1988：795）。年少的诗人发现父亲瞒下了土豆地里的萝卜时，脑子里立刻幻想出"军营里的黑牢的样子"（795），这表明诗人知道瞒报的严重后果。警察在走之前"一边说再见，一边瞧着我"（796），意味着这种紧张关系注定要持续到下一代，矛盾势必会激化。这首诗歌不直接表现政治冲突，但平淡的叙述中暗藏危机。波茨认为，这种创作手法与维吉尔的《牧歌》从侧面反映内战后社会问题的手法如出一辙（Potts：71）。希尼的这种田园诗歌属于马克斯所定义的"复杂型田园"，表现出对现实的关照和对现实社会的反作用力。希尼从不直接表达自己的政治观点，拒绝成为北爱尔兰激进势力的代言人，但他的目光从未曾离开现实世界，甚至将其过去和未来相联系。

1972年，由于时局愈加动荡，希尼不胜烦恼，便逃离贝尔法斯特，来到位于爱尔兰东部的格兰莫小镇隐居。这期间，诗人再度回归田园主题，重新思考人与自然的关系。1979年出版的诗集《野外工作》（*Field Work*）收录了诗人在格兰莫隐居期间创作的《格兰莫十四行诗组诗》（"Glanmore

Sonnets"）。诗人自述这些诗歌都是"接近日常真实发生的小事"（转引自 Potts: 116）。组诗第一首的第一句为"元音犁进对方：土地翻开"（Heaney, "Glanmore Sonnets"），第二首的末尾再次重复此句，表明诗人试图克服当代社会文化与自然的隔绝，追求二者的重新融合。在第三首中，诗人自比隐居湖畔的华兹华斯，安于清贫和孤独的生活，以寻找诗意灵感。

> 傍晚，（好多，太多）布谷鸟和秧鸡
> 在黄昏中嬉戏欢唱。
> 那么朦胧，全是抑扬格。
> 田野里一只兔宝宝
> 探寻方向，我还知道野鹿
> （我也曾隔着房屋的玻璃观看它们，
> 像鉴赏家，嗅闻着空气）
> 小心翼翼地走过落叶松和五月杉的林间。
> 我早就说过："我不会再复发
> 我已把我们带入了这陌生的孤独中。
> 多萝西和威廉——"她打断我：
> "你不是要把我们俩比作……？"
> 窗外微风掠过树梢，响起一阵窸窣
> 心旷神怡，轻柔舒缓。是华彩段。（"Glanmore Sonnets"）

诗人以"鉴赏家"的眼光，"隔着房屋的玻璃"观看这一切。此时的希尼已经不再从早年"农民之子"的角度书写乡村真实的生活，而是以诗人的视角审视和体验乡村的一切。诗人将林间风比作"华彩段"，这阵风沁人心脾，带来心灵与自然合拍的惬意。在鸟儿的啼叫和风的涌动中，诗人不仅感受到了自然的节奏，还将自然的节奏转换为诗歌的节奏。自然的节奏成为诗人思考的媒介，诗人通过自然的意象探究自己在爱情、政治以及诗歌创作中的角色。吉福德认为，《野外工作》这部诗集超越了"田园与反田园之间的矛盾"，因为无论是抒发感伤还是表达爱恋，它总能传递出"使人愉悦的温暖和关怀"（Gifford，2011：126）。希尼通过各种方式与自然相融合并获得能量，从而造就了《野外写作》中这些精彩的诗篇。

在《格兰莫十四行诗组诗》中，我们可以看到，诗人清晰地感受到后工业化时代人与自然的隔离，他渴望重回自然，在自然中重获创作的灵感和心灵的宁静。这些诗歌与希尼早期的田园诗歌有着明显的区别：虽然诗人依旧在描写乡村生活，但这种生活只属于诗人自己，不涉及所在乡村的居民；诗歌并不以现实主义的笔法表现真实的乡村风貌，而是表达诗人内心的感受，具有浪漫主义情怀。诗中的田园氛围是诗人刻意寻找并营造的。这几首田园化的十四行诗虽描写乡村，却不以表现乡村生活为目的，表达的是对天人合一境界的追求。

希尼的这一转向反映了当代众多诗人的共同困惑——若想创作田园作品，是否就要如休斯一样买下一座农场，或者如希尼一样追溯自己的童年经历。在后工业化的今天，这些方式对于多数城市诗人来说都不太现实，但是诗人对于乡村、自然的渴望依旧存在。面对这样的矛盾，吉福德重新审视人与自然的关系，依据田园诗歌在当代的新变化，提出"后田园"的概念。他认为后田园诗歌在思想内容上具备六个要素：人类应当敬畏自然；认识到自然同时具有创造—毁灭的力量；认识到内外自然的相通性；反对文化与自然的二元对立；将意识转化为良知；认识到人类对自然的剥削往往伴随着强势群体对弱势群体的剥削，意识到环境正义与社会正义之间的关联（Gifford，1999：150–169）。吉福德特别强调，有意识地反思人与自然的关系，并努力担负起对自然环境的责任是后田园诗歌在当代的核心要义。在这个意义上，休斯和希尼的田园诗歌都可以被称作后田园诗歌。随着后田园概念的引入，田园诗歌正式走出了乡村的有限空间，进入一个更加广阔的新天地。

追溯田园传统是为了帮助我们更好地看待当下人与自然的关系。燕卜苏认为我们对自然的认识无外乎三种：第一种，自然是上帝的杰作或自然本身是众神之一，能够给予人类启示；第二种，自然与人类相适应，与人类情感共通，与人类的社会秩序相对应；第三种，自然并不具备道德，因此凝视自然可以带来解脱感。燕卜苏认为，在弥尔顿的诗歌中，这三种理解自然的方式并存；在华兹华斯的诗歌中，能找到前两种看待自然的方式；而柯珀的诗歌主要体现了第三种认识（Empson：187）。二十世纪的人们普遍不再去自然之中寻找上帝的存在或聆听神的旨意，而将自然视作可利用的资源或释放压力的隐退之所。当代具有生态意识的诗人希望能有更多的人与自然实现情感共通。吉福德提出的后田园诗歌的六个要素其实也是对当代田园诗歌读者的六点期望；既是休斯和希尼等当代诗人在诗歌中所表达的，也应成为读者在阅读田园诗歌后的思想收获。

第二章　英国田园诗歌批评史

自田园在文艺复兴时期传入英国，学界对田园的研究从未中断，研究论著层出不穷。阿尔珀斯在其专著《什么是田园？》中指出："有时候，好像有多少个研究田园的评论者，就有多少个不同版本的田园"（Alpers, 1996：8）。对于"田园"一词的内涵和外延，学界看法不一，也正是因其宽泛性和复杂性，相关研究才愈加持久，也愈加精彩纷呈。

2.1　国外英国田园批评史

英国对田园文学的研究和批评始于文艺复兴时期，勃兴于二十世纪。下文将依照二十世纪前后两个时间段对英国田园文学批评史加以整理分析：以英国批评家有关英国田园诗歌的论著为主，但也涉及其他田园文学类型和少数对英国田园研究产生重要影响的非英国批评家的论著。

2.1.1　二十世纪前的田园研究

英国关于田园诗的评论最早可以追溯到1579年E.K.为《牧人月历》所写的献辞和评议，此献辞即《牧人月历》的前言。E.K.在献辞中为斯宾塞辩护，称赞他用词时而古旧时而淳朴，既典雅又符合牧人的身份

（E.K.：31）[1]。E.K.认为羽翼未丰的斯宾塞堪比年轻时的忒俄克里托斯和维吉尔，其田园诗深得古典田园诗歌的精髓，同时又展现了英国的自然和社会风貌。

1580年，锡德尼在《为诗辩护》一文中对田园诗进行了论述。锡德尼认为，诗人不受自然规则的束缚，能够创造出更好的事物。"（自然的）世界是青铜的，而诗人则描写成黄金的"（Sidney：33）。锡德尼认为，田园诗不应该被轻视，正如维吉尔诗中的梅利伯表现出贵族压迫下人民的苦难，田园诗在其"关于狼和羊的小故事之下，包含着对于不道德行为和忍耐的整体考量"（34）。

乔治·普登汉姆（George Puttenham）在1589年发表的《英国诗歌艺术》（The Arte of English Poesie）中提出，虽然牧羊是人类最原始的生活方式，但牧歌却不是最早的艺术形式，它的出现晚于史诗和悲剧。牧歌并非是对乡村爱情和交往方式的简单模仿或再现，而是通过普通人的粗俗言语暗示或映射更为宏大的主题，以起到道德教谕的作用（Puttenham：35）。

剧作家弗莱切和诗人德雷顿都在个人创作的基础上提出了田园创作的原则。弗莱切在其田园悲喜剧《忠诚的牧羊女》的开场白部分提出了田园诗的创作原则。他认为田园诗的本质是关于牧羊人和牧羊女的故事，他们的行为和感情都必须与自然环境相协调，至少不能无视传统，他们所掌握的知识"应该是自然所赋予他们的，如歌谣，或者经验所赋予他们的，如关于花草、泉水或太阳、月亮和星星的知识"（Fletcher：35）。因此，田园诗不应该有任何艺术的雕饰。德雷顿在1619年出版的《田园诗》（Pastorals）的前言部分说明了田园诗歌的重要性，其观点与弗莱切基本一致：既强调自然，又强调规则和经验。他认为田园诗歌看似讲述的是低贱卑微的牧人的故事，语言比较朴素，甚至粗鲁、滑稽，实际上暗

1　本节提及的文艺复兴时期以及十八、十九世纪的评论文章均出自布莱恩·洛克雷（Bryan Loughrey）编著的评论文集《田园模式》（The Pastoral Mode）一书的第一部分"早期批评（1579—1818）"。文集第一部分所节选的批评文章均以作者姓名和出版年份为标题，详见参考文献。

含高尚的宏旨，指向重大的问题。田园诗歌的创作一定要遵循合式规则（decorum），即诗中人物的语言要合乎其年龄、身份和际遇（Drayton：36–37）。

文艺复兴时期的著名政治哲学家托马斯·霍布斯（Thomas Hobbes）在1650年的文章《霍布斯回应威廉·德阿弗南特爵士的〈冈迪伯特〉前言》（"The Answer of Mr. Hobbes to Sir Will. D'Avenant's Preface before *Gondibert*"）中，从宏观的视角概括了空间与艺术形式的关系。他认为哲学家将宇宙分为三个空间——天堂、半空和陆地。诗人据此将人类生活的区域分为宫廷、城市和乡村。宫廷即君王居住之地，正如上帝居住的天堂；充满喧嚣及杂质的流动的半空恰如人口混杂的城市；朴实无华却有生命供给功能的陆地则对应农民与自然和谐共处的乡村。三种空间中出现了三种与之相应的艺术形式——史诗、戏剧与牧歌（Hobbes：39）。

1684年，托马斯·克里奇（Thomas Creech）翻译出版了法国作家雷内·拉潘（René Rapin）于1659年发表的《论田园牧歌》（*Dissertatio de Carmine Pastorali*），文中以维吉尔为标准界定了田园诗歌的创作原则。拉潘认为田园诗歌的内在属性应当是一种天然淳朴但不粗俗的美；诗中需有精巧奇妙但不飘忽夸张的联想；语言的控制要恰到好处（Rapin：40）。诗歌语言表达应当简单自然、流畅清晰，不应使用宏大的词汇、大胆的譬喻，而应使用一些平易近人的词汇，营造一种泰然自若的氛围，避免人为加工的痕迹（42）。诗中不能有狂怒、绝望等极端情绪——爱而不得是田园诗的常见主题，它往往带来同情和遗憾，而非愤怒和疯狂。牧羊人的性格必须符合"黄金时代"这一主题：他们坦率、简单、纯真，追求善良、正义，对人友好，对于世上的虚伪、狡诈和欺骗一无所知。

1695年，化名为莫特科思先生（Mr. Motteux）的英国学者译介了法国学者伯纳德·勒·波维尔·德·丰特内勒（Bernard le Bouvier de Fontenelle）发表于1688年的评论文章《论田园诗》（"Of Pastorals"），文中重点论及田园诗歌中的快乐生活和纯真爱情。丰特内勒强调，田园诗歌的魅力不是来自低贱滑稽的牧羊人，而是他们无忧无虑的生活；不是来自其所描述的乡村事物，而是其所表现的乡村生活的宁静。平静的快乐是所有人的目标，那是一种慵懒的富足感。但没有人会享受绝对的慵懒或无所事事，生活中必须要有一定的激情来调节，爱情便是其中一种，且是所有激情当中最普遍、最宜人的。因此，慵懒和爱情就成了田园诗歌中两种最强烈的情绪（Fontenelle：46-47）。

十八世纪早期，蒲柏与菲利普斯就田园诗歌应该遵循理想化的古典原则还是反映英国乡村现实展开了长时间的论辩。这场论辩前文已有所介绍，此处不再赘述。

塞缪尔·约翰逊（Samuel Johnson）在1750年的文章《论田园诗》（"On Pastoral"）中重新界定了田园诗歌的范畴，称"田园诗歌是对任何给田园生活带来影响的行动或激情的再现。根据事物发展的普遍规律，任何发生在乡间的素材都可以成为田园诗人写作的对象"（Johnson，1984：69）。显然，田园诗歌理论在约翰逊这里发生了重大转变。不同于蒲柏，约翰逊认为田园诗不一定要描写黄金时代，也不必拘泥于阿卡迪亚式的举止和情感。田园诗歌中可以出现各种社会阶层，因为乡村里生活着各个阶层的人。田园诗歌可以包含任何高尚或卑微的情感，只要是在田园中产生的情感都是允许的。田园诗歌对田园生活的描写应该专注于乡村意象，追求质朴、无过多修饰的风格。约翰逊批评斯宾塞诗中的牧人说着没人会用的粗俗又过时的语言，却表达着城市人的高雅情感；弥尔顿让牧人说出批评宗教的话同样不合规范。他认为，不是真正反映乡村生活的诗歌就不能称为田园诗歌（70）。总体来讲，约翰逊对英国田园诗歌的评价不高，批评其"粗陋，庸俗，因此令人厌恶"（71）。

华兹华斯在《抒情歌谣集》1800年版的序言部分谈到了乡村生活题材的诗歌的优点。在他看来，生活在乡村中的人离自然更近，较少受到物质文化的浸染，说出的话不如城市人那么虚伪造作，其语言更纯朴有力，更具哲思，其情感更加真实动人，"因为在这种（田园）生活里，我们的各种基本情感共同存在于一种更单纯的状态之下……人们的热情是与自然的美而永久的形式合而为一的"（华兹华斯，1984：5）。华兹华斯认为乡村自然具有神圣性和严肃性，他将乡村生活看作人与自然和谐共处的理想生活的典范，提出诗歌应该去自然中寻找内在情感的对应物。

1814年11月，英国评论家哈兹里特在《观察家》（*The Examiner*）发表了文章《论乡村之爱》（"On the Love of the Country"），敏感地捕捉到十九世纪人们对于乡村的爱。但在1818年出版的《有关英国诗人的演讲》（*Lectures on the English Poets*）一书中，他作出了英国几乎没有优秀的田园文学的论断，"我们的举止不是阿卡迪亚式的，我们的气候不永远都是春天，我们的时代也不是黄金时代。我们没有可以与忒俄克里托斯媲美的田园诗人"（Hazlitt：73）。哈兹里特评价斯宾塞的《牧人月历》中最精彩的部分是两首寓言故事，批评蒲柏的田园诗歌充斥着无意义的修饰和陈腐平庸的情感。他认为最出彩的英国田园文学是1653年艾萨克·沃尔顿（Izaak Walton）的散文诗《完善的垂钓者》（*The Complete Angler*）。他赞赏其语言质朴，内容真实可感，行文具有美感和浪漫意趣。

总体而言，十九世纪极少有知名的评论家正式论及田园诗歌。究其原因，英国诗人埃德蒙·戈斯（Edmund Gosse）的态度或许能够说明问题。戈斯在1882年出版的《埃德蒙·斯宾塞诗歌散文全集》（*The Complete Works in Verse and Prose of Edmund Spenser*）的序言中表达了对田园诗歌的不屑，称之"冷漠，不自然，矫揉做作，最才疏学浅的评论者也可以随意朝它不光彩的坟墓上砸石头"（Gosse：ix–x）。正是在这种态度的主导下，英国的田园研究经历了约一个世纪的低潮期。

2.1.2 二十世纪的田园研究

二十世纪田园研究的复兴要归功于著名批评家燕卜荪。他在1935年出版了田园研究专著《田园的几种类型》（*Some Versions of Pastoral*），大大拓展了田园的批评范畴。在书中，燕卜荪提出了两个主要观点。首先，他把田园定义为"把复杂事物简单化的过程"(Empson：23)。简单的事物也可以带来一系列的效应、关联或暗示。例如田园诗歌或戏剧中往往有一些卑微的或小丑式的角色，他们是底层或天真人物的代表，他们说的话看似粗陋荒唐却寓意深刻，暗藏着智慧和真理。田园诗歌在看似狭隘的形式中参透了生活的本真。燕卜荪指出，"旧式田园文学的核心技巧通常是美化富人与穷人之间的关系，借文绉绉、时髦的语言(因此作者能用最好的方式书写最好的主题)，让简单的人物表达出强烈的情感(给人感觉是关于最为普遍的主题，是关乎所有人的最为真实的东西)"(11)。他还进一步指出，在文明化的世界里，各种观念相互累积叠加，形成了一整套人们需要遵从的关于善恶的高雅理论；用简单的事物暗示背后的等级秩序，只能通过田园诗来实现(143)。其次，燕卜荪认为，田园诗是关于底层人民的文学，优秀的无产阶级文学[1]通常是"隐蔽的田园诗"(covert pastoral)(6)。当代的某些无产阶级小说，在这种意义上也可以算作田园文学。现实主义的田园诗歌能够反映社会不公，因此诗人可以利用田园诗歌，如讽刺田园诗，表达对社会的批判和对底层人民的同情，从而在某种程度上揭露社会真相，调和阶级矛盾。所以，对于田园诗歌的研究必须放在具体的历史和文化语境之中。

　　燕卜荪对田园批评的贡献还在于他放大了田园概念，使田园实现了从一种文学类型到一种文学模式的转变，大大延伸了田园文学的边界，《爱丽丝梦游仙境》和《乞丐歌剧》(The Beggar's Opera)等不同文类、不同题材的作品因而得以纳入田园文学研究的范畴。燕卜荪从以阶级关系为核心的政治批评视角研究田园，在某种程度上直接影响了二十世纪七十年代的学者如玛里奈利和威廉斯的田园研究。

1　燕卜荪认为无产阶级文学是相对于中产阶级文学而存在的。狭义的无产阶级文学是关于工人阶级且带有政治宣传作用的文学。广义的无产阶级文学包含关于底层人民，由底层人民而作且为底层人民而作的文学。

二十世纪六七十年代的田园研究涉及诗歌、小说和散文。美国学者马克斯将田园分成"感伤型田园"和"复杂型田园"。在其研究专著《花园里的机器：美国的技术与田园理想》中，马克斯提出，"感伤型田园"是指因逃避现实而遭人诟病的简单化田园作品，"它主要是对情感的表达，而不是思想的表达"；"复杂型田园"是指在田园理想中暗含反作用力的优秀田园作品（Marx，1964：5）。在美国文学史上，从托马斯·杰弗逊（Thomas Jefferson）到F.S.菲茨杰拉德（Francis Scott Fitzgerald），他们的作品中都有一种田园理想，即一种介于东部定居点和西部荒野之间，以自给自足、与自然和谐共处的乡村社会为代表的中间景观。但是，这种田园理想从诞生之日起就时刻受到现实技术力量和工业资本主义的冲击。马克斯认为，复杂型田园"往往将一个更'真实'的世界与田园幻想并置"，从而实现"限制、质疑或讽刺"的作用，"以对抗绿色牧场带来的和平宁静的幻想"（25）。他援引纳撒尼尔·霍桑（Nathaniel Hawthorne）笔记中机器入侵睡谷的意象，指出复杂型田园的常用手段是"将田园理想置于变革的压力之下——使之受到一个充斥着权力和复杂性的世界，也就是历史的侵袭"（24）。马克斯对优秀田园作品的复魅，启发了二十世纪末生态批评视角下的田园研究。

1971年，玛里奈利出版了田园研究著作《田园》（Pastoral），该书系第一批"批评术语"（The Critical Idiom）丛书中的一本。玛里奈利以十八世纪末为分界点，将田园分成古典主义田园和现代田园。他认为，华兹华斯是现代田园的起点和代表，因其不再像之前的田园诗人那样将牧人当作一个理想化的人物符号，转而关注真实的底层穷人，关注他们的精神和情感，关注人与自然的联系。玛里奈利还提出了"儿童田园"（pastoral of childhood）的概念。儿童田园指以反讽且幽默的语调描写孩童或青少年的作品，主旨为歌颂儿童的纯洁和智慧。田园诗中的牧人虽生活在自然当中，但自然的事物并不能使他们获得满足；性成熟是区分童年和成年的分界线，是由天真之歌步入经验之歌的节点。在玛里奈利看来，美国作家托马斯·沃尔夫（Thomas Wolfe）的长篇小说《天使，望故乡》、英国作家理查德·卢埃林（Richard Llewellyn）的长篇小说《青山翠谷》（*How Green Was My Valley*），以及英国作家洛瑞·李（Laurie Lee）的长篇小说《罗西与苹果酒》，都属于儿童田园的代表作品。

威廉斯在1973年出版的专著《乡村与城市》被认为是英国生态批评的奠基之作（Gifford，2017：159）。威廉斯指出，英国文学有着根深蒂固的乡村怀旧情结，城市的发展和城市人口的膨胀使得人们"把那些'过去的好日子'当作一个手杖，来敲打现在"（威廉斯：15）。他回顾了十六世纪到二十世纪重要文学作品中对于乡村和城市的描述及观点的变化，并与资本主义社会的整体发展过程相联系。威廉斯从马克思主义文化批评的视角出发，将乡村怀旧的源头追溯至古希腊时期，分析了维吉尔《牧歌》中的现实指涉，继而梳理英国各个历史时期的田园文学，从十六世纪的田园传奇故事、十七世纪的乡村庄园诗、十八世纪的田园和反田园诗歌、十九世纪华兹华斯和克莱尔的自然诗歌及哈代的小说，直到二十世纪的乔治诗歌，历时地观照了英国乡村资本主义的发展史，揭示出诗歌中所掩盖的乡村与城市之间真实的政治、经济和社会关系。他指出，田园诗中有序而快乐的过往与混乱无序的现实形成对照，"这是建立在某种暂时的境况和对稳定秩序的深切渴望之上的理想化产物，它被用来掩盖和逃避当下现实的痛苦矛盾"（64）。

1974年，巴雷尔和布尔编著的《企鹅英国田园诗选》出版。受到《乡村与城市》的影响，这部诗歌选集的前言和每个章节的介绍部分同样采用了社会历史视角来解读田园。巴雷尔和布尔把乡村视为田园诗歌不可或缺的场景和题材，认为田园诗歌记录的是以城市或宫廷的视角观看乡村的方式。田园诗歌自诞生之初就反映了城市对于乡村事务的理解（Barrell & Bull：4）。他们指出，一方面，田园诗歌是为掌握政治和文化权力的都市贵族服务的，它呈现的乡村社会是虚构的；另一方面，田园诗歌看似在虚构过去，实则暗指现实世界的价值观。田园诗歌总是能够体现现实元素和虚构元素之间的张力，巴雷尔和布尔关注的正是诗中神话与真实，理想与现实相互作用的历史。不过，他们认为，随着社会流动性和经济发展的不断升级，田园文学传统将逐渐失去赖以存在的依据并最终退出历史舞台（Barrell & Bull: 7）。这种悲观态度遭到了后世评论家的质疑。实际上，他们也预言了田园批评的回归："（当我们意识到）当今社会对于生态的关注，（我们）不难预料，田园诗歌即将重新激发人们的兴趣"（432）。

W.J. 凯斯（William John Keith）在1975年出版了乡村文学研究专著《乡村传统：威廉·科贝特、吉尔伯特·怀特及其他非虚构类英国乡村散文作家》（*The Rural Tradition: William Cobbett, Gilbert White, and Other Non-fiction Prose Writers of the English Countryside*），评论了十八世纪以降科贝特、怀特等英国作家以乡村为题材的散文类作品。凯斯尝试将"乡村文学"（rural literature）与"田园文学"（pastoral literature）作为两个相关但又不同的概念加以区分。他指出，二者的相同点在于：第一，背景相同或有所重叠，对乡村的基本态度也相同；第二，都将城市和乡村作为复杂和简单的代名词。参照燕卜荪的定义，乡村文学与田园文学的实质都是关于乡村人的，但并非他们所创作也不是为他们而创作的文学。乡村文学和田园文学的区别在于以下几点。首先，乡村文学对于乡村的记录是写实或纪实的，能够真实反映乡村的状况，而田园文学中的乡村则多被当作黄金时代的再现，其对乡村的描写往往寓言化或理想化。第二点区别在于文体语言风格与主题是否一致。乡村文学以反映现实为目标，往往采用乡村生活中出现的词汇或者普通人使用的简单质朴的语言来如实再现真实的乡村面貌；田园文学赞美简朴纯真，却采用都市人的雅致语言，偶尔故作插科打诨，带有人为的痕迹。此外，乡村文学是非虚构的，而田园文学往往是虚构的。不过，学界对田园文学的定义并不一致，凯斯将理想性作为田园文学的显著特点，但这一特点并不能涵盖所有田园文学。

进入二十世纪八十年代之后，田园研究的视角愈加多样。威廉斯主编的"历史中的英国文学"（English Literature in History）系列于1983年出版了由罗杰·塞尔斯（Roger Sales）撰写的田园研究专著《英国文学的历史视角1780—1830：田园诗与政治》（*English Literature in History 1780-1830: Pastoral and Politics*）。塞尔斯延续了威廉斯的政治批评模式，把田园诗放到特定历史时段中加以考察，提出田园诗的特点为五个"R"：逃避（refuge）、反思（reflection）、挽救（rescue）、安魂（requiem）和重构（reconstruction）（Sales，1983：17）。田园诗代表"逃避"，即回到乡村的简单状态或儿童的纯真状态。田园诗在书写过去之时"反思"现在，旨在"挽救"某些正在或已经消失的价值观。田园诗是对历史的"重构"，是为田园理想奏响的"安魂"之曲。塞尔斯认为田园诗多是一种政治宣传，具有"欺骗性"（deceptive）和"规约性"（prescriptive），他对田园诗全盘否定的态度极具争议性。

洛克雷于1984年出版了田园研究文集《田园模式》。该论文集分成两部分：第一部分"早期批评"收录了从1579年至1818年期间，包括锡德尼、普登汉姆和弗莱切等在内的十五位英国作家、二位法国作家和一位无名氏的十八篇田园评论文章或文章节选，研究总结了自忒俄克里托斯以来欧洲，主要是英国的田园诗歌特征，探讨了田园诗歌的创作原则；第二部分"二十世纪研究"收录了从1906年至1984年共二十二篇田园研究论著节选或论文，这些文章按研究内容被分为"田园的定义"和"单个田园作品解读"两个类别。"田园的定义"收录了众多学者，如上述的燕卜荪、玛里奈利和威廉斯等人的著作中有关田园概念的片段。"单个田园作品解读"收录了各学者关于忒俄克里托斯、维吉尔、斯宾塞、莎士比亚等人的十篇论文，分析的文本以英国田园诗歌为主，也包括田园戏剧和田园小说，研究视角涵盖政治批评、结构主义批评、精神分析批评、马克思主义文化批评、社会历史批评等。该书对于了解英国田园批评的脉络具有重要意义。

1996年，阿尔珀斯出版田园研究专著《什么是田园？》，从形式主义的视角解读田园诗歌及其文学传统。阿尔珀斯提出，田园诗歌最核心的假设[1]并非黄金时代或田园风景，而是牧人和他们的生活（Alpers，1996：22）。阿尔珀斯认为田园诗歌是一种寓言，牧人及其同类是普通大众和诗人的代表，他们的生活代表着广大民众的生活，因而田园诗歌总是被用来表现和代表人类的"爱、社会关系和经验"的现实和真相（Alpers，1982：460）。在他看来，优秀的田园诗歌的核心都是含蓄的现实主义。田园诗歌在不同的历史条件下经历了各种变形，呈现出多样化的形态。诗人们一旦感觉田园诗歌不能真正代表他们或者剥夺了他们再现的力量，就会对描写牧人的方式进行修正（Alpers，1996：26）。此外，阿尔珀斯认定田园是一种文学模式而非文学类型，他讨论了莎士比亚、塞万提斯、哈代及罗伯特·弗罗斯特（Robert Frost）等作家作品中的田园要素，并据此提出了"田园主义"（pastoralism）的概念。

1998年，苏珊·斯奈德[2]出版了研究文艺复兴时期田园诗歌的专著《田园进程：斯宾塞，马维尔，弥尔顿》（*Pastoral Process: Spenser, Marvell, Milton*），以心理分析理论解读文艺复兴时期三位诗人的田园诗歌。苏珊·斯奈德认为，田园诗歌暗含关于成长的寓意，描写个人由天真的孩童向世故的成人转变的过程。正如亚当和夏娃那样，田园诗歌中牧人的原始状态是自给自足的，但牧羊女的出现破坏了这种状态。苏珊·斯奈德认为这构成了斯宾塞、马维尔和弥尔顿田园诗歌的共同主题。斯宾塞的《牧人月历》用十二个月的流逝记录了牧人柯林的成长历程，表现了一个少年因遭受性挫折而生出对于爱情、人生、未来和死亡的思考。马维尔的"割草人组诗"表明，性觉醒预示着少年意识到了自身与自然的隔离，从此踏上通向死亡的路途。弥尔顿的《利西达斯》通过挽歌的形式突出了叙述者对于死亡和时间的认识，同样表达了成长主题。

1　阿尔珀斯借用了肯尼斯·伯克（Kenneth Burke）的修辞学术语"代表性轶事"（representative anecdote）来指代田园诗歌的核心假设。

2　为区分苏珊·斯奈德和加里·斯奈德（Gary Snyder），书中二者均保留全名。以下各处不再另作说明。

2005年，林德海姆出版田园研究专著《维吉尔的田园传统：从文艺复兴到现代》（*The Virgilian Pastoral Tradition: From the Renaissance to the Modern Era*），探究了维吉尔牧歌中具有现实和伦理指涉的田园传统对后世田园文学的影响。林德海姆以锡德尼和阿尔珀斯的观点为基础，指出田园诗歌的复杂性和寓言性，试图说明田园诗歌研究不应局限于人与自然关系的单一层面。她指出了文艺复兴时期斯宾塞、锡德尼、莎士比亚、弥尔顿等人的田园诗歌和戏剧对于生命意义的终极追求，又挖掘了近现代华兹华斯的诗歌和塞缪尔·贝克特（Samuel Beckett）的荒诞剧《等待戈多》所体现的追寻最简人生可能性的田园传统。在林德海姆看来，田园诗歌诞生于每天都充斥着劳作和争斗的现实；它是一种虚构，自诞生之日就不是"天真"（naiveté）的诗（Lindheim：10）。从维吉尔开始，田园诗人就利用田园诗歌表达政治诉求，展开伦理和道德教育，探寻不同于城市生活的斯多葛式或伊壁鸠鲁式的生活方式。林德海姆认为，田园诗歌，尤其是文艺复兴时期的田园诗歌，极具延展性和深度。因此，田园诗歌研究应该扩展至社会、伦理等复杂层面。

2005年11月26日，主题为"多版本田园：十八世纪八十年代至今英语文学中的牧歌传统"（Versions of Pastoral: The Bucolic Tradition in Anglophone Literature from 1780s to the Present）的学术会议在北安普顿大学召开。詹姆斯和图于2009年编辑出版了此次会议的论文集《新版田园：后浪漫、现代与当代文学对田园传统的回应》。该论文集有选择地收录了十四篇会议论文，分别从性别主义、地方主义、生态批评等视角解读当代英语文学各文类文本中的田园要素。这本论文集的出版印证了田园文学的当代复兴，代表着当今田园研究的新方向。吉福德在此书的后记中指出，随着人们对当今自然环境危机的关注，田园研究必将转向关注环境现实的跨学科研究。

2016年，印度学者乔杜里出版诗歌选集《英国文艺复兴时期的田园诗歌选集》（*Pastoral Poetry of the English Renaissance: An Anthology*），书中

详尽收录了文艺复兴时期各类型的田园诗歌。同阿尔珀斯一样，乔杜里也将田园当作一种文学模式。他指出，田园的范畴非常广泛和多变，田园想象的触角可以超越狭隘的历史限制，触及百科范围内的任何主题，并不局限于某些明确的文学类型。在乔杜里看来，田园是最不真诚的文学模式：它既不是民间文学也不是大众文学，尽管它糅合了二者或其一；它通常基于乡村生活素材，但本质上表现的是由并不在乡村生活的城市人所虚构的乡村生活（Chaudhuri：1）。田园里往往有两个世界，前景是概念化的乡村环境，背后则隐藏着起支配作用的宫廷或城市。田园文学往往被认为是怀旧文学，但它并非是个人的怀旧，而是群体的或社会的怀旧，是城市人对于未曾生活过的乡村的渴望。这种渴望在城市人中能够引起深刻共鸣：城市群体总是本能地回溯田园，以重新定义自己的存在。

二十世纪九十年代开始出现在英美学界的田园文学生态批评研究代表着田园研究的最新趋势，本书将在最后一章介绍。

2.2　国内英国田园研究

中国学者在二十世纪才开始在"田园"概念下展开有关英国田园诗歌的研究。国内现有两部专门论述英国田园诗歌的专著。刘庆松于2015年出版的《守护乡村的绿骑士——帕特里克·卡瓦纳田园诗研究》是国内第一部关于英国田园诗的专著，它以社会文化批评和生态批评为研究视角，对爱尔兰农民诗人卡瓦纳的田园诗歌展开了专题研究。该专著把卡瓦纳的田园诗分成三类——宗教田园诗、反田园诗和后田园诗，从田园理想、教区主义、政治反思和诗歌形式四个角度总结了卡瓦纳对传统田园诗的继承和创新，并运用吉福德的"后田园"解读卡瓦纳的城市田园诗，对于国内的卡瓦纳研究以及城市田园诗歌研究都具有一定的启发性。

姜士昌多年来一直专注于英国田园诗歌研究，他在2016年出版的

《英国田园诗歌发展史》系国内首部全面梳理英国田园诗歌发展史的专著。全书以时间顺序为主线，对古典时期、中古与前文艺复兴时期、文艺复兴时期、英国资产阶级革命及改革时期、十八世纪至浪漫主义时期，以及十九世纪至二十世纪分阶段进行梳理。姜士昌详细罗列了每个时期的重要田园诗人和田园诗歌，分析了重要的田园诗歌文本，展现出一脉相承的田园诗歌传统。书中还收录了众多具有代表性的非著名田园诗人及其作品，向中国读者介绍了大量不为大众所知的田园诗人，译介了众多优美的田园诗歌片段，对于英国田园诗歌的历史具有归档性意义。然而，姜士昌偏重于十八世纪以前的田园诗歌，对于浪漫主义时期及之后的田园诗歌语焉不详，只详细讨论了华兹华斯和爱德华·托马斯的田园诗歌，其他诗歌多为概述。此外，作者注重考证，即介绍、评析诗歌文本内容，探讨其与古代文本的互文性，却疏于总结不同历史时期的田园诗歌的特性，对于田园诗歌在所谓"英国田园诗歌的新时代"所遇到的瓶颈或问题也评论不多。总体来讲，《英国田园诗歌发展史》对于国内的英国田园诗歌研究具有开创性意义，但它重传承、轻特性，重文本、轻评析，重古代、轻现代，本书将对其作出补充。

张汉良为《八十年代诗选》作序"现代诗的田园模式"，其重点在于分析中国台湾地区的现代诗，但也明确区分了狭义的田园诗和广义的田园模式或原型，因而值得关注。他指出，无论中外，狭义的田园诗包含"田园的或乡土的背景，以及讴歌自然的题材"，而广义的田园模式或原型则更为宏大，不仅包含上述内容，还"兼及诗人对生命的田园式关照或灵视，诸如对故国家园、失落的童年，乃至文化传统的乡愁"，一般是诗人凭借回忆和想象，"透过文字媒介在诗中再现一个田园式的往昔，其本质是反科学的，反历史进化的"（张汉良：2—3）。张汉良将田园与故土或乡愁联系起来，大大拓展了田园的范畴，为国内外田园诗歌比较分析搭建了桥梁。同时他也认可，无论古今中外，田园诗歌诞生的立足点都是城市文明，人们对于田园的追求与乡土或故国的失落密不可分，表达的是人们对于失去的时空的缅怀。

至于国内英美田园诗歌研究论文，目前主要可分为四类：第一类注重对英美田园诗歌发展史的梳理和分析；第二类主要批评分析英美经典田园文学文本；第三类侧重从比较文学的视野对比分析中西田园诗人或田园诗歌；第四类主要对英美田园文学进行理论探讨或跨学科研究。

第一类论文侧重于梳理和分析田园诗歌的历史渊源和发展脉络，大多为译介性文章，代表性文章有米家路和裘小龙的《城市、乡村与西方田园诗——对一种文类现象语境的"考古学"描述》、姜士昌的《英国田园诗的传统及其嬗变》、杨宏芹的《牧歌发展之"源"与"流"——西方文学中的一个悠久的文学传统》、张剑的《西方文论关键词：田园诗》等。这类译介性文章的主要目的在于向中国学界引介田园这一重新焕发生机的西方文学传统，但也有文章在译介的基础上提出了自己的观点，比如张剑的《西方文论关键词：田园诗》在介绍了吉福德的"后田园"概念之后，进一步将吉福德的定义明晰化，提出"反映后现代生态意识和环境意识的写作都可以被称为后田园诗"（张剑：91）。

第二类论文是对西方某个历史阶段的重要田园诗人或作家及其代表性田园作品的分析。姜士昌曾总结了各个时期的重要诗人、诗歌及其时代特征。国内学界对田园文学文本的分析大多集中于两位诗人：英国诗人华兹华斯和美国诗人弗罗斯特。偶有学者论述其他田园诗歌作品，如斯宾塞的《仙后》和弥尔顿的《利西达斯》。也有个别学者分析亨利·菲尔丁（Henry Fielding）、哈代、D.H. 劳伦斯（David Herbert Lawrence）等的小说作品中的田园元素。还有一些论文涉及反田园诗或反田园书写，如卡瓦纳的《大饥荒》中的反田园要素分析等，收录在本书第四章"田园研究原创案例"中的《古老牧歌中的绿色新声：约翰·克莱尔〈牧羊人月历〉的生态解读》亦属此类。

第三类论文从比较文学的视野对比分析中西田园诗人或田园诗歌，数量最多。研究多集中于陶渊明与华兹华斯、王维与华兹华斯、范成大与华兹华斯、陶渊明与弗罗斯特的对比。这类论文比较了中西田园诗歌中的自然观及诗歌意境的异同等，选题重复性较高。此类研究的代表性论文有萧驰的《两种田园情调：塞奥克莱托斯[1]和王维的文类世界》，该文以文学的戏剧性和造型性为切入点，比较了忒俄克里托斯和王维的田园诗歌的语言结构，研究视角独特，视野开阔，具有创新意义。

第四类论文具有理论性强和跨学科的特点。此类研究视角与国外主流田园文学研究最为接近，但国内相关成果较少。代表性论文有胡志红和刘圣鹏的《生态批评对田园主义文学传统的解构与重构——从作为意识形态工具的自然走向生态自然》，该文从生态批评角度考察了美国田园文学传统，呼吁在生态危机四伏的今天重构全新的、以生态为中心的田园主义。收录在本书第四章"田园研究原创案例"中的《〈摩尔镇日记〉的后田园视野：特德·休斯的农业实践与田园理想》结合了环境史，尤其是英国农业史的研究成果，为英美田园文学研究提供了新路径。

纵观国内研究，不难发现国内学界偏好从比较文学角度出发进行田园文学研究，关于中西方田园诗人或诗歌的比较研究相对较多，已有不少重复性研究。另外，国内学界偏重于英国文艺复兴时期和浪漫主义时期的田园诗歌研究，对当代田园诗歌的研究相对薄弱。目前，西方学界在生态批评视角下的田园诗歌研究已经取得了丰硕的成果，国内的相关批评尚处于起步阶段，具有很大的探索空间，有待感兴趣的学者一探究竟。

1　即忒俄克里托斯。

第三章 田园研究经典案例

英国田园诗歌批评与英国田园诗歌相伴而生，亦有四百多年历史。传统田园诗歌以牧人或乡村生活为重心，以城乡对立、阶级矛盾为或显或隐的主题，人与自然的关系问题一直被忽视，直到华兹华斯在1800年版的《抒情歌谣集》中将自然推至前景，强调自然具有净化人类心灵的力量，这一情况才有所改变。华兹华斯作为一位有着划时代意义的现代诗人，他对自然的钟情和深刻领悟在二十世纪末的英美文学批评界引发了一场持续至今的绿色革命，文学的生态批评研究从此诞生。本章选取了两部极具代表性的英国田园文学的生态批评研究著作加以评介，第一部介绍相对全面和详细，第二部则选择部分内容进行简要概述。

3.1 评吉福德的《田园》

吉福德是英国著名诗评家，也是英国第一代生态批评学者。1999年，劳特利奇出版社出版了他的《田园》一书。在此之前，吉福德在另一部专著《绿色之声：解读当代自然诗歌》（*Green Voices: Understanding Contemporary Nature Poetry*）中，从生态批评的视角出发，考察了总计二十六位英国及爱尔兰当代自然诗人及其作品。他将自然诗歌分成田园诗、反田园诗和后田园诗，重点研究了田园诗。《田园》是在《绿色之声：解读当代自然诗歌》基础之上的发展和深化，进一步完善了田园—反田园—后田园这一理论体系。

田园文学研究始于十八世纪，由于研究者的思考角度不同，加上田园文学自身的发展变化，学界对于田园的定义和分类一直存有争议。吉福德在梳理已有观点的基础上，从生态批评的关注点出发，提出田园文学包括田园、反田园和后田园三大类型，其中"后田园"概念为吉福德首创。就三个类型之间的关系而言，"田园"与"反田园"相对，"后田园"又与二者形成不同的对照和对话关系。可见"反田园"与"后田园"之所以成立，均离不开"田园"这个根基，因此吉福德将《田园》一书的前四章都用来探讨"田园"概念，分析其传统的形成和发展。该书第一章对田园进行了细分，第二章回顾了田园文学从初始到二十世纪下半叶的发展历程，第三、四两章讨论了传统田园中暗含的隐退和回归的冲动，第五、六两章分别论及反田园和后田园。

细读全书可以看出，吉福德基本遵循其对田园的分类，即田园的主题来构架论述，而不是强调时间线索。虽然他提出的田园、反田园及后田园这三个类型也有一个大致的时间线，展示出田园文学的发展脉络，但他一再强调，无论是传统田园中的子类型之间，还是三大类型之间，均常有交叉，尤其是一些类型只关乎态度而无关题材，多个不同类型完全有可能同时存在于同一个作品中。吉福德对不同类型的田园作品之间的交叉，或者某一类型的田园作品中暗含的来自其他类型的反作用力，表示出浓厚的兴趣，并进行了细致的分析，这值得我们关注。

吉福德在该书中所说的田园是一种文学模式，并不局限于诗歌体裁，小说和戏剧亦包括在内。在分析文本时，吉福德主要关注英国诗歌，同时也论及小说和戏剧。下文将按照《田园》的整体思路，分四个部分来详细介绍这部田园文学研究的当代绿色转向之作。

3.1.1 田园的定义

田园文学是少数发展脉络清晰，可以一直追溯到古希腊罗马时期的文学类型之一，其体裁涵盖诗歌、戏剧和小说。吉福德认为，以古希腊罗马的诗歌为源头的田园文学共享一个田园概念。尽管他以"三种田园"作为第一章的标题，但其目的只是强调传统意义上的田园概念有三种界定方式：严格的、宽泛的及贬义的。

传统意义上的田园文学最早出现于古希腊时期，彼时的田园诗歌主要描绘乡村生活，其中牧人是必不可少的元素。诗歌中的牧人讲述他们的劳作和爱情，在被诗人理想化的乡村中过着轻松浪漫的生活。这种诗歌被认为是田园文学的源头，也是严格意义上的田园文学，通常具备时间、地点和人物三要素，即黄金时代、阿卡迪亚和牧人。这种界定一直持续到1610年左右。

第二种界定较为宽泛，主要考虑作品的题材和主题，将所有或显或隐涉及城乡对立主题的文学作品都归于"田园"的旗下。例如，英国作家詹姆斯·赫里奥特（James Herriot）曾经在英格兰北约克郡当兽医多年，他以自己在农场的生活经历为蓝本，创作了一系列动物故事，反映了英国乡村从传统农业到机械现代化农业转变过程中动物命运的变化。由于该小说的背景是乡村，且反映了城乡对立主题，因此可以被归为田园文学。再比如，一首诗若描写了城市里的一棵树，也可以被称为田园诗歌，因为它描写了城市背景下的自然。吉福德认为此界定方式表明了"一种对自然万物的喜爱之情"，此界定之下的作品都或多或少暗含对乡村生活的"赞美之意"（Gifford，1999：2）。

但一部分田园作品一味赞美和歌颂乡村生活，忽视了农事劳作的艰辛，使得田园文学广受诟病，田园概念也被赋予了贬义，即"对乡村现实的理想化再现"（2）。吉福德举例说，如果一部小说只描述乡村丰收的美景，而忽略农村严酷的经济政治环境，甚至无视农民在劳作过程中付出的汗水，那么这部小说就是一部田园小说。

接下来，吉福德用了全章大约五分之四的篇幅，梳理并评析了学界围绕田园概念提出的不同观点。他首先谈到《企鹅英国田园诗选》的主编巴雷尔和布尔对田园的看法。他们认为随着城市化的进程，英国城乡之间的巨大差别在十九世纪晚期已基本消失，如今的英国乡村只是城市的延伸，因此田园文学也不复存在。吉福德就巴雷尔和布尔的看法提出了疑问：二十世纪真的不存在田园这种文学形式吗？难道仅仅因为很多城市居民在约克郡谷地购置了房产就认为该谷地是城市的一部分吗？约克郡谷地牧人的放牧难道是一种城市活动吗？吉福德指出，巴雷尔和布尔所说的已然消失的田园文学仅指第一种严格意义上的、作为一种传统文学形式的田园作品。吉福德乐观地认为田园文学在二十世纪仍然具有旺盛的生命力，因为当代生态诗歌中的鲸鱼和海豚已经取代了传统田园诗中的羊群。

吉福德对田园文学的乐观态度并非没有根据。在吉福德之前，《田园模式》一书的主编洛克雷提出，田园在当今依然保有活力并产生了很多变体。洛克雷甚至指出，田园概念已经泛化，任何有关乡村、归隐，或任何简单化、理想化的文学形式都可以称为田园文学（Loughrey：8）。吉福德还列举了一些评论者提出的不同的田园概念，如"弗洛伊德式田园""儿童田园""革命田园""无产阶级田园""城市田园"等等，进一步否定了巴雷尔和布尔提出的"田园已死"的观点（Gifford，1999：4）。

吉福德之所以对田园的未来满怀希望，显然是受到美国生态批评学者布伊尔提出的田园主义的影响。不可否认，西方环境主义运动让人们重拾对田园文学的兴趣，带来了全新的田园作品，即以反映城乡对立为主题的广义的田园。向前追溯，布伊尔的田园主义则受到了美国文学批评家马克斯的田园观点的影响，他在著作中提及了马克斯有关田园的预言，即人们对"逐渐恶化的人与自然的关系有了全新的认识之后，必然会催生新的田园类型"（Buell：51）。吉福德认为，马克斯所说的"新的田园类型"是指一种有别于传统田园和反田园的全新的田园文学（Gifford，1999：4）。

马克斯和布伊尔的观点直接为吉福德在最后一章提出"后田园"这一创新概念提供了理论依据。

吉福德在《田园》中从生态批评视角解读田园，更多地受到英国生态批评学者贝特的影响。贝特的《浪漫主义生态学：华兹华斯与环境传统》（*Romantic Ecology: Wordsworth and the Environmental Tradition*）标志着浪漫主义诗歌研究的绿色转向，他在书中首次从生态批评的视角重读华兹华斯的诗歌，指出华斯华兹的田园诗歌表达了对自然的敬畏，是对田园诗歌的重新定义。吉福德认为贝特从生态批评的视角重读田园诗歌，启发了研究者重新思考田园文学中所反映的人与自然之间，以及自然万物之间的相互关系。值得关注的是，作为生态批评的重要发展方向之一的生态女性主义批评与田园相结合，在给田园文学研究带来新思路的同时，还催生了新的田园文学形式——生态女性主义田园。吉福德在此论及生态女性主义田园，其实是为该书最后一章阐述后田园文学的特征埋下伏笔。

吉福德在他对华兹华斯的诗歌《迈克尔：一首田园诗》的分析中指出，即便是在这样一个以"一首田园诗"为副标题的貌似传统田园的作品中，仍有可能处处隐藏着作者对传统的挑战。由此出发，吉福德提出了这样一个问题：我们该如何看待田园文学的作者与其表达的主题以及读者之间的关系？他注意到这样一个事实：近年来一些研究者注重考察田园文学作者创作时所处的社会和文化环境，并据此指责田园传统脱离现实或矫揉造作，甚至有学者认定十九世纪之前的田园文学读者都是拥有土地的上层阶级，田园文学无非是作者为了迎合读者而制造的和谐美好的假象。

吉福德认为塞尔斯是这些持否定态度的评论者的代表。塞尔斯在《英国文学的历史视角1780—1830：田园诗与政治》中，把田园文学的特点归纳为五个"R"[1]，并指出田园文学背后隐藏着不可告人的政治目的，即统治者借其来巩固自身的权力。吉福德认为塞尔斯受到了威廉斯所著《乡村

1　前文已作说明，详见第112页。

与城市》的影响。威廉斯在《乡村与城市》中从马克思主义文化批评的视角出发，细致分析了英国田园诗的创作和阅读背景。他发现，许多英国田园作品都有一个消失的美好过往，那时的一切要比现在更加美好。吉福德意识到，在威廉斯眼中，田园诗利用乡村的迷人之处来掩盖乡村劳动人民所受的剥削和压迫，这种对现实的严重扭曲使作品本身成为了某种寓言。吉福德认为，威廉斯对田园的理解与燕卜荪在《田园的几种类型》中提出的田园定义——"把复杂事物简单化的过程"（Empson：23）——形成呼应。可见，燕卜荪提出的田园概念给了吉福德极大的启发，使他有足够的理由把田园文学的题材范围扩大到乡村以外。

田园文学与现实之间的距离毋庸置疑，但两者之间的关系实际上是复杂多变的。玛里奈利在《田园》一书中指出，我们绝不能将田园简单地斥为逃避文学，因为事实上"所有的田园文学从其诞生之日起就自带批判意味（Marinelli：12）。马克斯则持不同意见。他在《花园里的机器：美国的技术与田园理想》中把田园分成"感伤型田园"和"复杂型田园"（Marx，1964：25）。"感伤型田园"就是上文提到的因逃避现实而遭人诟病的简单化田园作品，"复杂型田园"则在田园理想中暗含反作用力，表现出现实主义的倾向，被视作田园文学的上乘之作（25）。莎士比亚的《暴风雨》即为此类作品的代表。

关于威廉斯和马克斯的田园观点，吉福德指出，帕特森将其视为"某一历史时期的意识形态的反映"，印刻了评论者自身的"意识形态价值观"（Gifford，1999：10）。在吉福德看来，田园既可以从政治层面批判当下的社会现实，也可以对现实中的各种未解矛盾加以戏剧化呈现，还可以远离政治纷争而寄情山水。田园作者们在由"乡村与城市、艺术与自然、人类与非人类、社会自我与内心自我、男性自我与女性自我"等各种矛盾和冲突组成的空间中穿梭游走（11）。田园文学正是因其丰富性和包容性，才能几千年来一直保持着经久不衰的魅力。

吉福德在《田园》首章对田园文学的不同传统以及田园文学研究中的

诸多路径作了简要的梳理，旨在表明田园文学的丰富多样性，展示田园文学研究的广阔发展空间。在他看来，"田园作品内部的张力，其在各种语境中的功能，以及所反映的各种层面的矛盾关系"都有待研究者进一步挖掘（Gifford，1999：12）。当下，环境问题日益凸显，从生态批评视角解读田园文学中人与自然的关系显得尤为紧迫和重要，本书的目的和意义正在于此。

3.1.2 田园中的隐退和回归

田园文学植根于乡村生活，但始终以城市读者为对象，其内部势必包含一系列的对立和矛盾，比如城市与乡村、宫廷生活与牧人生活、文化与自然、现在与过去等等。吉福德在《田园》的第二、三、四章分别以"阿卡迪亚的建构""隐退的语境""回归的文化背景"为题，对传统田园中几大主题要素的产生和表现作了历时梳理和重点分析。第二章的主要内容在本书第一章已有所涉及，故在此省略，本节重点介绍第三、四章的内容。

吉福德把田园中的隐退和回归置于历史文化背景之中考察，历时梳理了从十六世纪中期到二十一世纪初期四百多年的田园作品，体裁上涵盖诗歌、戏剧、小说、散文等，国别方面以英国为主、美国为辅。

隐退和回归是田园文学中一组常见的对照式主题线索和表现手法，两者在诸多田园作品中结伴出现，彰显了理想与现实之间的矛盾和张力。田园中的隐退指由于不满现实而隐身退至阿卡迪亚。田园中的阿卡迪亚不受时间和空间的限制，既可以是古希腊时期的乡村，也可以是自然中的森林或乌托邦式的未来等。在吉福德看来，田园文学不应该以隐退为终点或以逃避为目的，而应以隐退为手段，最终实现回归和对现实的关照；回归即指离开理想化的阿卡迪亚，回到现实社会。田园中的隐退和回归看似逆向而行，实际上紧密相连。对于优秀的田园作品而言，隐退和回归相辅相成，二者缺一不可。吉福德认为莎士比亚的田园戏剧和亨利·梭罗（Henry Thoreau）的田园书写均属此类。在莎士比亚的田园戏剧如《皆大欢喜》《冬天的故事》《暴风雨》中，主人公总是历经离开宫廷、隐退自然，再离开自然、回归宫廷的过程，他们在隐退之地获得的经验教训使得其回归宫廷之后的生活更加幸福美满。梭罗的散文《瓦尔登湖》反映了城乡对立主题，符合吉福德提出的广义田园的定义，也被视为田园作品。在《瓦尔登湖》中，梭罗前往瓦尔登湖离群索居，但他绝不是不食人间烟火的隐士，其隐退的意义在于用实践向城市读者证明简朴生活的真谛。

由于田园中的隐退和回归在吉福德的书中各自单独成章，本节接下来的部分将按照吉福德的思路，先介绍隐退，再介绍回归。正确认识田园隐退对于我们理解田园至关重要。事实上田园隐退常常引起读者的误解，如哈兹里特认为，英国作家不可能写出古希腊罗马诗人或文艺复兴时期的意大利诗人曾经创作出的那样优秀的田园作品，原因在于"举止""气候""时代"方面的差异。在吉福德看来，哈兹里特的问题在于他没有理解田园中隐退的存在及其意义，即通过田园理想化的语言从现实中英国的"举止""气候""时代"隐退到一种文学建构 —— 阿卡迪亚之中（Gifford，1999：45）。换言之，田园利用语言建构起一个远离现实的非真实世界；尽管不同田园作品的风格可能完全不同，但所有田园都有着相同的"隐退语境"。

优劣田园之不同，或马克斯所谓的"复杂型田园"和"感伤型田园"之间的差别，在于作者创作时对隐退尺度或隐退与回归之间张力的把控。吉福德认为，田园中隐退的语境可以分为两种类型，一类仅仅对城市、宫廷、现实或礼节等事物的复杂性进行"逃避"，另一类则对此复杂性进行"探索"（46）。"逃避型田园"即吉福德所说的贬义的田园，"探索型田园"则是田园应有的面貌。在吉福德看来，田园要实现对现在或未来的探索，有一个必要前提，那就是读者充分理解田园语境的建构性，明白他们在田园作品中读到的并非牧人真实的日常对话。事实上，自忒俄克里托斯以来的田园作家都试图从复杂的宫廷语境和粗鄙的牧人语境之中隐退，在两者的中间地带建构起一个语言的边境，以修筑心中的阿卡迪亚。显然，哈兹里特不是吉福德心目中的理想读者。

田园需要隐退到一个中间地带的事实与其现实性并无本质矛盾。吉福德以戈德史密斯的《荒村》为例指出，《荒村》建构在介于农民和地主之间以及理想乡村美德和城市读者之间虚构的阿卡迪亚之上，但其结尾部分的道德说教语气表明，尽管诗中存在理想化描写，但该诗所抨击的压榨农民和土地的商业化行为是真实存在的（Gifford，1999：46–47）。事实上，无论是诗人诚实的批判，还是对农民及乡村美德并非由衷的歌颂，都取决于诗人对于田园语境的理解和把握，都会直接或间接地赋予诗歌现实意义。既然我们可以接受田园对隐退的歌颂，那么是否存在一个合适的语境范围，使其不至于成为简单的逃避型田园？田园借助不同隐退方式所产生的隐退语境到底能够表达什么？又有何不足？

吉福德以格雷的《墓园挽歌》为例，说明隐退语境可能暗含政治目的。《墓园挽歌》中的田园隐退是一种指向死亡的终极隐退，这一隐退的语境范围是介于生死之间的朦胧地带（50）。在吉福德看来，《墓园挽歌》中的隐退看似是赞美和维护穷人的尊严，实则只是为了渲染伤感的氛围（51）。诗中的乡村劳动者虽然贫穷却毫无怨言，只是默默地接受自己的穷苦命运。作为精英阶层一员的格雷把这种无力理解成一种难能可贵的克制，甚至上升为一种美德。这类文学作品往往被英帝国选入教科书，以教育殖民政府未来的雇员及殖民地的臣民。事实上，英国传统田园作品都或隐或显地传达着为统治阶级认可的道德教诲，它们在批判现有制度的同时，也对严重扰乱社会秩序的行为提出警告（52）。田园文学对城市价值观惯有的批评正出于同理，因为相对于社会结构稳定的乡村，城市为阶层流动提供了更多的空间和自由，也就对统治阶层构成更大的威胁。

如果说田园可以利用隐退语境表达为统治阶级喜闻乐见的保守思想，它同样可以在此语境中传达超前的生态智慧。吉福德曾盛赞玄学派诗人马维尔在其花园系列诗歌中对花园意象的探索，并分析了其中蕴含的生态意义。花园是十七世纪田园诗歌中最完美的隐退场所，弥尔顿的《失乐园》

即是一个代表性例证。不过,《失乐园》对于花园意象中所包含的自然力量的理解远不如马维尔的《花园》来得彻底和富有想象力。马维尔的花园体现了人的激情、心灵和灵魂的和谐统一,也反映出人的内在自然与外在自然相通的关系(Gifford, 1999: 70)。诗人通过花园这一隐退语境向读者传递了这样一个具有现代生态意识的观点:既然人的心智起源于自然,人的内外自然之间必定具有延续性。马维尔的生态观影响了之后的英国浪漫主义诗人华兹华斯及美国当代生态诗人加里·斯奈德:前者继承了马维尔关于内外自然相互关联的思想,后者提出人的心智具有野性的观点。总之,由于马维尔的《花园》提炼整合了多种相互矛盾的因素,吉福德给予它"隐退语境的最大成就"的赞誉(70)。

诚然,田园隐退语境有优劣之分。某些田园作品,如乔治诗歌中的隐退语境表现出逃避现实、与现实完全割裂的问题,暴露出田园隐退所潜藏的危险。吉福德认为,田园之所以在当代成为一个贬义词,很可能缘于乔治诗歌对英国文化的持续影响(71)。乔治诗歌兴起于一战前后,其对宁静安稳的乡村事物的描写为世人饱受创伤的心灵提供了慰藉,但因逃避现实而饱受批评和指责,乔治诗人也因此被贴上贬义的"田园主义者"的标签。然而乔治诗歌自有其市场,它所建构的田园逃避式语境在英国文化中持续至今,具体表现为英国广播公司第四频道播出的以乡村日常生活为题材的广播剧《阿切尔一家》(The Archers)和《卫报》每日刊登的"郡县日志"(County Diary)。吉福德从社会文化角度分析了乔治诗歌在其时代大获成功的原因。他认为乔治诗歌既是对之前田园文学传统的继承,也受到彼时社会现实的影响。1800年,英国接近三分之二的人口居住在农村,而到了1901年,英国77%的人口居住在城市,只有12%的人口从事农业生产(72)。在此背景下,吉福德认为,十九世纪末二十世纪初人们对于乡村写作的需求不仅仅只是怀旧,还表现为"更大范围的现代性危机和现代主义对维多利亚价值观的挑战"(72)。同时,十九世纪越来越多的小说家加入"乡村观察员"的行列,他们以乡村为背景进行创作,其作品成为当时以乡村为焦点的文化传统的重要组成部分。吉福德认为此类小说的文化功能是"重建新兴的城市读者群体与被他们以及他们的家庭抛之身后的乡村之间的联系"（Gifford，1999：72）。所有这些文学内部及外部的因素都为歌颂乡村的乔治诗歌的出现奠定了基础。

相比之下，隐退语境在当代田园中呈现出范围不断扩大、表现形式更加多样化的特征。吉福德认为当代作家的自然写作对读者的身心来说是一种"隐退疗法"（79）。由著名作家及荒野保护运动的先驱约翰·缪尔（John Muir）创立的美国环保组织塞拉俱乐部（The Sierra Club）发行的《塞拉俱乐部自然写作手册：一种创意指导》（*The Sierra Club Nature Writing Handbook: A Creative Guide*）鼓励更多人参与以提供信息和娱乐大众为主要目的，以散文或非虚构性故事为主要形式的自然书写活动。此书作者约翰·默里（John A. Murray）认为自然写作虽具备学术写作、新闻写作和虚构写作的成分，但与这三者均有所区别。他指出，"当代散文形式的范围比以往任何时代都要更加宽泛。这是令人欣慰的发展，因为它反映出文学还在成长，正如自然在不断生长"（转引自Gifford，1999：80）。默里的这一观点恰恰说明当代田园隐退的语境范围正在进一步扩大。在吉福德看来，仅仅了解这一事实还不够，我们需要进一步思考：当代自然作家最终向读者提供了什么样的智慧？当代田园仅仅只是一种令人身心愉悦的逃避主义，还是在不断挑战城市读者的思想观念？

吉福德在第四章关于田园回归的论述中回答了以上两个问题。他重点关注回归的文化背景，即田园作者与读者所共处的时代与城市。田园以城市居民为目标读者，因而势必包含隐退和回归这组二元对立的元素；单纯以逃避为目的的田园作品仅占少数，通常情况下文本中总是或明或暗地包含田园回归，从而赋予阿卡迪亚一定的现实意义。吉福德认为，在一部优秀的田园作品中，无论阿卡迪亚被建构在何时何处，其中发生的一切必然传递着与作者同时代的人们所感受到的焦虑和矛盾，并由此与读者产生共鸣（Gifford，1999：82）。田园作品中美好无忧的阿卡迪亚与充满焦虑和矛盾的现实并存，反映出田园中一个至关重要的悖论：田园借隐退来远离现实的焦虑和矛盾，但最终却要通过回归向现实传递智慧。正因为田园作者难以逃脱时代的影响，我们在解读田园作品时，尤其在分析其中的回归时考虑作者与当时社会文化背景之间的联系便有充分的合理性。

英国浪漫主义诗人借田园回归与现实社会文化发起对话，充分体现了诗人的社会责任意识和诗歌的社会功用。约翰·济慈（John Keats）相信他诗歌里的奇异故事具有神奇的治愈能力，雪莱则渴望他的诗歌能直接或间接地回应时代的社会问题，如阶级差异和工业资本剥削。济慈和雪莱的诗歌无疑具有明显的寓言性，吉福德在他们身上看到了莎士比亚等前辈诗人的影响，其中华兹华斯的影响最为直接。华兹华斯的长诗《远足》（*The Excursion*）和《序曲》向读者传达了自然景观带给牧人的道德教诲。他的诗歌《家在格拉斯米尔》（"Home at Grasmere"）更是向其所处的时代文化提出挑战，向前达尔文时代的读者强调"每个人的心智如此巧妙 / ……与外界世界相连"（转引自 Gifford，1999：96），意即人的心智不仅是自然的产物，更是自然的巧妙设计，目的在于帮助人类理解自身在自然中的位置。吉福德认为这无疑是那个时代最为激进的生态观（Gifford，1999：96）。它解释了人类心中为什么会持续涌现表达田园理想的愿望或冲动，因为田园文学归根结底是人类理性力量与外在自然联合作用的结果。华兹华斯思想的继承者希尼凭借田园诗歌在当代大获成功，说明田园回归至今仍然能够在内外世界中回应人们的现实困惑和需求。

相对于男性诗人而言，浪漫主义时期的女性诗人受到了排挤和孤立，其作品的价值长期被忽略，如今才被挖掘出来。吉福德分析了夏洛特·史密斯（Charlotte Smith）的十四行诗及伊莎贝拉·里克巴罗（Isabella Lickbarrow）的诗歌《独处的片段》（"A Fragment of Solitude"）。这两位女诗人在她们的时代鲜为人知，实际上却都得到了华兹华斯的推崇和支持。她们试图隐退到华兹华斯所赞颂的风景之中，学会接受自己作为诗人，尤其是女性诗人的孤独与无助。当她们的那份孤独感得到当时同样被排除在男性社交圈之外的女性读者的理解，一种互相传递的"团结感"便促成了诗人的田园回归（Gifford，1999：97）。

在论及爱德华·托马斯时，吉福德特别强调了他与乔治诗人的区别。乔治诗歌因沉迷于旧英格兰乡村的宁静生活而拒绝回归，爱德华·托马斯的田园诗歌则诚实地再现了世纪之交的英格兰乡村所经历的种种变化，直接反驳了乔治诗人们在恒久不变的宁静乡村中寻求精神安慰的自欺欺人之说。由于自身的焦虑、怀疑和迷惘，爱德华·托马斯在诗歌中探索了诸多思想或信仰的边界，呈现了现实主义与现代主义之间的张力，具体表现为"对自己本该熟悉的一切保持疏远，对自己正在亲历的一切保持怀疑"（83）。吉福德认为，爱德华·托马斯借田园隐退向读者传递了一个有关乡村的事实，即所谓"不变的英格兰乡村"只是一种幻象；此外，他还试图让人们明白，这个世界不再能给他们曾经的信念提供任何现实保障（82–83）。或许诗人自己都不曾想到，田园隐退回馈的智慧竟是如此消极。

二十世纪后期，田园开始借回归直逼时代紧迫的现实问题，例如如何适应快节奏的城市生活。吉福德分析了登山文学在当代的发展。登山文学是旅行文学的一个分支，在吉福德看来，它与具有逃避主义和消遣娱乐性质的旅行写作之间最大的不同在于，它可能更靠近死亡（111）。关于人们为什么登山的问题，菲尔·巴特莱特（Phil Bartlett）在《未被发现的村庄》（*The Undiscovered Country*）中这样回答："为了远离这个变化快到让人难以适从的世界。随着这个世界变得越来越疯狂，越来越多的人选择去山川中寻找安慰"（转引自Gifford，1999：111–112）。这个答案说明，尽管登山运动不乏艰险，且过程中可能会遭遇生存险境并因此留下心灵创伤，登山文学在本质上仍属于田园文学。至于登山文学中的田园回归所传递的智慧，吉福德指出，登山运动蕴含了对于美和死亡的深刻领悟，读者在体验并回归现实之后，可能因此改变自己的世界观和处世方式，拥有更加开阔的心胸和更加从容的心态（Gifford，1999：111）。这或许是当代田园能够带给人们的最切实的思想影响。

3.1.3 反田园

在《乡村与城市》一书中，威廉斯在克雷布的诗歌《农村》中看到了诗人对彼时严重偏离现实的英国新古典田园的不满及自身对于文学应还原现实的信念，因而将其诗歌称为"对抗田园"（counter-pastoral）。《乡村与城市》出版后不久，巴雷尔和布尔在《企鹅英国田园诗选》中对威廉斯有关"对抗田园"的论述进行了补充，选取了威廉斯所论及的一些十八世纪中晚期和十九世纪早期具有现实主义倾向的田园诗人，如达克、戈德史密斯、克雷布和克莱尔的作品，将它们归入一章，冠以"反田园诗"的标题。吉福德对反田园的论述是在以上两部著作基础之上的发展和深化，他认为在维多利亚时期以来的反田园作品中，田园生活被剥去了轻松惬意的伪装，自然也不再被"建构成一个'梦幻之地'"，反而充满了"失去神意指引的残酷的生存斗争"（Gifford，1999：120）。他列举了十八世纪到二十世纪后期的反田园作家，除了前两部著作中已经讨论过的几位诗人，还关注十八世纪的威廉·布莱克（William Blake）、十九世纪的阿诺德，以及二十世纪的卡瓦纳和休斯等。

"反田园"的基本特征是现实性，即在揭示现实状况的同时表达对现实的不满和抗拒——难怪吉福德在古典田园诗歌中也能找到若干具有反田园倾向的诗句或诗节。不过在吉福德看来，英国第一部真正意义上的反田园作品出自诗人达克之手。身为威尔特郡农场上的打谷工人，达克在劳动之余创作了诗集《打谷者的劳作》，打谷者挥汗如雨的劳动情景与蒲柏诗歌中欢快的收割者形象及汤姆逊笔下幸福的劳作者形象形成极具讽刺意味的反差："这里没有泉水潺潺，没有羊羔撒欢，/没有红雀啭鸣，没有田地开颜；/这里景色一片阴郁、悲伤，/恰能刺激缪斯怒狂"（转引自威廉斯：125）[1]。诗人使用一连串的否定词，加上一句带有挑战意味的"恰能刺激缪斯怒狂"，将批判矛头直指十八世纪新古典主义田园诗歌中盛行的理

1　译文略有改动。

想化和浪漫化风尚。吉福德还注意到，达克在《打谷者的劳作》中有意使用彼时流行的英雄双行体和大量典故，作为对蒲柏和汤姆逊的田园诗歌的回应和抗议。达克的反田园诗对后来劳动阶级诗人的田园诗歌创作产生了极大的影响。不过，女诗人玛丽·科利尔（Mary Collier）在诗集《妇女的劳作：致斯蒂芬·达克》（*The Woman's Labour: An Epistle to Mr. Stephen Duck*）中明确对达克在《打谷者的劳作》忽略女性的存在表示不满，指出相比男性，农忙时节的女性需要付出更多的汗水。吉福德参考唐娜·兰德里（Donna Landry）有关十八世纪劳动阶层女诗人的研究成果总结指出：科利尔等女诗人的反田园诗表达了她们对农事诗中的男权主义传统的反抗，以及对农事诗写实主义的追求（Gifford,, 1999：122）。

吉福德接着提到了戈德斯密斯的《荒村》。在他看来，《荒村》中既有田园元素，也有反田园成分：戈德史密斯一方面对《荒村》中的村庄奥伯恩进行了乌托邦式的想象，另一方面反对圈地运动对土地的破坏，即以单一的土地利用方式取代原有的丰富多样的农业生产方式或土地文化（122）。吉福德认为，戈德史密斯在《荒村》中留存了圈地运动这一"历史性时刻的影像"（123），并以不无艺术夸张的方式表达了因圈地运动而失去土地的农民的悲凉心境和悲苦状态，因此《荒村》被视为"政治反田园"（124）。通过分析该诗的韵律和修辞等，吉福德进一步发现戈德史密斯对自然的关注直接影响了他对人性的认识。当他写下"土地患疾之时，罪恶匆忙猎获／财富聚集之地，人类难逃腐朽"（转引自Gifford，1999：124），诗人要表达的是：人若不尊重自然，必不会尊重同胞，如此这般，最终会滋长奢侈的生活作风和傲慢无礼的态度。

不过，因《荒村》对圈地运动之前的奥伯恩有过怀旧式、理想化的描写，戈德史密斯也受到后辈诗人的批判。克雷布在十三年后写下《农村》，以回应和驳斥戈德史密斯所描画的轻松的往昔时光。但吉福德认为克雷布有矫枉过正之嫌。克雷布否认乡村中音乐的存在，并坚持认为只有乡村劳动者自己写出的关于乡村的诗篇才是真实可信的（125）。事实上，克雷布本人并非真正的劳动者，他的身份是家庭牧师，受雇于拥有莱斯特郡的贝尔沃堡及周边数个村庄的大地主拉特兰公爵（Duke of Rutland）。如此我们便不难理解为何克雷布没有像戈德史密斯那样去探寻圈地运动给乡村带来的改变，而是重点攻击将乡村理想化的田园文学传统。我们也更能理解他何以会在其诗歌中逐渐背离为穷人发声的初衷，转而劝诫他们接受现状，这在吉福德看来无疑是重走以服务封建权贵为目的的十七世纪田园诗歌的老路。由此吉福德进一步指出："反田园传统在其发展的高峰期表现出一种持续至今的张力，即诗人是追求真实还是忠于诗歌传统？是如实地发声还是努力做好一个'诗人'？是去批判还是去分析？"（Gifford, 1999：127）

吉福德认为，在以上所论及的反田园传统中，诗人的反田园书写旨在尽力缩小乡村现实与田园传统之间的距离。这种距离不仅仅是经济和社会现实所造成的，还可能是田园传统被文化利用的结果，爱尔兰农民诗人卡瓦纳的《大饥荒》正是对所谓"文化田园"（cultural pastoral）的尖锐批判（128）。《大饥荒》的标题指的不是十九世纪四十年代爱尔兰的马铃薯饥荒，而是在莫纳汉郡种植马铃薯的农民马圭尔的乡村生活中的情感饥渴和性饥渴。按照吉福德的理解，此诗的主题是"人与熟悉而又挚爱的土地之间的隔离"（128）。诗中马圭尔对性本能的恐惧和负罪感造成了他与自然的疏离，而这一切的罪魁祸首是教会。马圭尔的母亲是虔诚的天主教徒，她传达给马圭尔的天主教观念是人与自然应和谐共存，一如堕落之前伊甸园中人与自然的关系。按照母亲的教诲，马圭尔应该"将土地当作新娘"，应该通过忏悔来疏解自己的性欲，但事实证明这些都无济于事。卡瓦纳用反浪漫化的语言否定教会对自然的浪漫化和田园化，同时批判其对人性的压抑。此外，卡瓦纳的《大饥荒》还批判了二十世纪初爱尔兰文艺复兴时期以叶芝为代表的一众文人及城市旅游者。

在戈德史密斯、克雷布及卡瓦纳的诗歌，吉福德看到了对伪田园的愤怒和对乡村劳动者的同情，也看到了内外自然之间的联系及这种联系给劳动者造成的真实困境，还看到了诗人们在反映乡村现实与迎合城市读者的原则之间的挣扎。在吉福德看来，无论如何挣扎，诗人们的反田园倾向最终都难逃被英国文化田园化的命运。

英国桂冠诗人休斯因推崇不受人类理性控制的野性自然力量被吉福德视为二十世纪后半叶最具代表性的反田园诗人。伟大的浪漫主义诗人布莱克是休斯的思想源头。布莱克在《天真与经验之歌》和《天堂与地狱的婚姻》等作品中向世人明示：所谓天堂，不过是自欺欺人的产物。人惯于选择性接受让自己感觉良好的事物和想法，这实际上是自我封闭，自制枷锁。吉福德在休斯各个阶段的主要作品中都看到了他对布莱克这一思想的继承，也看到了他的诗歌所具有的独特力量。借用约翰·凯里（John Carey）于休斯去世数日后发表在《星期日泰晤士报》上的评论："田园诗，在休斯的笔下，变成了装满导弹头的武器库"（转引自 Gifford，1999：136）。休斯诗歌的非凡能量不仅体现在其早期一些被部分评论者错误地解读为"暴力诗"的作品中，还充分展现在他的中后期诗集《摩尔镇日记》当中。

《摩尔镇日记》记录了休斯从 1973 至 1976 年经营农场期间的日常生活和劳动。诗人以亲身体验反驳了传统田园诗歌对农场生活的浪漫化描写，颠覆了缺乏农场生活经历的城市读者心中的理想田园。诗集中有一首诗名为《二月十七日》，它描述了一只母羊在分娩时难产，人们不得不割下小羊的头以拯救母羊生命的经过。休斯每次在公开场合朗读这首诗时，总会有一部分听众感觉极不舒服，甚至还出现过有人当众晕倒的状况。吉福德认为休斯有意借这首带有类似布莱克版画中的"蚀刻"（corrosive）工艺的诗歌来磨灭人们对于绵羊温馨的联想（Gifford，1999：137）。为此，吉福德引用了休斯的一次录音讲话——对于有人形容这首诗是"令人作呕的恐怖书写"，休斯的回答是："我们要么下定决心去探究事实，要么对之遮遮掩掩"（转引自 Gifford，1999：137）。正因为休斯选择向读者和听众展示农场生活真实而残酷的一面，吉福德认为他的诗歌充满了反田园的力量。

不过就《摩尔镇日记》这部作品整体而言，它其实也包含传统田园元素，甚至还有后田园成分，本书在之后的原创案例中会对此展开详细解读。

3.1.4 后田园

自二十世纪九十年代生态批评理论出现以来，人们对自然和乡村的理解及学界对田园的解读都在逐渐改变。对于"环境"的关注正在取代过往对于"乡村""风景""田园生活"的兴趣。自然书写与城市读者的关系的变化，以及二十世纪英国文化对于田园的更多质疑，在共同呼唤一种能够走出"田园—反田园"这一封闭循环的"成熟的环境美学"（Buell：32）。吉福德认为，布伊尔所说的"成熟的环境美学"将人类视为自然这一有机整体的一部分，旨在"寻找一种既歌颂自然又敢于承担起对自然应负的责任的真诚话语"（Gifford，1999：148）。吉福德在布伊尔所期待的新的环境美学中看到了所谓"当代田园意识形态的最新转变"（148），此转变与生态批评理论的兴起和发展息息相关。从生态批评的视角来看，传统田园中仅仅作为文学手段而存在的亚登森林实际代表真实的物质世界，而人类不仅要与社会环境相协调，还要与自然相适应。事实上，吉福德正是借助生态批评所带来的对于传统田园元素的不同理解，提出了"后田园"这一新概念，以此超越传统田园和反田园思想，尤其是人类中心主义的局限，从而重新认识人与自然的价值。

吉福德在发表于1994年的论文《泥土众神：特德·休斯与后田园》（"Gods of Mud: Ted Hughes and the Post-Pastoral"）中首次使用了"后田园"这一表述，并运用他所提出的后田园的六个特征分析了休斯的诗歌，这些内容在其1995年出版的专著《绿色之声：解读当代自然诗歌》中得到了保留。吉福德在《田园》中基本沿用了这六个特征，只对具体表述作了适当的修改，并补充了大量诗歌及非诗歌文本例证。

吉福德提出的后田园文学的第一个特征：敬畏自然，即坚信自然万物皆有神性。吉福德认为，在宗教诗人杰勒德·曼利·霍普金斯（Gerard

Manley Hopkins）的诗歌《上帝的荣耀》（"God's Grandeur"）中，人对自然怀有一种谦卑的态度和一颗敬畏之心，已经实现"从田园的人类中心主义到后田园的生态中心主义的转变"（Gifford，1999：152）。

第二个特征：认识自然是一个同时存在创造—毁灭力量的动态平衡系统；在这个系统中，诞生与死亡、死亡与重生相互依存，此消彼长。吉福德认为，在探寻自然中不同力量的循环及矛盾关系方面，布莱克、劳伦斯和休斯的作品最具有代表性。

第三个特征：肯定内外自然相通，人类可以通过与外在自然的联系来反观自身。若在自然界中保持谦卑的态度，人类必将在自然界中重新找到自己的位置；若与自然界中的动植物亲密接触，个体会更加真切地感受到自身的存在。内外自然相通其实是种古老的信仰，许多民谣中都有它的身影，文学中常见的拟人化手法有可能也是基于这一信仰。布伊尔认为，文学中的所有自然意象其实都来自理性崇拜者所贬斥的"情感错置"。吉福德在这一部分分析了彼得·雷德格雷夫（Peter Redgrove）、吉利恩·克拉克（Gillian Clarke）、克里斯廷·埃文斯（Christine Evans）的诗歌作品及其他小说或散文在消解内外自然的隔阂上所作的努力。

在内外自然相互沟通的过程中，文化是无法回避的障碍。基于此，吉福德提出后田园文学的第四个特征：反对文化和自然的二元对立，充分意识到文化和自然"你中有我，我中有你"，两者是一种水乳交融的关系。吉福德认为后田园文学不应该是梭罗式的，即文化替自然发声，"我想为自然说句话"（转引自Gifford，1999：162），也不是奥尔多·利奥波德（Aldo Leopold）式的，即文化同情自然，"像大山一样思考"（162），而应该视所有文化为自然的一部分，如加里·斯奈德的诗歌集《无自然》（*No Nature*），或表现文化与自然戚戚相关、生死与共的命运，如休斯的诗歌《死亡的农场，枯死的树叶》（"Dead Farms, Dead Leaves"）。

吉福德意识到，一旦我们视文化为自然，视语言为野性的力量，我们便能够"在那个创造与毁灭并存的世界中寻找到我们的位置"（163）。

换言之，虽然文化曾经在人与自然之间树立屏障，甚至成为人类压榨自然的手段，但要消除这个屏障，还得依赖文化发挥其积极作用。吉福德由此提出后田园文学的第五个特征：将意识转化为良知。具体而言，文化产生意识，意识让人类肩负起责任，从而建立人与自然和谐共生的生态关系。吉福德以劳伦斯的诗歌《蛇》（"Snake"）进行为例说明：诗中的"我"在"教育的声音"，即文化意识的驱使下，向蛇扔下木头，但随即产生负罪感，并最终以一颗谦卑之心向蛇及其所代表的内外自然中的野性力量表示臣服。良知让人类承担起生态责任。

吉福德从生态女性主义中得到启发，提出后田园文学的第六个特征：意识到"压榨地球与压榨女性和少数群体的行径都是同一种心态使然"（Gifford，1999：164）。我们应同时关爱人类与自然，反对一切压迫，运用意识带来的良知，改善人与自然的关系及人与人之间的关系。吉福德认为，阿德里安娜·里奇（Adrienne Rich）的诗集《你的故土，你的生命》（*Your Native Land, Your Life*）表达了许多后田园生态女性主义作家的心声："如果自然中的身体少受污染，社会中的身体少受侵害，那便是阿卡迪亚进驻身体的美好时刻"（转引自Gifford，1999：166）。

吉福德以上文列出的六个特征作为衡量后田园文学作品的标准，把他在书中论及的许多作家都归入了后田园作家的行列，包括布莱克、华斯华兹、梭罗、缪尔、劳伦斯、索利·麦克林（Sorley MacLean）、里奇、厄休拉·勒古恩（Ursula K. Le Guin）、克拉克、希尼等。吉福德认为迄今为止最有代表性的后田园文本当属休斯的组诗《洞穴鸟》（*Cave Birds*），因为它很好地呈现了后田园文学的全部六个特征（Gifford，1999：169）。并不是所有后田园作家的每一个文本都具备这些特征，但这六个特征中的任何一个都可能出现在这些作家的作品中，构成并丰富他们的后田园。同时，许多后田园元素本身就是对田园—反田园文学传统的继承和发展，因此一些诗人如华斯华兹、休斯和希尼在不同的创作阶段能写出三种不同类型的诗歌，甚至同一首诗中便有可能包含三种元素。吉福德例举了华兹华斯的诗歌《家在格拉斯米尔》，这首诗既有表露隐退之意的传统田园，也有否定阿卡迪亚的反田园，同时还有反映内外自然相通的后田园。

吉福德在本章阐述了后田园文学的六大特征，也可称之为六大深层主题，但并没有给出后田园文学的明确定义。从吉福德对后田园的描述来看，其涉及的文本没有时间限制，题材不再局限于乡村，主题也极为丰富。吉福德对后田园过于宽泛的定义难免有将概念模糊化之嫌，因此张剑在《西方文论关键词：田园诗》中指出，吉福德在《田园》一书中"对后田园诗的定义作了模糊处理，实际上造成了人们对后田园诗理解上的障碍"（张剑：91）。张剑把后田园定义为"反映后现代生态意识和环境意识的写作"（91）。但在笔者看来，此定义仍有不妥之处：一来"后现代"同样也是一个宽泛的概念，二来"生态意识"和"环境意识"这两个概念背后隐含不同的思想主张，能否并置一处还值得商榷。

3.2　评希尔特纳的《还有什么是田园？》

希尔特纳的最新著作《还有什么是田园？》集合了作者在文艺复兴文学及生态批评两个领域的研究所得，在经典文学作品的创新性研究方面作出了贡献，对于本书重点关注的田园文学的生态批评研究具有很大的启发性，因而在此择要介绍。

该书主体包括两大部分，第一部分为"文学话题"，第二部分为"环境问题"，各部分下设三或四章。作者在导言中对这个两段式结构作出了解释。他指出，目前有关文艺复兴时期自然书写（Renaissance nature writing）的研究普遍陷入了两大误区：一是认为自然书写无关自然，二是认为作品中出现的自然描写是对彼时英国乡村的真实再现。因此，该书的第一部分主要论证文艺复兴时期的田园诗歌具有环境维度，即它除了"有时以比喻的形式遮掩其政治争论本质，也频繁涉及非比喻意义的风景，虽然它并不试图描写风景"(Hiltner: 4),同时还探讨了诗歌表现环境的方式。第二部分则以十四世纪至十七世纪英国的环境污染状况来说明文学中的美好乡村并非真实的存在,而是另有所指。事实上,"近代早期英国确实经受着只能被称为'现代'环境危机的阵痛,这些危机在当时引发了一系列的争论",这些讨论涉及环境正义等问题,在斯宾塞、弥尔顿等作家的文学作品中均有所体现(4)。本节接下来先逐一介绍各章观点,之后再从第一和第二部分中各取一章重点评介。

该书第一章"艺术的本质"围绕"什么是自然?"这个基本问题展开。希尔特纳对"自然"一词追根溯源,在总结前人观点的基础上提出"自然"即"出生、成长及逝去,无尽的过程中之过程,世间万物皆由此过程不断地生成并消亡"(27)。从古至今的西方哲学家们对于自然及一系列自然相关问题的思考告诉我们,我们的祖先正是由于认识到自然的本质在于变幻无常,才创造出人类文明,决心以相对恒久的人造世界来与之对抗。由此可见,对于文学艺术作品的恒久性的追求亦隐藏着人类改造自然的欲望。

这一章还涉及另外一个重要问题,即自然的再现(representation)。既然自然现象转瞬即逝,让人无从把握,人们该如何运用语言来表现自然的无常?希尔特纳介绍了古希腊哲学家克拉底鲁(Cratylus)的一切皆变思想(doctrine of flux),区分了"指向式"(gestural)和"具象表现式"(representational)两种表现自然的方式(19-21)。克拉底鲁认为语言并不能真正再现无序流动的环境,因此最好保持沉默而用手势指向所要表现的环境(20)。也就是说,他认为指向环境比言说更为有效。十八世纪的英国诗人汤姆逊开创了一套使用语言描写自然环境的方式,即希尔特纳所说的具象表现,这种方式在之后的几个世纪成为自然写作的主流。不过,希尔特纳指出,不少文艺复兴时期的作家"使用指向式的策略来创作田园作品,(这些作品)虽然缺乏直接描写,但仍然是环境诗歌"(23)。

第二章"还有什么是田园?"与著名田园文学研究者阿尔珀斯的经典

著作《什么是田园？》形成明显的对话关系。希尔特纳认为阿尔珀斯对维吉尔的《牧歌》的政治文化解读固然合理，却忽视了诗人对于环境自身的关怀。有鉴于此，希尔特纳提出，"我们必须探讨被象征性的语言所包裹的文化(有时是政治)局面如何深刻影响到那些切实面临着失去环境这一困境的个体。田园文学研究如果没有考虑语言的象征意义对本义的影响，必定是不完整的"（Hiltner：40）。在希尔特纳看来，在《牧歌·其一》中，失地的梅利伯数次提醒提吐鲁珍惜他仍拥有的农场和土地，他指的并非是象征意义的乡村自然，而是彼时彼处真实的乡村环境。梅利伯在远走他乡后萌生了环境意识，他的觉醒表明，只有"当环境从人类视线中消失时"，它才成为"主体意识表现的对象"（37）。

文艺复兴时期的田园作品深受维吉尔《牧歌》中流放母题（the exile motif）的影响，真实再现了该时期乡村自然环境的变迁。希尔特纳以更多的文艺复兴时期的田园作品为例，说明它们产生于乡村受城市发展影响而日益改变的大背景下，正是这些改变让乡村得以出现在作家的视野中，也让曾经的美好备受珍视，催生出作家的环境意识。其实在希尔特纳看来，催生环境意识的不单有变化中的乡村，还有城市本身。城市如同海德格尔（Martin Heidegger）笔下的希腊神庙一样，是人类的作品，它们以自身的持久存在反衬出自然的瞬息万变以及周遭环境的岌岌可危。希尔特纳显然在十六、十七世纪伦敦城的快速发展与彼时田园文学的繁荣之间看到了联系：城市与田园诗歌一样，催生了城市居民和艺术家的环境意识，由此他把伦敦城称为"史上最伟大的田园作品之一"（48）。希尔特纳同时指出，这一时期的文学作品对于城市和郊区环境变化的再现也是指向式的，它们将自然指给读者，使读者意识到自然环境正在发生变化。

第三章以"还有什么是文艺复兴时期的田园？"为题，重点解读琼森的田园诗歌《致潘舍斯特》。潘舍斯特是诗人的恩主位于伦敦郊区的乡村宅邸，但诗人并没有花过多笔墨在房屋本身，而是更多地关注其所在的乡村环境，以及城市发展给环境带来的影响。诗人眼里的潘舍斯特有着不同于周边大量新建住宅的古老根基，它的主人也不同凡俗，精心呵护着土地及土地上的劳动者，合理节制地利用资源，保证其"可持续产出"（sustainable yield）。潘舍斯特与环境的和谐关系不过是诗人的想象，却让我们清楚地感受到诗人对环境的深厚责任。

希尔特纳还仔细分析了这首诗歌在景物描写方面的语言特点。琼森采用极简的指向式语言，把读者的注意力导向诗歌外部的现实环境。他好似这处田产的导游，将景物一一指给读者，其作用仅仅在于引导。希尔特纳认为，"用最简练的语言使读者注意到特定的自然环境，不仅是维吉尔的《牧歌·其一》和琼森的《致潘舍斯特》的共同特征，也是出现在二者之间的多数自然写作共同采取的写作手法"（Hiltner: 60）。指向式语言的优点在于，它拒绝将自然物化（reification），也拒绝模仿式的再现，它尊重自然环境，营造出一种别样的氛围，保留了自然的神秘性。这种手法能够使读者切实意识到自然的存在与环境的价值，在读者内心激起与作者同样的环境责任感。此外，希尔特纳认为，文艺复兴时期由于伦敦空气污染严重，伦敦居民事实上已经意识到环境的重要性，他们在假日纷纷涌入郊区欣赏自然美景，却在客观上加重了环境的负担，加速了生态的恶化（64）。如此看来，环境意识的矛盾性不可避免。

希尔特纳在第四章"田园、意识形态和环境"中试图解释文艺复兴时期田园诗歌繁荣景象背后的原因。他认为，文艺复兴时期的人们逐渐摆脱中世纪神学将自然视为一个（与人一起）堕落的世界的传统观念，这一思想转变使得这一时期的田园诗歌中开始出现对自然的尽情赞美。与此同时，自维吉尔起不曾改变的极简的自然再现方式也终于有了突破，希尔特纳在弥尔顿的《失乐园》中看到了大段细致的景物描写，也看到了诗人对英国本土风貌的青睐，这显然是意图挑战汤姆逊以"高度具象性"的语言关注英国乡村的论断（89）。

第五章开启了该书的第二部分"环境问题"。此章以"再现现代早期伦敦的空气污染问题"为题，介绍了十四世纪到十七世纪期间英国的空气污染状况。这一时期，伦敦所面临的严重空气污染并非源自工业生产，而多来自家庭生活。伦敦市民多使用价格低廉的海煤作燃料，海煤燃烧后释放大量硫黄，严重污染了空气，致使空气污染成为当时仅次于瘟疫的第二大致死原因。早在十三世纪末，政府就已着手调查海煤造成的空气污染问题，但一直未能解决；到了十六世纪，伴随着城市人口的急速膨胀，海煤产生的煤烟笼罩伦敦，使之变得如人间地狱一般。彼时的伦敦居民对于空气污染的危害已有了清晰的认识，同时期的文学作品里亦包含大量对于空气污染的描写。例如，弥尔顿在《失乐园》中描写地狱时多次使用硫黄或硫矿石等词汇；在斯宾塞的《仙后》中，地狱入口的恶龙吐着令人窒息的硫黄浓雾。深受空气污染之苦的伦敦居民开始形成了一定的环境意识，有识之士提议围绕伦敦城区广植绿色草木，以绿色植物产生的新鲜空气缓解城市污染。城市的污浊更凸显了乡村的清洁宜居，乡村和城郊逐渐被伦敦人视为远离地狱的乐园。十七世纪中期，英国出现了首部描写本土风景的诗歌——德纳姆的《库珀山》。这部作品在影射当时若干重大政治文化事件的同时，也描写了深陷环境危机的伦敦。

希尔特纳注意到，彼时的伦敦市民对海煤怀有复杂的心情，因而提出这样一个问题：当我们面对一个既危害健康却又给予我们生命的物质如煤炭时，我们该如何谈论它？希尔特纳称之为"一个重大的再现难题"（a major representational challenge）（Hiltner：119）。约翰·伊夫林（John Evelyn）在小说《防烟记》（*Fumifugium*）中把批评矛头直指排烟工业而不论及居民用煤的危害，这在希尔特纳看来是作者采取的辩论策略，目的在于保护没有选择权的居民，实乃"高明之举"（masterstroke）（123）。

第六章题为"文艺复兴时期的环境抗争文学"，聚焦十七世纪上半叶英国沼泽地或荒地开发所引发的一系列论争乃至冲突，展现其背后的政治、经济及文化作用力。十七世纪初期，圈地运动强力推进，旧有的土地使用方式发生变革，依赖旧方式生存的群体遭遇了前所未有的生存威胁，反抗运动风起云涌。平地派（Levellers）和掘地派（Diggers）农民运动要求铲平用来圈地的树篱或沟渠，恢复之前共有土地的状态。十七世纪二十年代，沼泽地与榨油产业的快速发展直接相关，政府以国家安全的名义推进排干沼泽地行动[1]。沼泽地抵抗者（the fenland protesters）为保护沼泽地免被排干展开了声势浩大的全国性抗议活动。希尔特纳指出，十七世纪关于是否应当排干沼泽地问题的讨论重点突出了环境问题，尤其是环境正义问题。"对于这些早期的抗议者来说，环境正义问题是核心问题，因为他们担心土地使用方式的彻底改变会给当地那些本已处于经济劣势的民众带来毁灭性打击"（Hiltner：134）。希尔特纳特别强调，不管是圈占已经得到开发的农田或牧场，还是排干荒野状态的沼泽地，正是类似的环境破坏事件让人们开始真正关注环境问题，同时也促成了田园文学的繁荣。

这些问题在当时引发了社会各界的热烈争论，并反映在同时期的一些文学作品中。十六世纪文学形容沼泽地多使用"肥沃"（fertility）、"多产"（fecundity）等正面词汇，到了十七世纪则变成了"无用"（trash）、"荒地"（waste ground）等负面词汇，这反映出农业伦理等社会理念对于沼泽地审美的影响。十七世纪还出现了不少从不同立场分析排干沼泽地的利与弊的文章，但掌握话语权的仍旧是支持排干的当权者。值得注意的是，正反双方的论述都提到了保护沼泽地的生物多样性问题，也都认同不同地方的生态系统具有互通性。同时，一些文章和文学作品还谈及了家养动物与野生动物、本地物种与引进物种孰优孰劣等问题。这些讨论与当代生态批评的议题颇为接近，表明当时的英国人因为乡村环境的剧烈变迁已具有了相当明确的环境意识。在希尔特纳看来，沼泽地问题的重要性不仅在于它唤醒了人们的环境意识，还在于它促使底层人民奋起反抗。沼泽地问题涉及区域面积大，影响人数众多，后期演变为政治斗争的焦点，并最终成为引发内战的导火线之一。

1　十七世纪，人们从油菜籽（coleseed）和大麻（hemp）中提取植物油，主要用于制作布帆、麻绳等工业产品。1550年以前，植物油主要依赖进口；之后由于进口受限，政府出于防卫安全考虑，要求在国内种植油菜籽等植物，并将抽干的沼泽地视为最佳种植地点。

第七章以"帝国、环境以及农事诗的兴起"为题，审视英帝国扩张时期为配合爱尔兰殖民的需要而建构的殖民话语中的政治、经济及环境意义。希尔特纳将后殖民批评与生态批评相结合，指出了文艺复兴时期英帝国殖民者对爱尔兰土地的贪婪渴求。斯宾塞的长诗《仙后》体现出十四世纪到十七世纪英国政治和经济形式剧烈变化的大背景之下农事伦理的诞生，以及其所引发的田园模式的转变。希尔特纳认为，从牧歌向农事诗的转变与农业生产方式和经济结构的变化大有关系，本质上是为了服务国家政治。本节接下来将对第四章和第七章作更为详细的介绍。

3.2.1　文艺复兴时期田园诗歌的环境维度

希尔特纳在第四章"田园、意识形态和环境"中，用标题的形式高度概括了他在书中表达的一个基本观点，即田园诗歌中的乡村环境既承载了复杂多变的意识形态，同时也反映了具体景物的物质形态。因此，要把文艺复兴时期田园中的风景从政治中剥离并非易事。希尔特纳对十六世纪末至十七世纪初的英国政治及文化格局的研究表明，议会党和保皇党都曾利用田园的隐含意义乃至田园诗歌本身来表达他们的诉求，一个典型的例子就是斯宾塞的长诗《柯林·克劳茨回家记》。正因如此，许多研究者，如《田园与意识形态》（*Pastoral and Ideology*）的作者帕特森认为，对于田园研究而言，最重要的不是厘清田园概念的内涵及外延，而是弄清"那些信仰各不相同的作家、艺术家和知识分子如何利用田园达到各自的目"（Patterson：7）。在希尔特纳看来，帕特森的提醒固然重要，但把文艺复兴时期的田园仅仅视为政治舞台未免过于狭隘；需要探讨的问题是，"十七世纪的文学是否另有他用，且不随政治风向的转变而摇摆不定？"（Hiltner：70）。显然，希尔特纳并不否认文艺复兴时期田园诗歌的政治寓意，他要证明的是，这一时期的田园诗歌已经表现了最初的环境意识，采用生态批评解读文艺复兴时期的田园诗歌是可行的。

希尔特纳认为,"虽然有例外情况存在,英国文艺复兴时期的田园诗歌主要是伦敦现象"(Hiltner: 71)。伦敦城市人口在十六和十七世纪以远超其他欧洲城市的速度激增,文艺复兴时期的主要作家基本都居于伦敦。田园诗歌的发展与城市扩张深度关联,"城市的显著扩张不仅产生了深刻的文化和生态影响,也对塑造文艺复兴田园诗歌起到了重要作用"(70)。十七世纪,英国田园诗歌在延续理想化、程式化的写作手法的同时,也开始尝试越来越现实化、本土化的风格。这一时期,理想化的田园不仅与腐朽堕落的宫廷形成对比,还逐渐成为城市的对立面。美丽的乡村与喧闹的城市(主要是伦敦)成为田园文学中的对立双方,城市的意象在流行的田园诗歌和戏剧中隐约可见。希尔特纳注意到贺拉斯《长短句集》(*Odes and Epodes*)的第二首在十七世纪有大量不同的英译本,这些译本在用词上的变化凸显了城市对田园诗歌的影响不断增强。诗中第一行的最后一个词原文为"negotiis",琼森将其翻译为字面的"Businesse"(事物)一词;到了1629年,约翰·博蒙特爵士(Sir John Beaumont)将之译为"busy life"(繁忙的生活);1638年,托马斯·兰德尔(Thomas Randall)将其译为"city care"(城市的烦恼),平添了城市的维度;待到1649年,约翰·史密斯(John Smith)的译文再次将其处理为"cities toile"(城市的辛劳)。在此过程中,单纯的操劳变成了城市带来的烦恼;可见,城市与乡村的对立越来越明显。到了十七世纪中期,繁忙的城市生活与悠闲的乡村生活已然成为田园诗歌中的一组天然对比。

希尔特纳还注意到,十七世纪以来,贺拉斯的英译者开始越来越青睐自然景物描写。其中考利在其1668年的译文里显著增添了景物描写的分量,表明作为译者的考利并没有对贺拉斯原作中的自然景物作象征性的政治解读,而视之为现实描写。当考利的这一态度在十七世纪下半叶的众多作家身上体现时,希尔特纳不禁要深究此现象背后的思想根源。

在希尔特纳看来,彼特拉克的《牧歌集》(*Bucolicum Carmen*)之所以能在文艺复兴时期产生持久深刻的影响，且这时的作家越来越热衷于描写自然景观，是因为西方世界看待自然的方式在这一时期发生了彻底的转变。希尔特纳认为，帕特森等批评家在分析彼特拉克的田园诗歌创作动机及文艺复兴时期田园诗歌蔚然成风的现象时，均忽视了这一重要因素。中世纪的基督教徒普遍认定自然是在亚当堕落后出现的邪恶存在，田园诗歌在这一时期难成气候可想而知。即便偶有田园诗歌，诗中的美好田园也必定另有深意，与真实的自然并无联系，这种情况一直延续至文艺复兴早期。彼特拉克对待自然的方式开始显现较明显的变化，同时也表现出思想的矛盾性。帕特森等诸多评论家依据彼特拉克的书信和论文认定《牧歌集》具有高度寓言性，而希尔特纳则认为他们有意忽略了诗人在大量书信中所表达的对静谧乡村的喜爱和对自然山川的敬仰。但彼特拉克深受奥古斯丁（Augustine）思想的影响，不可避免地为自己留恋自然和俗世的行为感到羞愧和懊恼。

从十六世纪末开始，越来越多的神学家和诗人摆脱了彼特拉克的思想矛盾，在美丽的自然中寻到了上帝为人类搭建的精神家园，比利时神学家尤斯图斯·利普修斯（Justus Lipsius）的对话录《论恒常》（*De Constantia*）中即包含对这一全新自然观念的典型表达。在希尔特纳看来，人们对于自然与上帝关系的重新认知在很大程度上决定了从诗人们对于自然越来越多的接受和赞美。到了十七世纪，人们已然普遍接受了"上帝是无处不在的，而非超验的"这一思想（Hiltner: 80），越来越多的神学家将自然解读为上帝对人类的赐福。这种思想的转变使得"隐退的生活在虔诚且喜沉思的人群中流行开来"（80），自然成为人类的庇护所，人类能够在其中冥思，从一草一木中感知上帝的存在。"对自然的审美不仅不再与上帝对立，且被认为能够帮助人们对抗那些与上帝为敌的势力"（83）。自然被赋予了积极的精神力量，让人们得以获得精神的洗礼。可见，中世纪对自然的贬低在十七世纪彻底扭转为褒扬，这是田园诗歌在文艺复兴时期广为流行的思想基础。

希尔特纳指出，自然与上帝关系的转变，以及乡村与城市的差别所带来的不同生活体验，都促使田园诗歌融入更多的英国本土自然元素。希尔特纳总结了文艺复兴时期英国田园诗歌的共同特征："少有大段模仿式意象（mimetic images），意识到乡村与城市的对立，相信上帝无处不在，诚挚地喜爱动植物，深切关怀环境"（Hiltner: 88）。希尔特纳以托马斯·洛奇（Thomas Lodge）和威廉·德拉蒙德（William Drummond）等人的诗歌为例，说明十六世纪末及十七世纪的许多田园诗歌都表露出对于乡村的强烈情感，这份情感不但体现在诗人们对城乡环境的比较中，还表现为诗人们对自然万物的真情流露，促使他们在美好的田园景致里感受上帝的存在。希尔特纳特别关注田园诗歌中的景物描写，他在这些诗歌中看到了典型的英国式乡村风光，这足以说明帕特森等人对文艺复兴时期田园诗歌的政治解读过于褊狭，忽略了田园诗歌的环境维度。

希尔特纳在这一章的结尾部分转向对诗歌语言特点的分析，并重申他在第三章中的发现，即文艺复兴时期的田园诗歌少有大量的描述性语言，显然这一时期自然观的转变并没有带来相应的语言策略的改变，那些洋洋洒洒、生动鲜活的景物描写直到一个世纪后的汤姆逊或更晚的浪漫主义诗人的诗中才出现。"指向式自然描写是一种将读者的注意力吸引到文本以外的、身边真实存在的环境的写作策略，它传达出一种焦虑，这是一种源自柏拉图的、对语言能否真切反映永远变化的自然的焦虑"（89）。不过希尔特纳并不因此认定文艺复兴时期不存在模仿式的描述性语言。弥尔顿的《失乐园》里关于伊甸园的部分，甚至其更早的诗歌《快乐的人》都有大段景物描写。在《失乐园》中，弥尔顿将上帝的乐园想象成英国的乡村，那里听得见云雀的歌声，闻得到金银花的沁香。弥尔顿对于天堂的细致描写调动了听觉、视觉、触觉、嗅觉、味觉，使天堂变得可亲可近，且极具英国乡村特色，为英国读者所认同。

希尔特纳对于真实的物质环境的关注具有明确的生态批评的视野，延续了布伊尔和贝特等早期生态批评学者对于二十世纪后期占领文学批评主导地位的后现代理论的挑战。但要把环境或自然从以解构为目的的各种主义的捆绑中解放出来，让它重新回归本义，首先要跨过"模仿式语言"（mimesis）这道坎。无可否认，模仿式语言多用于写实，而文艺复兴时期诗歌中的自然之所以被普遍认为有着比本义更加复杂的现实指涉，部分原因正在于诗人使用了非模仿语言。为解开这个语言之结，希尔特纳引入了"指向式语言"的概念，但是否有足够的说服力，恐怕见仁见智。

3.2.2 文艺复兴时期农事诗的多重维度

希尔特纳在第七章"帝国、环境以及农事诗的兴起"中把文学理论探讨、文学文本研究与包含农业史在内的历史研究结合起来，从生态批评的视角对斯宾塞的代表作《仙后》中有关爱尔兰人的描述进行了重新解读。

他在这一章的开头指出，后殖民批评的一个普遍问题是把"被殖民者"（the colonized）这一概念局限于人类。事实上，殖民者殖民的对象不仅有"人力资源"（human resources），还有"自然资源"（natural resources）。除了殖民地的人，殖民者看重的还有这些人居住的地方及其物产；有时后者对殖民者的吸引力甚至大过前者，以至于在一些极端事例中，殖民者会为了掠夺自然资源或侵占土地而大肆屠杀当地居民。这种对土地的强烈贪欲也见于诗人兼大地主斯宾塞身上。后殖民主义学者爱德华·萨义德（Edward W. Said）批评一些文学史作者往往无视斯宾塞"嗜血"（blood-thirsty）的种族灭绝倾向。希尔特纳试图纠正"嗜血"一词，认为令斯宾塞饥渴难耐的并非爱尔兰人的血，而是爱尔兰广阔的土地，斯宾塞眼中的爱尔兰人不过是土地的附属物。

希尔特纳认为要解释文艺复兴时期田园诗歌与爱尔兰殖民活动的关系，首先要厘清这一时期农事诗的译介及其背后的政治经济根源。"将预期的殖民地想象成一处安乐窝可能会令潜在的殖民者更为神往，但殖民计划一旦开始运转，开发殖民地就需要有新的伦理支撑"（Hiltner：159）。文艺复兴时期，维吉尔的《农事诗》被译介到英国，因其适应英国国内农业生产模式的变化，也符合英帝国殖民扩张的需要。十四世纪初期，英国国内以谷物生产为主的农业经济反映在田园文学中就是忙于耕作的农夫形象。到了十四世纪末，黑死病和大面积的饥荒导致英国人口减半。人口的恢复相当缓慢，持续了三个世纪。在此过程中，英国人一直在尝试新的土地使用方式，如发展畜牧业和林业以及开发沼泽地等，以替代已然分崩离析的谷物种植经济。事实上，牛羊遍地的田园牧歌景象一度是英国乡村的真实面貌，只不过画面背后是佃农的辛勤劳作。十六世纪，有相当一部分地主也加入土地耕耘者的队伍当中。可见，古典农事诗中的农事伦理吸引了部分地主阶层的注意。希尔特纳指出，牧歌和农事诗这两种田园诗歌类型由不同的农业经济形态所决定，展现了或悠闲或忙碌的田园生活，传递出不同的价值取向。牧歌所歌颂的悠闲自在的生活对于积极进取的农业开发者而言显得有些消极被动，农事诗才能鼓舞更多人积极主动地开发土地资源。

希尔特纳借斯宾塞的《仙后》一诗，论述了十六世纪"农事伦理"（georgic ethics）的形成。在《仙后》中，斯宾塞高度赞扬那些虽出身高贵却仍然辛勤耕耘，不忘对土地应负的责任的人。希尔特纳认为，第一卷中的红十字骑士虽出身高贵，却被当作农夫养大，由此传递的信息是："一个真正具有美德的人，即便血统高贵，也要一开始就积极参加农事活动，学习管理土地"（164）。在其他部分，"耕犁"（plough）、"犁沟"（furrow）、"牛轭"（yoke）等词反复出现，尤其在第六卷中，对于农事劳作和耕农的赞誉几乎贯穿全文。显然，辛勤劳作已经成为地主阶级的重要价值理念而备受推崇；十六世纪的农事风尚与过去松散的土地管理方式形成对立，曾经一度被视作田园理想的牧歌式生活成了一种罪恶。

斯宾塞的农事伦理具有一定的指向性。他赞扬勤劳的英格兰殖民者，谴责那些不务农事、懒惰成性的"野蛮人"（Salvage Man）及"野蛮民族"(Salvage Nation)，实际是借此影射爱尔兰人。希尔特纳指出，从中世纪起，爱尔兰在英国文学中的形象便颇为分裂，既有富饶美丽的土地，也有令人生厌的人（Hiltner：165）。言下之意便是：爱尔兰的土地有助于英国扩张，但爱尔兰人作为他者则应该被消灭。在斯宾塞笔下，爱尔兰人懒惰愚笨且不听教化，极度缺乏农耕知识和技术，导致大量可耕地仅仅被用于放牧，也导致他们长期处于极端贫困、缺衣少食的境地。在斯宾塞看来，爱尔兰人意味着一种极不恰当的土地使用方式和生活方式，自然沦为他者。但对于爱尔兰的土地，斯宾塞的垂涎之意甚明。斯宾塞在《爱尔兰现状之我见》（"A View of the Present State of Ireland"）一文中把爱尔兰的土地比作一个甜美的女子，盼望着一个能够给予她温暖呵护的丈夫，而这个意中郎君就是英格兰和苏格兰。希尔特纳总结爱尔兰作为妻子的特质有"肥沃、多产和温和"，且注意到了"丈夫/农夫"（husbandman）一词的双关性（167）。从十六世纪起，"将殖民地的土地当成等待'丈夫'的处女的想法开始普及"（167）。斯宾塞认为把爱尔兰的土地交给拥有先进的农业技术和勤劳美德的英国殖民者耕种，是对土地更好的利用。不仅如此，斯宾塞一派还把批评矛头指向老派英国殖民者，指责他们变得越来越像爱尔兰人。斯宾塞认为，"爱尔兰之所以出现如此多的社会问题，原因之一就是没有采纳农事伦理"（170）。他试图让读者相信，正是由于爱尔兰人和老派英国殖民者没有很好地尽到对土地的管理职责，才导致了"芒斯特饥荒"（Munster famine）。希尔特纳明确指出，斯宾塞借农事伦理来抹黑爱尔兰人，实际是延续了数百年来英国人对爱尔兰人的他者化行为。

希尔特纳还进一步指出，在农业实践层面，从"牧歌"向"农事"的转变意味着"对土地采取一种更加积极，亦更具侵略性的姿态"，但他不确定这个转变是否会给环境带来更大的伤害，他唯一能确定的是它引发了田园文学中的农事话语（162）。他认为，与田园诗研究一样，许多农事诗研究更多地把文本中的农事以及作为农事核心的"劳动"（labor）与政治挂钩，忽略了农事的农业生产本质，更忽略了农事活动对环境的影响，他希望以自己对《仙后》等作品的重新解读来展现田园诗歌的环境维度以及包括农事活动在内的乡村现实的复杂性。最后希尔特纳简要回顾了文艺复兴时期田园文学所反映的农事伦理："就沼泽地和爱尔兰的情况而言，我们看到了这种（土地）伦理可怕的弊端，但在《致潘舍斯特》和其他类似作品中，对于某个地方精心的农事管理却被看作抵制开发的力量"（Hiltner：173）。

希尔特纳在这一章的论证中充分考虑到了作为现实物质环境的土地及其使用方式对殖民政治和诗歌创作的影响，涉及文学与政治的互动，对以往田园文学的单方面政治解读进行了有益的补充。

田园研究原创案例

田园诗歌研究在当代的复苏完全得益于生态批评理论的介入。无论研究者是极力挖掘隐藏在部分诗歌文本内部的人与自然环境之间的互动，还是深入解析自然环境与社会政治环境之间的复杂关系，他们都在以其对真实的物质环境的关注丰富着田园诗歌的意义，强化着田园诗歌与现实世界的纽带。不过在笔者看来，田园诗歌的生态批评研究除了从生态批评视角扩展田园诗歌的解读空间，还应考虑如何以田园文学的深厚传统来滋养生态批评这棵幼苗。本章收录了两篇新近发表的论文，分别以浪漫主义后期的自然诗人克莱尔及当代自然诗人休斯的田园诗歌为研究对象，以田园诗歌传统为坐标，考量诗人对于传统的继承、发展与突破，希望借此表现田园诗歌与自然诗歌或生态诗歌之间既血脉相承又自成一体的关系。

4.1　古老牧歌中的绿色新声：克莱尔田园诗歌的生态解读 [1]

贝特把克莱尔视为"英国有史以来最伟大的田园诗人"，同时还称其为"英国有史以来最伟大的来自劳动阶层的诗人"，理由是他的田园诗歌"表现出对自然和乡村生活的深刻理解"（Bate，2004：545）。贝特关于克

---

[1]　本节主要内容曾以论文形式发表，参见陈红：《古老牧歌中的绿色新声：约翰·克莱尔〈牧羊人月历〉的生态解读》，载《外国文学研究》2018年第1期。

莱尔诗歌成就的两个判断相辅相成：克莱尔乡村劳动者的身份决定了他不同于绝大多数来自城市或其他阶层的田园诗人，也决定了他的诗歌有着更多对于乡村自然环境、生产活动及民风民俗的直接体验和感受。克莱尔诗歌的这一特点一直是评论者的关注点之一，近年来更有学者从生态批评的角度出发，把克莱尔视作一位先于其时代的反传统的生态诗人[1]。巴雷尔和布尔在分析华兹华斯和克莱尔的田园诗歌时，指出前者融合了田园诗歌的多种传统，可谓集大成者，而后者则更多地表现出与传统相悖的特点，并基于田园诗歌理应蕴含人与自然和谐相生的希望这一观点，暗示英国田园诗歌在克莱尔之后基本已有名无实（Barrell & Bull：427–430）。换言之，巴雷尔和布尔认为克莱尔一方面有着突破十八世纪诗歌传统的趋势，另一方面仍旧以田园诗人的身份，在田园诗歌的谢幕表演中扮演重要角色。巴雷尔和布尔的这个观点十分有趣，因为它包含了一个重要的传统与反传统的辩证关系，也是本节接下来要深入剖析的一点。在笔者看来，克莱尔的田园诗歌固然有其独特性，但其实他的所有创新都是基于传统田园诗歌的框架。本节将以克莱尔创作成熟期的作品《牧羊人月历》为例，展现克莱尔在田园诗歌传统的有限空间中所进行的多种开创性尝试，并说明这些尝试具有深远的生态意义。

4.1.1　克莱尔与英国田园诗歌传统

克莱尔深受英国田园诗歌传统的滋养，田园作品在这位"农民诗人"[2]不太系统却相当广泛的文学阅读中占据着极大的分量。诗人十三岁时买下

1　不少学者如威廉斯、吉福德和贝特都曾关注过克莱尔诗歌中的"绿色语言"并予以肯定，其中贝特的分析较为详细（Bate，2000：162–168，172–175）。詹姆斯·麦库西克（James C. McKusick）的文章专论克莱尔的生态观，本章稍后会提及。一些中国学者也曾撰文探讨克莱尔的自然观，如蒋玉兰的《克莱尔乡野诗歌的自然意识解读》、区鉷和赵恺的《约翰·克莱尔诗歌中自然对理想的重建》。

2　塞尔斯认为克莱尔并不属于严格意义上的农民（peasant），因为他不曾真正拥有过土地，只能算乡村劳动者（labourer），但事实上人们习惯于用"农民诗人"这个称谓来指代所有出生卑微且没有接受过正规教育的田园诗人（Sales，2002：27）。

了生平第一本属于自己的书——汤姆逊的长诗《四季》，这本书对于自然的细微感知和生动描绘极大地触动了少年诗人那渴望与自然息息相通的心，并促使他走上诗歌创作的道路。克莱尔的文学阅读主要涉及英国文艺复兴初期至十九世纪早期三百多年间的数十位作家，其中对他影响较大的有文艺复兴时期的斯宾塞、莎士比亚、弥尔顿、马维尔等，十八世纪和十九世纪早期的数位乡村诗人如彭斯、罗伯特·布鲁姆菲尔德（Robert Bloomfield）、安·耶斯丽（Ann Yearsley）、安·阿德诺克（Ann Adrock）等，还有与他大致同时代的沃尔特·司各特（Walter Scott）、华兹华斯、济慈和拜伦等数位被后人归为浪漫派的诗人。塞尔斯称克莱尔为"文艺复兴及十八世纪文学的了不起的模仿者"（Sales：70），实际点明了克莱尔的诗歌创作深受英国田园诗歌传统的影响这一事实，因为文艺复兴和十八世纪这两个时期在英国田园文学发展历程中均占据着重要地位，诸如斯宾塞的《牧人月历》，汤姆逊的《四季》，以及布鲁姆菲尔德的《农民之子》（*The Farmer's Boy*）、《乡村故事、民谣和歌曲》（*Rural Tales, Ballads and Songs*）及《野花》（*Wild Flowers*）等田园诗歌都曾对克莱尔的创作产生过至关重要的引领和示范作用。

当然，英国田园诗歌传统并非一个一成不变的整体，汤姆逊的《四季》就以其对现世的关注和肯定、对自然万物的科学观察和如实刻画，以及对崇高美的发掘，而有别于古典时期和文艺复兴时期的田园诗歌，但它对乡村生活和乡村劳动者的表现则与传统无异。不过十八世纪后期以来，《四季》所代表的十八世纪主流田园诗歌遭到一股反田园势力的抵抗，如戈德史密斯的《荒村》、克雷布的《农村》、达克的《打谷者的劳作》等，它们以更趋真实的农事劳动状态和劳动者的感受，打破了传统田园诗歌中牧人或农民悠闲快乐的刻板形象。十八世纪田园诗歌中这种传统与反传统的较量实际构成了英国田园诗歌得以继续发展的动力，且经克莱尔的阅读，形成一个供他效仿或超越的、复杂且充满变化的田园诗歌传统。就克莱尔与此传统的关系而言，尽管吉福德及巴雷尔和布尔都将他的部分诗歌归入"反田园"（Gifford，1999：127–128；Barrell & Bull：379–380），他在整体上其实更偏向于汤姆逊所代表的传统田园派。在这一点上，克莱尔应该是受到自己钟爱的且与自己拥有相同社会身份的"农民诗人"布鲁姆菲尔德的影响，因此唐纳德·戴维斯（Donald Davies）提出，克莱尔是"在一个始自汤姆逊、经由布鲁姆菲尔德传递下来的传统中写作，因此可以（与其他两位一起）参与竞争'英国的忒俄克里托斯'的新古典主义桂冠"（Davies：964）。戴维斯的观点尽管颇为片面——既忽略了克莱尔对汤姆逊之前的文学传统的吸收，又否定了他与十八世纪的反田园潮流以及浪漫主义思潮之间的联系——却突出强调了对克莱尔的田园诗歌创作影响最大也最为直接的十八世纪新古典主义田园诗歌传统。

　　克莱尔的诗歌创作无疑是遵循传统的，但这并不意味着他会因循守旧，也不表示他会在田园诗歌中逃避现实。事实上，正是他所遵循的传统本身给他提供了深入现实乃至拷问现实的空间。此处所说的现实主要涉及个人和社会两个层面的问题：一是克莱尔个人的乡村劳动者身份问题，二是圈地运动给英国乡村及克莱尔一类的乡村贫民所造成的普遍的社会问题。克莱尔曾因其第一部诗集《描写乡村生活和景色的诗歌》大获成功而幻想有朝一日获得经济独立，甚至最终脱离自己原有的社会阶层，然而圈地运动对于他的家乡——北安普顿郡的海尔伯斯通的影响在其成年的过程中逐渐显现，彻底击碎了他的幻想。现实中深感绝望的克莱尔选择借诗歌重回圈地运动之前的和谐乡村，但他并非就此回避圈地运动的罪恶。事实上，克莱尔在诗中从一位乡村劳动者的立场出发，对圈地运动给他赖以为生的这片土地带来的伤害表达了深深的痛惜；只不过诗人在大多数情况下并未直抒胸臆，而是利用田园诗歌固有的题材和形式，将他对所属的这片土地和所有依附于土地的生命最朴实、最真切的关爱融于自然和劳动场景的相关描写中，在对往昔的留恋中抒发对圈地运动的不满和抗拒。

4.1.2　克莱尔的地方意识和田园诗歌的传统与创新

克莱尔的田园诗歌与传统田园诗歌一样，以人们熟悉的乡村景物、四季轮回和乡村生活为主要表现对象，他的早期诗歌更是极力模仿其阅读对象的诗歌语言和形式，因此鲜见个人特点或地方色彩[1]。他曾自我评价第二部诗集《乡村歌手》中的标题诗，认为它的问题主要在于没有"以足够强烈或足够地方化的方式来表达一位农民写诗时的真情实感"（转引自Bate，2004：226–227），可见诗人也意识到好的诗歌需要有足够高的辨识度。对于克莱尔而言，这个辨识度的来源无外乎两点：一是他乡村劳动者的身份，二是生养他的海尔伯斯通的土地，在这两者之间他更不愿意放弃后者。《牧羊人月历》是克莱尔在世时出版的第三部诗集，虽然依旧着眼于展现传统的乡村风貌，也依旧在很多方面遵循传统田园诗歌的规范，却愈来愈明显地表现出诗人本人对于生养之地的深刻了解和深厚情感，这种因土地而生的极具地方性的知识和情感与我们当下所说的"地方意识"（sense of place）颇有相通之处。

"地方意识"是现代环境主义思想中的一个概念，与二十世纪六十年代末七十年代初兴起于北美和西欧的西方环境运动相伴而生。由于与地方问题相关的研究通常具有多科学的特点，学界对于"地方意识"的定义尚未达成一致，不过其核心可以归纳为"要求一个人真正了解自己所在之地的生态和文化，并且认识到文化与环境之间相互影响的复杂关系，从而自觉地形成与环境和谐共生的生活方式"（陈红，2015：70）。虽然"地方意识"是一个产生于当代、有着具体社会历史背景及特定政治文化含义的学术概念，但它对于人与环境之间关系的设定并不局限于当代。事实上，学界对"地方意识"及相关问题的研究很大程度上依赖于研究者对人与环境之间已有关系的观察，比如人文地理学者段义孚用"恋

1　克莱尔的早期诗歌被认为缺乏个人特点或地方色彩，部分原因在于出版商对其原稿进行了过多改动。克莱尔本人尤其反感那些针对他的方言和个人用语的修改。贝特在他所写传记的附录中详细解释并分析了克莱尔生前身后约两百年间不同版本诗集所采取的不同编辑策略及效果。

地情结"一词来描述他所观察到的人类对于身处环境的情感依附，而人类学者塞萨·洛（Setha M. Low）则在大量的史料研究和实际观察的基础上提出"地方依附感"（place attachment）的概念，认为它"不仅是一种情感和认知的经历，还包括把人与土地连接起来的文化信仰和文化实践"（Low：165）。克莱尔在《牧羊人月历》中所表露的对于海尔伯斯通的情感和认知可以被归为"恋地情结"或"地方依附感"，后者或许更加准确，因为它强调了克莱尔诗歌中地方文化传统的重要性。实际上，"地方依附感"和"地方意识"常被作为同义词互换使用，笔者之所以更倾向于在此使用"地方意识"一词，是因为相比"地方依附感"对文化意义的单方面强调，"地方意识"可以同时关照克莱尔田园诗歌所具有的文化和生态的双重意义。

巴雷尔在1972年出版的著作《风景观和地方意识1730—1840：进入约翰·克莱尔诗歌的一种途径》（*The Idea of Landscape and the Sense of Place 1730-1840: An Approach to the Poetry of John Clare*）中，结合十八世纪中叶至十九世纪中叶盛行于英国的"风景"（landscape）和"如画美"的观念，以及十九世纪初期海尔伯斯通的圈地运动，对克莱尔田园诗歌中的地方意识展开研究。他认为克莱尔的诗歌在景物描写、劳动场景呈现等方面表现出与"风景"概念主导下的十八世纪审美观截然不同的观察视角和空间感，也与汤姆逊、布鲁姆菲尔德和柯珀等人代表的十八世纪主流田园诗歌明显相左，部分原因在于圈地运动给海尔伯斯通带去了包括田园景观在内的许多改变，激发了诗人对儿时家乡的怀念和对家乡的深入认识。巴雷尔的分析准确地抓住了汤姆逊、布鲁姆菲尔德、柯珀及克莱尔的诗歌特点；他把克莱尔的主要创新都归于其诗歌的地方特征，这一判断尤其准确，因为无论十八世纪田园诗歌内部有着怎样的差异，其对普遍规律的强调和对秩序的重视必定会使其轻视或忽略不具备普遍性的地方和地方特征。不过巴雷尔似乎没有意识到或没有强调的是，克莱尔诗歌中具有地方特征的乡村景致和劳动场景主要来自诗人的回忆，因此依旧符合斯宾塞在其田园诗歌中为英国式田园生活确立的和谐美好、轻松快乐的基调，这是克莱尔不曾突破的传统。此外，巴雷尔对克莱尔的"地方意识"的研究受制于其采用的"风景"视角，仅仅涉及审美和文化层面，加之时代的局限，未能发现该意识潜在的生态价值，而这恰好给我们留下了研究空间。本节接下来的部分将从两个方面展现《牧羊人月历》中的地方意识，重点分析其中所蕴含的生态意义。

作为克莱尔创作成熟期的代表作，《牧羊人月历》在景物描写和劳动场景描写方面都表现了诗人强烈的地方意识。首先看景物描写方面。《牧羊人月历》中出现最多的就是各种常见的乡村景致，如丰富的气候现象、随季节交替而变化的动植物世界。克莱尔与十八世纪田园诗人如汤姆逊的不同之处在于，他不是居高临下或远距离地欣赏风景，而是贴近土地和观察对象。此外，他也不曾试图迎合时人对"崇高美"的追求，而只专注描画家乡的平原矮丘、农田荒坡。巴雷尔还观察到，克莱尔像布鲁姆菲尔德和柯珀那样善于刻画事物的特性，但他常常把诸多事物堆积在一起，这样便造成他笔下的风景不够有序。巴雷尔认为"特性"和"多样性"在克莱尔诗歌中的结合，说明诗人有"一套以无序为美的审美观"，与十八世纪对秩序的推崇形成鲜明对比（Barrell，1972：152）。巴雷尔的观察的确敏锐，但与其说诗人的审美观与众不同，不如说他更尊重现实；他与汤姆逊等十八世纪田园诗人的诸多不同源自他作为一个乡村底层劳动者对土地和自然的现实主义态度。以下选段出自《牧羊人月历》中的《四月》（"April"），可以从中一窥克莱尔景物描写的特点。

> 一处处的树篱和一丛丛的新枝嫩芽间
> 鸟儿歌唱着，享受着神佑
> 翠绿的朱顶雀和满身斑点的画眉鸟
> 忙着搭建它们布满青苔的窝巢
> 在你温暖如床铺的平原上

小羊羔们安然入睡

在你葱绿的山岗上沐浴阳光

像朵朵残雪

柔软的小生命再次

迎来阳光灿烂的时刻

小鹅在平原上蹒跚

黄灿灿的似遍地盛开的花朵

或在池塘里快乐游戏

追逐着水蝇

发怒的大鹅们则不住地嘶嘶鸣叫

把孩子们吓得匆忙逃窜（Clare: 42－43）

    这两个诗节取自《四月》的中间部分，让我们看到了一幅由"树篱""平原""山岗""池塘"组合而成的风景图，其中"平原"在此出现了两次，在整篇中更是多次出现，显然是当地的主要地貌特征。尽管只是作为生命活动的场景，这些地貌或地貌标志物在善于观察的诗人眼里却充满生机，比如树篱在抽枝发叶，山岗正绿意盎然。当然，还有更多各具特性的生命在春日竞相绽放。诗人一般每两个诗行安排一至两个动态或静态的细节，但个别地方，比如"小鹅在平原上蹒跚/黄灿灿的似遍地盛开的花朵"里实际包括一动两静三个细节，令人目不暇接。这些细节大多包含生命体与环境之间的依存关系，比如小鸟与树篱，羊羔与山岗，小鹅与池塘等，这种关系决定了同属于生命体和环境的特性。尽管巴雷尔没有意识到这一层关系的生态意义，但他说道："(克莱尔)描述的物体是他所熟悉的，其原型在海尔伯斯通这片土地上是真实可见的"（Barrell, 1972: 151），这句话点明了克莱尔通过细节描写确立地方特性的诗歌特点，而众多细节的组合便是巴雷尔所说的"特性"与"多样性"的结合。不过，这种结合的真正意义在于，诗人将进入他视野的所有生命——鸟、兽、花和人进行无等级无秩序的集合，并赋予同等的关注，极大地挑战了十八世纪思想体系及新古典主义田园诗歌中占据绝对主导地位的"秩序"（order）观，以及此观念所涵盖的"神设"（design）及"等级"（hierarchy）概念，于貌似无序中还原大自然的秩序，或者说忠实地再现"大自然赖以维系的无序"（McKusick，1992：243）。当然，我们很难就此断定克莱尔的挑战是否有意而为，他更有可能是凭借自己"对自然异乎寻常的敏锐感受"（Bate，2004：209），去发现并记录自然之美，因为在他看来，他的使命就是"记录早已留存于大自然中的诗篇"（101）。克莱尔的景物描写因为摒弃了人为设定的秩序，表现出以尊重自然为基本原则的朴素的生态观。

以上分析还表明，克莱尔诗歌中的自然不是普遍意义上抽象的自然，而是他所熟悉的家乡的土地和在这片土地上繁衍生息的万物。当然，那些同诗人一样在土地上劳作并以此为生的人们也是诗人关注的对象，更何况他们本就是田园诗歌一贯的主角。不过与传统田园诗歌不同的是，克莱尔的诗歌以自然为主角，人类及其活动被置于自然之中，常常成为自然的点缀。借用麦库西克的话说，克莱尔诗歌中的人物同诗人一样，都是"周遭生命世界的一个寻常参与者"（McKusick，1992：236）。以《三月》（"March"）为例，该篇开头写三月天气无常，冰雹雨雪尚未退场，洪水已开始蓄势，好在阳光已苏醒，将"春天的故事"四处散布（Clare：30）。在鸟兽花草纷纷登上春天的舞台之时，人们也开始了新一年的劳作。

> 辛苦劳作的修篱工常常惊扰到
> 在树篱上寻觅褐色浆果的鸽子
> 饥饿的它们咕咕叫着从树篱间慌乱掠起
> 成群的像画眉一样满身斑点的田鸫
> 在随风摇摆的树丛间捡拾红色的山楂果
> 它们冬至春去

现如今寒风依旧没有一丝春意

挖渠工弯腰站在水中

开渠把湖水引入田地

或是清理小溪里的淤泥

小溪穿过的草场上许多的野草已萌发新芽（Clare：31）

诗人对修篱工的用笔可谓吝啬，只给了一个简单的描写——"辛苦劳作"就让他消失，却花费颇多笔墨描写被他惊扰的鸽子、田鸫及它们的食物，甚至不忘给在寒风中飘摇的树丛也描上一笔。相比之下，挖渠工在相关的四个诗行中占据了三行，有三个动作之多，但仍然比不上野草的一个"萌发新芽"来得生动美妙，可见大自然里的小生命总是比人类更让诗人着迷。仔细阅读最后四行，我们可以通过挖渠工的动作观察到当时当地农业生产的环境，有被沟渠阻断用以灌溉的"湖泊"，有经过灌水后即将迎接播种的"田地"，还有"草场"和穿越草场的"小溪"，另外还有前几行里出现的用来分割田地或圈地的"树篱"。诗人正是通过这些具有地方特征的具体环境来展现他眼中人与自然的互动关系：一方面人类的生产活动不断改造着自然，另一方面自然也以其周而复始的规律规范着人类活动，促使人类发展出一套与当地自然环境相适应的生产生活方式。克莱尔在《牧羊人月历》中采用沿自斯宾塞田园诗的时间结构，在季节的交替变换中再现自然的节奏，以及与此高度一致的人类活动的节奏。麦库西克在谈到他对克莱尔诗歌的生态意义的理解时说："克莱尔有着宽广且独特的生态视野，它源于一种对地方环境的投入，那里是这个'写诗的农民'的'生长之地'，他对那里所有生命之间的相互关系了如指掌"（Mckusick，1992：235）。麦库西克抓住了克莱尔诗歌的地方特征与其生态观之间的联系，但他似乎只看到诗人对当地动植物的关注。实际上，正如上引《三月》的片段所示，进入克莱尔生态视野的还有当地的气候条件、地形地貌以及劳动者。

4.1.3 "快乐劳动"中的传统因素与现实基础

克莱尔通过赋予其诗歌中的田园景物和乡村劳动者以明显的地方特征，使得其田园诗歌有别于汤姆逊所代表的、以普遍规律为重的十八世纪田园诗歌，但他同时也在其诗歌中继续着田园诗人们一千多年来描画美好乡村的不懈努力。巴雷尔和布尔认为汤姆逊田园诗歌中的自然描写具有遵循传统和突破传统两方面，但他对劳动和劳动者的表现基本上沿袭了"快乐劳动"的传统模式（Barrell & Bull: 296），克莱尔亦是如此。但与汤姆逊不同的是，克莱尔笔下的美好乡村并非是一个对乡村生活知之甚少的绅士阶层诗人的浪漫想象或审美式解读，而是一个热爱自然与家乡且内心丰富敏感的劳动者对田园生活的真实感受。不过，一个不容忽视的现实是：从一个乡村底层劳动者的视角来看，克莱尔所处的十九世纪初期的英国乡村，甚至在此之前至少半个世纪的大部分英国乡村，已经很难用"美好"或"和谐"等词来形容，劳动者的劳动和生活更远非"轻松"，那么我们该如何理解克莱尔在《牧羊人月历》中对美好乡村，尤其是对"快乐劳动"的执着？

首先需要明确的是，克莱尔对"快乐劳动"的执着并不意味着他仅仅单纯地表现快乐。准确地说，"快乐"只是《牧羊人月历》在表现乡村劳动和劳动者方面的主旋律，并非唯一元素。况且，诸多因素的存在似乎也不允许克莱尔照搬前辈田园诗人的快乐劳动论。从文学影响的角度看，克莱尔之前不光有汤姆逊，还有戈德史密斯、克雷布和达克等一众反田园诗人；从社会现实的角度看，汤姆逊之后的英国乡村越来越多地受到圈地运动的影响——所以克莱尔的诗歌里有劳动的艰辛，有农民的不易，还有圈地运动给乡村贫民带去的伤害，但就《牧羊人月历》来看，这些内容所占比例极其有限，诗人常常将它们一笔带过，而将更多的笔墨用来描画快乐劳动者的形象。下引选段出自《七月》（"July"），可以很好地说明《牧羊人月历》在表现劳动场景和劳动者感受方面的特点。

雇工们仍然在田地里收干草

一些田里的干草已基本收完

只剩一些零星的干草堆

这些也不会被收税官放过

牧师们手拿绿色的树枝到处指指点点

年年如此声称他们知晓其中的把戏

农民们看在眼里怨恨于心

嘴里抱怨着驾驶马车离去

在树篱为界的圈地和平地草场上

一群群光膀子的乡村青年忙碌着喧闹着

粗言秽语把幽灵从她的藏身之地

驱赶到林地深处

再寻一处无人经过之地

远离圈地和收割过的草场

他们唱着淫秽的小曲讲着可笑的故事

把枯萎难闻的干草装上马车

男孩们站在车上装

男人们在车下用健壮的双手

托举起长叉上的草垛

男孩们赶着马车引领车队

少女们拖着长耙走在最后

单薄的衣裙随风摇曳

还有随之颤动的缕缕卷发

和几近袒露的雪白胸脯

让干草堆中的男人眼乱神迷（Clare: 70–71）

这是一段典型的劳动场景描写，展示了盛夏季节收运干草的繁忙景象。诗人以他描写景物和乡村集体活动时惯用的"共时"手法，把发生在不同区域的不同劳动群体的活动加以集中呈现，此处可见两个区域内的两个群体。第一个区域是"田地"（grounds），一般指圈起的私有田地。出现的人物有制作干草的"雇工"、教区的"牧师"、替牧师收干草的"收税官"，以及田地的所有者或租用者"农民"。按照当时的惯例，农民全年收成的十分之一必须上缴其所属的教区，教区牧师会派收税官前来清点和收取，农民对此怨声载道，所以才会有"怨恨"的情绪和"抱怨"的举动。除此之外，有关劳动本身的动态描述词有两个：雇工们"收拢干草"和农民们"驾驶马车离去"。接下来出现的第二个区域里的活动呈移动状："一群群光膀子的乡村青年"从"树篱为界的圈地"和"平地草场"来到"林地深处"，最后停在"一处无人经过之地/远离圈地和收割过的草场"，在那里和村里的男人、女人及少年们一起，把公共土地上割下的干草装车运走。这一处场景涉及较多劳动动作，与收运干草相关的有五个，依次为"装上马车""装""托举起长叉上的草垛""引领车队""拖着长耙"。诗人用连续的动词营造出一派"忙碌"之象，却无意表现劳动的艰辛。相反，他多处表现年轻人聚集时的喧闹，写他们用"淫秽的小曲"和"可笑的故事"相互取乐，更用四个诗行写队伍中少女们的衣着和体态，并用一个"眼乱神迷"带出男人们在少女们因天热衣单而"几近袒露的雪白胸脯"前的失态，此后又刻画了少女们不堪男人们粗鲁的玩笑，只得装作充耳不闻的尴尬神态。所有这些非劳动情景的描写都间接烘托出"快乐劳动"的主题。

当然，我们在这个选段中也看到了农民面临的税收负担，并通过诗人对不同劳动区域的精确用词，看到了圈地运动之后的土地格局及乡村体力劳动者对被圈土地的回避。但相较而言，诗人显然更乐于描写劳动的快乐或劳动之余的闲暇，这既源于田园诗歌传统的影响，也在一定程度上反映了客观现实。克莱尔所在的海尔伯斯通在英国圈地运动中属于较晚被波及的地区，传统的以开放式公有土地为基础的乡村社区合作劳动方式在该地维持了较长时间；此外，巴雷尔的研究还表明，海尔伯斯通的圈地运动并未降低当地劳动者的生活水准[1]，因此我们在克莱尔的诗中看不到圈地与贫穷的联系（Barrell，1972：193）。

如果说巴雷尔的考察结果在一定程度上支持克莱尔诗歌中的"快乐劳动"，另有一些学者则把这种快乐理解成一种想象或逃避。约翰·古德里奇（John Goodridge）和凯尔西·桑顿（Kelsey Thornton）认为克莱尔诗歌中的一些表述看似与田园诗歌中常见的对乡村劳动不切实际的想象类似，也同"主流的田园和风景传统对劳动的艺术包装"颇为一致，其实却反映了克莱尔与众不同的心态（Goodridge & Thornton：101）。保罗·奇里克（Paul Chirico）把这种心态具体理解为诗人在诗歌内外逃避劳动以获得更多闲暇时光的意愿，而这种心态或意愿的背后则是诗人对于古今劳动及其价值观的对比（Chirico：83）。奇里克的发现为我们提供了一个进入克莱尔田园诗歌的重要途径：从新旧对比中理解诗人对现实的抗拒。在笔者看来，无论克莱尔诗歌中的"快乐劳动"是否具备现实基础，其最终指向必定是圈地运动所带来的令诗人愤懑或痛惜的改变。那么，克莱尔关注的改变到底是什么？它们与诗人对地方和自然的关注之间有何联系？

4.1.4　新旧对比中的社会危机与生态现实

田园诗从其诞生之日起就是城市诗人为怀念旧时所谓单纯的乡村生活而作，可以说田园诗歌发展历程中最持久的传统元素便是今昔对比。克莱尔正是在此传统的关照下，从圈地运动前后自身的不同体验出发，提出了作为乡村底层劳动者对这项英国历史上影响深远的农业运动的大胆控诉。

圈地这种不公平的社会现象由来已久，其在英国的规模为欧洲各国之

1　巴雷尔考察比较了海尔伯斯通各个社会阶层在圈地运动前后的经济状况，有关乡村贫民阶层的结论是：尽管他们的生活水平一直都很低，但相比而言，1825年的状况比1807年略好。

最。1688年后，英国政府通过了一系列法案，圈地逐渐合法化，但真正成为一场愈演愈烈的运动是在十八世纪末十九世纪初。1801至1831年间，大量公有土地被强行夺走，无数农民失去了公有土地的使用权，沦为乡村劳动力市场上的无产者。据贝特考察，圈地运动对于克莱尔的家乡海尔伯斯通的影响在诗人出生的1793年尚未显现，局面的改变发生在十六年后，即1809年，那一年议会通过法案，将包括海尔伯斯通在内的北安普顿郡下属的数个教区的可耕地、草地、牧场、荒地等进行重新规划和圈围，海尔伯斯通及周边教区在1809至1820年间完成圈地（Bate，2004：46–48）。

现有的关于圈地运动的大量研究表明，当不同形态的公有土地被统一规划成私有的农田和牧场，当具有一定经济和政治独立性的乡村劳动者失去谋生的手段和自由，圈地运动势必带来极大的经济、政治、社会以及生态影响。这些研究中自然不乏不同意见，比如就乡村底层劳动者而言，一般认为他们是圈地运动最大的受害者，但上节提到巴雷尔利用劳动阶层人口的流动数量以及救济金的发放量等指标，比较研究了海尔伯斯通的底层劳动者在圈地运动前后的经济状况，得出的结论却是：至少在海尔伯斯通这个地方，底层劳动者的生活水平非但没有下降，反而略有上升。不过巴雷尔在这个结论后面又加了个让步状语从句——"尽管（他们）依然一如既往地穷困潦倒"（Barrell，1972：193）。让人多少感到有点不解的是，作为一个来自社会底层的诗人，克莱尔很少在他的诗歌中表现劳动人民生活的窘迫，《牧羊人月历》中偶有提及，但多是侧面描写，这或许跟他对"快乐田园"传统的坚守不无关系。巴雷尔对此的解释是，相比乡村劳动者在圈地运动前后的物质生活状况，克莱尔更关心"圈地运动之后穷人所处的新的社会局势"（194）——此处的"社会局势"（social situation）实际等同于"社会关系"（social relationship）。的确，克莱尔笔下贫穷的劳动阶层即便没有完全被快乐农人的形象所遮盖，也已失去了时间标记，如同他们的快乐一样；这种虚幻的永恒是田园诗歌一直以来刻意营造的，它看似与田园诗歌内藏的新旧对比机制相矛盾，实际却构成了对比关系中那个必不可少的、永远不变的"美好旧时光"。克莱尔保留了田园诗歌貌似不受时间限制的快乐基调，同时又把他真正关心的因时间而改变的社会关系问题纳入视野，因而他对乡村生活的个人体验具有地域和时间的双重特殊性。

克莱尔热爱自然，他所有关于自然的感知和体验都来自故乡的土地，来自他从小便徜徉其中的广阔田野、林地和荒原，如同他在《四月》中所写："……我飞快穿过你的田野/它一望无边直达天际/是我所知的全部"（Clare：41）。诗中这些一望无际的田野在他长大成人之前基本都是公有土地，它们对于克莱尔这样的底层劳动者不但有着维持生计的实际作用，更有着重要的心理和社会意义。伊恩·韦特斯（Ian Waites）通过研究公有土地景观，得出如下结论："公有土地体系能够……带来一种真正的社会和经济独立感，反映在景观上便是一种与此对应的个人及文化体验——一种让内心安稳的内在的自由感、空间感和幸福感"（Waites：89）。韦特斯的研究结果可以帮助我们进一步理解克莱尔的田园诗中何以频频出现快乐的劳动者，以及他们的快乐与他们曾经拥有且尚未完全失去的公有土地之间有着怎样的密切联系，同时也意识到"独立"和"自由"对于维持健康良好的社会关系是何等重要。克莱尔对于自己的阶级身份十分敏感，对于因圈地运动而造成的乡村社会不同阶层之间关系的改变耿耿于怀，他尤其不满他所属的贫民阶层因在公有土地私有化的过程中逐渐丧失了宝贵的社会和经济独立性而难以获得其他阶层的尊重。

在《牧羊人月历》里，克莱尔把他对变化中的乡村社会关系的感慨穿插在有关乡村传统节日的描述中，如五月节、农民节等。以《六月》（"June"）中出现的有关农民节的片段为例，诗人多处写到农场雇工们在一年一度的剪羊毛季节里日日相聚，在繁忙劳动之余把酒欢歌的情景。但古老的传统已然改变，诗人在该篇的结尾部分写道：

> 艾酒和歌声，祝福和欢笑
> 不过是古老的农民节残留的影子

那曾经盛满佳酿[1]的

旧榉木碗被弃之不用

那时古老的自由尚未死去

主人和下人们一同欢乐

他穿着跟乡邻们一样的棕褐色衣衫

他言语粗放跟家仆一般

他跟众人同饮一斛酒

还一同应和着雇工的歌唱

这一切都已逝去 —— 行将消失的

还有节日里残余的时光

因为傲慢的等级差别拉大了

绅士与粗俗乡民之间的距离

当傲慢在良俗的娇嫩花朵上倾洒致病的霉菌

古老的节日必定枯萎衰败（Clare：68-69）

在诗人看来，尽管如今的农民节依然不乏美酒、歌声和欢笑，但这些其实都只是过去的"影子"，真正支撑这个节日的"古老的自由"已消失无踪。曾经，穷人和富人、雇主和雇工在这样的节日里不分彼此或贵贱，大家共饮一碗酒，同唱一首歌，如今他们却因"傲慢的等级差别"而互生隔阂。诗人在最后两行用花朵遭受摧残的比喻说明古老的习俗正在走向毁灭，罪魁祸首正是绅士阶层的"傲慢"。克莱尔把乡村旧有的和谐社会关系的破裂归结于绅士阶层的傲慢，其实是犯了逻辑性错误，因为傲慢本身也是果，其因在于圈地运动——它剥夺了公有土地赋予乡村劳动者的"古老的自由"，将他们从自给自足的劳动者贬为依附于地主的求食者。

---

1 此处的"佳酿"是模糊翻译，原文"furmity"指一种季节性的传统食物，用碾碎的大麦在牛奶里煮开后发酵而得。在此对帮助笔者解答诸多此类疑惑的英国著名诗评家吉福德表示感谢。

　　上文谈到克莱尔的地方意识，主要通过其诗歌中的景物描写和劳动场景描写来观察诗人对于家乡的情感和认知，重点关注他对自然的热爱和他对由当地自然环境催生的劳动或生产方式的了解和认同。其实克莱尔的地方意识还包含更多的内容，比如文化建构论者特别强调的"具体社区的文化惯例"（Heise：46）[1]。克莱尔诗歌中最典型的"文化惯例"莫过于那些具有浓郁生活气息和地方色彩的传统乡村节日，这些节日将同一社区的人们聚到一处，在分享快乐的同时，也加强了人们对社区和地方的认同。可想而知，地方意识如此强烈的克莱尔必定无法接受这些古老传统的改变，因为改变的不止外在的形式，比如农民节上那个在众人间传递的盛满佳酿的旧榉木碗，更有内在的精神，即木碗所代表的平等和分享精神，而这恰恰是将同一社区的人们凝聚在一起的黏合剂。此外，诸如传统节日之类的文化惯例还可以将人们与当地自然生态更紧密地联系在一起。

　　克莱尔借诗歌怀念的旧时光与海尔伯斯通一带世代沿袭的公有土地制密切相关。公有土地制一方面为不同形态的土地提供了生存空间，如可被利用的耕地、牧场、森林，以及那些貌似无用的沼泽和荒地；另一方面它也让众多无产的乡村贫民拥有了生活的自主权和生存的尊严。此外，公有土地制度之下采取的轮耕和集中放牧的土地使用方式一方面可以让土地休养生息，另一方面也可以促进社区的协同劳作[2]。克莱尔未必能像今日的我们一样，对自然与人类社会之间的复杂关系形成理性的认识，但我们在他的《牧羊人月历》里的确看到了人类的活动与自然万物的活动有着相同的节奏，也的确能感受到让他念念不忘的乡村社会曾有的"古老的自由"与自然界的生灵所享有的"大自然的无序"之间的深层联系。正如贝特所

1　厄休拉·海斯（Ursula K. Heise）在其著作中提到有关"地方"或"地方意识"构成的不同观点，包括生态区域主义，社会生成观及文化建构论等，都有可取之处，此处最能说明问题的是文化建构论。

2　巴雷尔在《风景观和地方意识1730—1840：进入约翰·克莱尔诗歌的一种途径》的第三章中讨论了公有土地制或他所谓的"敞地制"（open-field system）对海尔伯斯通的农业生产方式的影响，其中提到了"轮耕"和"集中放牧"，也提到了集中劳动的必要性，但并没有关注该制度下的生态状况。

说，克莱尔这位劳动阶级诗人与中产阶级诗人的最大区别在于，他没有将其对自然的热爱与对社会的关切两相对立；相反，他把"人的权利"与"自然的权利"视为共同延展、相互依赖的一对关系（Bate，2000：164）。

《牧羊人月历》有着明显的怀旧情绪，诗人对少时的回忆频繁浮现，反衬了现时的不如意。在所谓的反田园诗人中，戈德史密斯同样也是借田园诗的怀旧传统来表达他对现实的抗拒。对此，威廉斯不以为然，巴雷尔和布尔则为克莱尔和戈德史密斯辩护，称他们的抗拒之所以有意义，是因为他们针对的是"发生在当地的具体改变"，他们从个人的地方经验出发而形成的有关"黄金时代"和之后时代的历史观"完全合理"（Barrell & Bull：380）。巴雷尔和布尔反对文学将历史抽象化，强调历史变革因地而异，更赞成文学应表现地区差异和历史差异。克莱尔所见证和表现的历史性变革正是发生在海尔伯斯通一地的圈地运动。诗人眼见圈地运动改变了原有的地貌，掠夺了生物的栖息地和穷人赖以为生的土地，更深知它破坏了古老的乡村习俗，毁坏了人与土地的关系，他在《海尔伯斯通》（"Helpston"）、《剑井的哀伤》（"The Lament of Swordy Well"）和《沼泽地》等诗中痛陈了圈地运动带来的社会之恶和生态之恶，却极少在《牧羊人月历》里直接表达此意，而更多地通过描写传统习俗的消失来谴责圈地运动给土地及其人民带来的巨大伤害。亚当·福尔兹（Adam Foulds）在他为牛津大学出版社2014年的新版《牧羊人月历》所作评论中，把该书置于温室效应所导致的全球性气候异常的大格局之下，指出书中呈现的世界建立在规律的四季循环的基础之上，或者说"将未来视为由一连串重复的行为所组成的"信念之上，而串联起这些行为的正是"传统"（Foulds：60）。福尔兹的观点颇具启发性，让我们看到了《牧羊人月历》中传统的重要文化意义和生态意义，也让我们透过克莱尔对传统的执着看到了诗人对"自然那不曾改变的甜蜜的意愿"的坚定信念和对美好生态的向往（Clare：62）。当然，此处讨论的传统还有另一层意思，即田园诗歌传统。

通过以上讨论我们看到，克莱尔正是利用传统田园诗歌的时间结构，强调了自然的恒定性和规律性；用田园诗歌不可或缺的"快乐劳动"，表现了一种与自然和谐一致的传统生产生活方式；并借田园诗歌一贯的对比思维模式，追忆了古老地方传统中蕴含的社会和谐及生态和谐思想。

4.2 《摩尔镇日记》的后田园视野：休斯的农业实践与田园传统[1]

西方田园文学源远流长，文学中的田园梦从一开始就隐含着做梦者对现实的不满，他们大多身处城镇或都市，乐于构想一个远离尘嚣的淳朴乡村并心向往之，却不曾真正有所行动。当然也有例外，比如英国已故桂冠诗人休斯就曾在1973年买下位于北德文郡的一个名叫"摩尔镇"的农场，与妻子和岳父一起经营，直到1976年岳父去世。期间他以诗歌的形式记录下农场劳作的点滴，并于1989年将这些诗歌单独结集出版，取名《摩尔镇日记》[2]。作为名副其实的农场诗，《摩尔镇日记》与英国田园文学传统不可避免地发生交集。英国田园文学研究者兼休斯学者吉福德基于《摩尔镇日记》以农事为题材，且在多首诗歌中描述了充满艰辛乃至血腥的畜牧业生产过程的理由，把《摩尔镇日记》视为由早期英国农事诗所开启的反

1　本节内容曾以论文形式发表，参见陈红：《〈摩尔镇日记〉的后田园视野：特德·休斯的农业实践与田园理想》，载《外国文学评论》2018年第4期。

2　休斯这一时期的农场诗发表时间不一，其中三首率先出现在1976年版的《四季歌》(*Season Songs*)中，第一次整体出现是在彩虹出版社1978年发行的限量版《摩尔镇挽歌》(*Moortown Elegies*)中，第一次批量发行是在1979年，标题为《摩尔镇》(*Moortown*)，包括以"摩尔镇日记"开篇的共四个部分的诗歌，1989年出版的《摩尔镇日记》只保留了《摩尔镇》中属于"摩尔镇日记"的那部分。本节参照1989年版 (See Ted Hughes. *Moortown Diary*. London: Faber and Faber, 1989)。

田园传统的承继之作[1]。但在笔者看来，《摩尔镇日记》与田园传统及乡村现实的关系相当复杂，绝不是一个简单的"反田园"所能概括。休斯在这部作品中对人与自然的关系展开深入思考，从根本上突破了传统田园和反田园中普遍存在的有关文化与自然、城市与乡村的对立思维模式，表现出吉福德所说的以消解对立、重建联系为特征的后田园视野。

4.2.1 《摩尔镇日记》与田园文学传统

田园文学发端于西方古典时期以牧人生活为题材的小诗，后经意大利文艺复兴运动的推动，于十六世纪晚期到十七世纪中期植根英国，经由斯宾塞、锡德尼和莎士比亚等人的成功实践，成为英国文艺复兴时期最受欢迎的文学类型之一。此后英国田园历经起伏，延绵至今。作为一个古老的文学类型，田园无疑有着支撑它走过两千多年坎坷岁月的强健生命力。田园在此漫漫长途中一直饱受非议和苛责，其所受质疑主要集中于它对现实的逃避和对乡村的浪漫想象，田园语境中的现实特指城市对乡村的入侵以及城市或工业文明对乡村传统的破坏。这个现实在希腊诗人忒俄克里托斯创作的《田园小诗》中就已存在，可见城乡对立一直是传统田园内在的主题。可以说正是由于这种对立的存在，那些对现实心怀不满的诗人才纷纷去往文字的世界，在虚幻的阿卡迪亚中寻求精神慰藉。即便偶有如汤姆逊之类对现实不无信心的诗人，其作品中的理想田园与现实中因工商业的迅猛发展而日益紧张的国家政治和经济局势之间不可忽视的矛盾，也绝不是诗人凭其乐观笔调所能轻松化解的。由此可见，田园与现实看似相距甚远，实则有着无法割裂的联系，田园记载着作者对现实的回应。虽然田园作者因其对现实的接受程度不同及其自身思想和艺术水平的差异，采取了

1　吉福德在其著作中明确地把《摩尔镇日记》中的一些诗歌称为"反田园"（Gifford，1999：137；2011：138）。在其最新发表的论文中，他在农事诗的传统之下讨论《摩尔镇日记》，并暗示农事诗因为关注人对土地的现实责任，为"后田园"的出现作了铺垫（Gifford，2018：28），但他并没有把《摩尔镇日记》归为"后田园"。

不同的回应方式[1]，但传统田园普遍以隐退乡村来表达对城市文明的批判或抗拒是不争的事实。作为隐退场所，乡村不可避免地被美化，这种局面一直持续到"反田园"的出现。

反田园的基本特征是明显的现实性，这一点与传统田园形成鲜明对比，因此也被威廉斯称为"对抗田园"。巴雷尔和布尔在1974年出版的《企鹅英国田园诗选》中首次使用了"反田园"这一表述。反田园在英国最初以农事诗的形式出现于十七世纪末至十八世纪中期，此后一直与传统田园并行，直至二十世纪后期。虽然反田园与农事诗之间并未形成必然的对应关系，但农事诗的确构成了反田园的主力，并从最初文学意义上的反传统，即反对传统田园诗对乡村生活的浪漫化表现，发展成现实层面对现世的直接批判。在反田园中，城乡对立始终存在，或显现于文本之中，或隐藏于文本与现实之间[2]；在这一点上，反田园与田园并无二致，因为归根结底它们都是诗人对现实的不满情绪的表达，是他们为心目中逝去的美好乡村所谱写的一曲曲挽歌。

休斯的《摩尔镇日记》在很大程度上继承了农事诗的写实风格，一如吉福德所言表现出反田园特征，但它又在很多时候呈现出不同于反田园的景象，暗示了不同的内在思想。笔者认为，在现有与田园相关的各种概念表述中，吉福德的"后田园"最能概括《摩尔镇日记》内在思想的复杂性和深刻性，并清晰地展现其与田园传统及外在现实之间的多层关系。

---

1 这种差异被马克斯界定为"复杂型田园和感伤型田园"（the complex and sentimental kinds of pastoralism）或"感伤田园和心智田园"（the pastoral of sentiment and the pastoral of the mind）之间的差异（Marx, 1964: 25, 32）。吉福德也把田园作者对于隐退语境的处理分为"逃避型"和"探索型"，认为这之间存在明显的优劣之分（Gifford, 1999: 46）。

2 十八世纪中期至十九世纪早期涌现出一批农民诗人，他们的农事诗多表现乡村劳动的艰辛，有着反田园、反浪漫的一面。这些农民诗人的创作活动及作品表面上无关城乡矛盾，但如果考虑到他们作品的读者主要来自于城市，他们中的一些人，如达206、布鲁姆菲尔德和克莱尔等，也希望借助作品的成功彻底摆脱贫困的乡村等事实，甚至考虑到他们的一些作品所批判的圈地运动实际源于城市对乡村不断增加的物质索取，隐含的城乡矛盾便显现出来了。

吉福德最早在1995年的著作《绿色之声：解读当代自然诗歌》中梳理并分析了学界围绕田园文学而产生的大量观点。他从生态批评的关注点出发，提出田园—反田园—后田园的三段式田园理论，其中"后田园"概念为首创，之后他在1999年出版的《田园》一书中进一步深化和完善了该理论。后田园概念的产生有其现实基础：二战后英国农业现代化的全面推进不仅改变了乡村面貌，还极大地破坏了乡村环境，因此一种新的对于"环境"的关注从二十世纪六七十年代开始逐渐取代过往对于"乡村""风景""田园生活"的兴趣，田园文学所代表的"乡村书写"（countryside writing）也逐渐演变为"环境书写"（environmental writing）（Gifford，2018：15-27）。正是基于如此种种文学、文化及社会的新趋势和新现象，吉福德提出了"后田园"这一全新概念，以超越传统田园和反田园的思想局限，尤其是其中所蕴含的人类中心主义思想的局限。吉福德没有对"后田园"进行明确的概念界定，但他提出的"后田园"的六个特征反映出一个共同的趋势，即多种二元对立关系，如内外自然、文化与自然、城市与乡村之间对立关系的消解（Gifford，1999：150-165），以及随之而来的对于现实的接受与担当。

张剑注意到吉福德对"后田园"的"模糊处理"，并尝试给出了他对"后田园诗"的定义——"反映后现代生态意识和环境意识的写作"（张剑：91）。张剑对后田园的理解与吉福德基本一致，他所说的"后现代生态意识和环境意识"的基本特征就是以人与自然之间新型的平等关系取代两者之间的不平等关系，以人与自然的沟通和连接取代两者之间的对立以及由此衍生的多种对立。当然，改变现实需要勇气和担当，即"人类对环境的责任"（91），这正是后现代生态意识和环境意识的最终表现。吉福德也强调，"后田园"更多地代表某种思想观念，这种观念是"复杂的，能够重建连接的（complex and reconnective）"（Gifford，2018：14），但他并不认为此观念应该受到题材或时间的限制[1]。因此在他看来，无论是较早期的田园作家如布莱克、华兹华斯，还是二十世纪后期的休斯、希尼等都因为表现出这种"连接"或"消除对立"的能力，可以被归为后田园作家。吉福德把休斯在二十世纪七十年代中期创作的组诗《洞穴鸟》以及二十世纪八十年代创作的多首反映环境污染问题的诗歌视为典型的后田园作品，因为前者表现出以"连接"为基本特点的后田园视野，而后者代表着田园文学从"乡村"转向"环境"的必然结果。在笔者看来，同样表现出后田园视野的《摩尔镇日记》之所以没有登上吉福德的榜单，主要是因为休斯在这部作品中把有关文化与自然的关系以及城乡关系的思考隐藏在错综复杂的多重现实的间隙，如文本内外的双重现实、文本外部的表层与深层现实。《摩尔镇日记》选择性地呈现了休斯所见证或经历的英国农业现代化运动影响下的乡村现实与畜牧业现状，本章的目的正在于通过分析其对现实的显现或遮蔽，进一步走进诗人的内心世界，深入了解他对于变化中的乡村、环境以及人与自然关系所持的态度及所采取的文学策略。

4.2.2　田园不再：《摩尔镇日记》的外部现实

　　《摩尔镇日记》所记录的时代，即休斯务农的二十世纪七十年代，是英国农业发展史上的一个重要转折时期——农业现代化的高速发展期。英国农业现代化始于二战后，以政府的强势干预为特点，以农业机械和化学制品等科学技术的大规模应用为手段，以高效稳定地生产足够便宜的粮食和肉类食品为主要目的，这一切都使得以人工为主的小型家庭式传统农业生产模式难以为继，农业生产越来越多地受到体制的约束和利益的驱动。按照霍华德·纽比（Howard Newby）在其1988年的著作

1　张剑在上引定义出现的同一段落中对"后田园诗"作出了一些限制，如"关于自然或乡村"题材，或符合布伊尔所说的"环境写作"（张剑：91），但布伊尔所说的"环境写作"其实并不限于自然或乡村题材，不过他对环境写作的讨论只涉及当代作品。

《问题重重的乡村》(*The Countryside in Question*)中的说法,英国的农业在战后四十年间已然完成了从"农业生产"(agriculture)到"农业商业"(agribusiness)的转变(Newby,1988:6)。纽比在该著作以及1979年出版的《英国乡村的社会变革》(*Social Change in Rural England*)中列举了一些与畜牧业生产相关的现代化措施,比如层架式设备集中喂养(battery feeding)、全时室内饲养(zero grazing)、人工授精(artificial insemination)等,这些技术在休斯经营农场的二十世纪七十年代初期和中期都已出现并得到广泛应用(Newby,1979:19)。格雷厄姆·哈维(Graham Harvey)在《乡村的毁灭》(*The Killing of the Countryside*)一书中也证实了纽比的发现。事实上,战后英国农业生产的工业化极大地破坏了乡村的自然环境,1962年出版的《寂静的春天》足以说明当时的农药滥用现象何其严重。虽然蕾切尔·卡森(Rachel Carson)的著作在西方引发了一场旷日持久的环境革命,但这场革命在二十世纪六七十年代的影响很大程度上还仅仅停留在政府和公众的意识层面。在畜牧业方面,以利益最大化为目的的工厂化密集养殖及各种化学添加剂和合成饲料的出现也从根本上改变了自古沿袭下来的放牧式养殖方式,割断了传统上牧人与家畜之间的情感纽带。传统田园诗歌中唱诵的悠闲自在的牧人和随牧人一起游荡的成群牛羊本就有颇多浪漫想象的成分,如今更如梦境般遥不可及。如果把上述英国农业生产的现实与二十世纪七十年代英国经济全面颓势下由城市中产阶级引领的对于乡村的浪漫化想象两相并置[1],其中的巨大讽刺不言而喻。

当然,英国农业现代化的发展存在区域性不均衡的问题,畜牧业生

---

[1] 纽比用"乡村浪漫主义"(rural romanticism)来形容与深受通货膨胀和失业困扰的二十世纪七十年代英国城市现状相对立的一种文化现象,即人们开始重新向往"真正的乡村式英国",并赋予想象中的乡村生活种种原始且美好的价值观(Newby,1979:13-14,18)。该现象似乎与吉福德所说的同一时期文学和文化层面上由"乡村"到"环境"的转变有些矛盾,这其实恰恰说明了转变之缓慢和艰难,也说明了田园想象在英国文化中根深蒂固的影响。

产的工厂化转向在二十世纪七十年代初尚未深入英国农村的各个角落。据休斯在《摩尔镇日记》的前言中所述，"相比英国其他地方的状况，北德文郡古老的农业群体基本保存完好，极少受到外界影响"（Hughes，1989：vii）。在他的眼里，蜷缩于英格兰西南一隅，被悬崖林立的海岸线和达特穆尔与埃克斯穆尔两大荒原环绕的北德文郡好似"一座孤岛"，那里的人们仿佛"一个孤立的民族"，有着"遗世独立的自给自足（的精神）"，足以"抵御现代性的零散渗透"（vii–viii）。休斯用诗意盎然的语言刻画他所钟爱的坚守传统的北德文郡农民，但现代性对其所在"孤岛"的进攻十分猛烈，绝无半点诗意。接下来休斯用大段文字交待了从他经营农场开始至《摩尔镇日记》出版的十多年间北德文郡发生的巨大变化。他看到随着老一辈人的逝去，他们的精神也随之而去，年轻一代难以抗拒外来的诱惑和压力。

> （他们）被卷入了让农场主、农场和传统农作惨遭灭顶之灾的金融困境、技术革命和疯狂的国际市场竞争当中，这场噩梦持续至今，愈演愈烈，但这部分内容并未收录在我的这些诗歌中，或者说我只记录了其中很小的一部分，间接反映出我和妻子在很多方面都不可避免地与时俱进的事实。我们曾经不顾她父亲的强烈反对，执意买进那些七十年代引进的国外牲畜品种，胆战心惊地看着它们的价格在《农场主周报》上不断攀升，当时的报纸上充斥着……各种尽可能多地从土地和动物身上榨取价值的新手段。我们与其他人一样茫然不知所措，不知不觉间便身陷其中，参与到那场足以让英国乡村和传统农业崩溃的毁灭性行动当中。（viii–ix）

仔细阅读以上文字，我们可以从中得到几条关键信息。首先，作为当时的一项国策，英国农业现代化在政府和相关企业的联合推动下已在英国农村全面推进。其次，所谓农业现代化，其实是一个不择手段地追求利益最大化的过程，也是更大规模与更大程度的以文化干预自然、掠夺自然的过程。最后，休斯承认自己作为年轻一代农场主的一员，有主动迎合这场现代化运动以图谋利的想法和行动，但却很少将有关内容记录在农场日记中。既然休斯亲历了农业现代化对北德文郡传统农业的深刻影响并深有感触，那他为什么选择在以纪实为目的的日记体诗歌中对此避而不谈？事实上，休斯一向关注环境问题，早在1957—1959年居于美国期间，他就接触过卡森反映海洋污染的一系列著作，并在这一时期创作的诗歌如《七月四日》("Fourth of July")和《对占有的呼救》("Mayday on Holderness")当中揭露因工业垃圾、生活垃圾以及核废料而造成的河流与海洋污染。之后他又因《寂静的春天》了解到农业污染的现状，并在1970年为麦克斯·尼科尔森（Max Nicholson）所著的《环境革命》(*The Environmental Revolution*)一书作序，还在后续更多的作品中向恣意破坏环境的人类发出了警告[1]。如此一来，我们对于休斯何以在《摩尔镇日记》中彻底回避农业现代化所带来的环境问题和食品安全问题便有了更深的疑问。不过休斯在序言里也告诉我们，经过初期的困惑之后，他逐渐了解到所发生的一切，并相应地调整了农场的运作方式。

> 在很短的时间内，真正意义上的劳作所具有的最后一丝尊严彻底褪去，产品本身奇怪地变成了一个有违道德的、无用的多余之物，牲畜成了公众健康的威胁（除了农场主自己，没人知道他往它们的身体里倾倒了些什么），土壤成了某种形式的毒物，河流成了下水道。……我们敏感地嗅出了其中的危险，如梦初醒，于是重新回到过去的状

---

[1] 著名休斯研究者及休斯的生前好友基思·萨格（Keith Sagar）认为《环境革命》一书对诗人的影响很大："在休斯为《环境革命》作序之后，他对环境和生态的关注开始越来越多地反映在他的诗歌创作和生活中，并占据着越来越重要的位置"（Sagar: 643）。

态，按照传统方式饲养牛羊。(Hughes，1989: ix)[1]

休斯在此明确提到了化学制品的滥用所导致的环境污染和食品安全问题，而这些问题之所以产生，归根结底都是因为人们在艰苦且相对低效的传统劳作与高效高回报的现代化生产方式之间选择了后者，这也意味着选择放弃传统劳作带给消费者的安全感以及赋予劳作者的尊严感。休斯显然明白，这种选择不仅涉及经济利益，更关乎道德，于是两相权衡之下，他选择遵从自己的良心。可是休斯为何不愿在诗歌中与读者分享这个过程呢？他为何宁愿失去一个绝好的以亲身体验警示并教导公众的机会呢？

4.2.3　田园依旧：《摩尔镇日记》的内部世界

要回答以上问题，我们必须回到诗歌创作本身，回到文本，通过联系文本内外，尽可能地去理解诗人围绕摩尔镇所作出的现实选择和艺术取舍。休斯在序言里说明了自己创作《摩尔镇日记》时的诸多考虑，为我们解疑提供了重要参考。他首先强调创作这些诗歌的目的是如实记录农场的日常细节，因而选择不作任何艺术加工的即兴创作方式——通常当天完成记录，如写日记一般，为的是避免"失去对那一刻的直觉把握"[2]（x）。诗人力图说明这些农场诗歌与众不同，更多反映了自己的所见而非所思，却也暴露了他在选材上的主观性。他说自己总是努力地贴近观察对象，同时努力"排除一切对肉眼的观察形成干扰的事物。从某种意

1　这一段的原文中有几个与畜牧生产相关的俚语曾让笔者疑惑，如"一群混合了母牛和哺乳期小牛的肉牛"（a suckler herd of beef cows）以及"按传统方式行事"（keeping everything going on baler twine），所幸经吉福德介绍认识了杰克·撒克（Jack Thacker），笔者按照他的解释作了比较笼统的翻译。撒克的博士论文以休斯的农场诗为主要研究对象（See Jack Thacker. *The Farming of Verses: Contemporary British and Irish Georgic Poetry*. Diss. University of Bristol. Unfinished.），给笔者提供了很多资料和线索，也解答了笔者在研究中遇到的一些疑惑，在此表示感谢。

2　休斯的原文是"missed the moment"，笔者根据他随后的解释，即"睡过一觉才提笔记录"，以及上下文中他解释自己会刻意回避记忆或诗意的生成过程，理解"the moment"当强调直觉的感官感受。

义上讲，这个方法也排除了诗意的生成过程"（Hughes，1989：x）。此处的"也"（as well）一词值得注意，它表明诗人不愿看到他的观察对象在他的记忆或诗意的想象中失去它们的本来面目，这是诗人从艺术角度的考虑，但绝不是全部。事实上，被诗人排除的还有农业现代化给北德文郡的农村带来的种种有形或无形的改变，以及给像他一样的农场主带来的经济和精神上的压力。诗人在此含糊其词，是以艺术为借口回避政治问题，还是的确在其艺术思想的主导下作必要的取舍？

或许我们可以借诗人的眼睛来观察他所看到的具体事物，了解他的关注点。《摩尔镇日记》共收录三十四首诗歌，涉及农场生活的方方面面，有农场主们必须关注的天气变化，有农场里的动物和人，还有各种农活，当然这些题材之间互有交叉。整部诗集中出现最多的是各种野生的和饲养的动物，其中又以牛羊等牲畜为主，单单与牲畜相关的诗歌就多达二十一首。休斯对动物的关注与传统田园诗人以牧人为中心有着明显的不同；更加不同的是，他眼里的农场动物是一个个沉重的生命，它们为了生存艰难挣扎。诗人与这些动物朝夕相处，他对它们的了解是那些远离乡村生活、单凭想象来创作的田园诗人所不及的，因此他的诗歌中才会出现一些让人难以想象、甚至无法面对的痛苦情景，诗歌《二月十七日》便是一个典型的例子。它讲述了一只母羊难产，人们不得不牺牲小羊以挽救母羊的故事。这样的事情在农场里很常见，但休斯以其不动声色的客观描述，把他亲历的一个个充满哀鸣和血腥的细节毫无保留地展现在读者眼前，竟是如此让人不忍听闻或目睹。他描述了自己亲手杀死小羊的全过程，包括如何割下小羊的头，之后又费尽九牛二虎之力，帮助母羊产下小羊的身体："身体出生了，在斩断的头颅旁"（30–31）。小羊被切下的头颅与它的母亲和它自己那依然温热搏动的身体形成两处惊心的画面和生与死的对比，而诗人在描述整个过程时的冷静语气更是为此事平添了一种现实的残酷感（陈红，2014：127）。吉福德因此认为这首诗具有"反田园的力量"（Gifford，2009：52）。《二月十七日》以貌似平铺直叙的方式表现生命之苦难，却暗含足以激起读者强烈情感反应的戏剧元素，相比之下，《摩尔镇日记》里一些类似题材的诗歌对于痛苦的表现则显得较为平和。诗歌《挣扎》（"Struggle"）讲的是一头小公牛在走过"充满折磨的旅途"之后，终于来到这个世界，然而天生的大个头成为它降生的障碍，它为此耗尽了所有体能，再无力去进行生的斗争，甚至连吞咽奶汁的力气都没了，于是"他死了，名叫挣扎。/忍耐之子"（Hughes，1989：12–13）。这个故事里没有血腥，却也有着同样真实且让人深感无奈的生死博弈。《摩尔镇日记》里类似的故事还有很多，比如诗歌《羊》（"Sheep"）和《羊口疮》（"Orf"）都涉及初生羊羔的不幸死亡。休斯在该书的注解中谈到他对牲畜之死的理解，"所有的羊、羊羔和牛犊都是病人：它们身体里的某个东西正在作着去死的平稳努力。这是一个农场主的印象"（65）。休斯强调自己农场主的身份，说明他十分清楚自己面对的听众和读者是对农业生产几乎一无所知的城市居民，或是在乡村生活却并没有从事实际农业生产的城市中产阶级移民。每次休斯在公开场合朗读《二月十七日》时，总有听众因感觉不适而离场，甚至当场晕倒，这更加说明诗人所揭示的生命苦难与听众或读者的田园想象之间存在令人难以适从的反差。休斯对于"动物的苦难"表现出深深的关切，这种关切在尼尔·罗伯茨（Neil Roberts）眼中是整部诗集的最大特点（Roberts：123）。从这个角度来看，《摩尔镇日记》是一部构筑于田园场景中的反田园作品。

休斯的反田园源自他对现实的了解与尊重，这种态度可以进一步转化为一种深沉的责任感。吉福德称赞《摩尔镇日记》是"一部有关个人对牲畜和土地所负责任的杰出作品，充满了对于那种与生死相伴，深受天气、山水及季节影响的生活的深刻理解"（Gifford，2009：51）。吉福德的观察是准确的，他看到了休斯所记录的农场生活的特点，看到了自然作用于人、牲畜和土地的力量，也看到了人与牲畜在此过程中命运共享的事实，诗歌《彩虹的降生》（"Birth of Rainbow"）和《孪生的红色小牛》（"Little Red Twin"）对此有突出的表现。在《彩虹的降生》中，一头母牛在彩虹变幻出的色彩的天堂里兀自忙碌着，低头舔舐着刚刚降生的小牛，小牛在挣扎着站起，而诗人在一旁看着，与它们一起感受大风吹刮的痛苦，直到远处黑云压近，突然而至的冰雹和狂风模糊了一切，"我们起身寻求躲避／把牛犊和他的母亲交给上帝"（Hughes，1989：35–36）。在《孪生的红色小牛》中，刚刚诞生的小红牛喝多了奶，腹泻到无力行走，接着后腿被卡在栅栏间，在太阳下暴晒八个小时，几乎丧命，好在被及时发现，给灌了大量葡萄糖水，然后"我们把她交给／她的祖先们，它们应该教她应付／比这更糟糕的状况"（44）。这两首诗歌讲述的故事大同小异，都在试图告诉读者这样一个"事实"：对于农场的牲畜而言，人类能给予的帮助十分有限，它们更多地需要依靠造物主所赋予的身体条件或生存能力来对抗各种意外状况或恶劣环境可能带来的伤害。诗人以波澜不惊的语气强调了人与动物都不得不接受的所谓听天由命的生存之道（陈红，2015：125）。

如果换个角度，从自然与文化的关系来看，我们会发现这两首诗歌在突显自然力量的同时，极大地弱化了文化对自然的干预；诗中的人与动物一样，大多时候都是顺应自然。在这一点上，休斯诗中的人不同于反田园诗中与自然辛苦抗争的农民，也不同于传统田园诗中与自然貌合神离的牧人，表现出对自然的心悦诚服，从而突显出自然对人畜的绝对影响力。但事实并非如此，农业生产的本质就是以文化干预自然，只不过传统农业生产方式仍然给自然规律留有一定发挥作用的空间，而英国现代化农业则企图在越来越大的范围和程度上以科技取代自然。我们不难想见，休斯作为一名现代农场主不可能仅仅靠听天由命来维持农场的运作，其诗歌中依然占主导地位的自然力量似乎不过是诗人浪漫化想象的结果。事实上，本节所引诗歌中涉及的具体事件都是真实的，并无夸大或杜撰，但当时涉及"动物的苦难"这一中心主题的事件不计其数，其中绝大部分并没有被诗人记录下来。记与不记、显现与遮蔽都是诗人选择的结果。徐德林借威廉斯在《乡村与城市》中对英国文学传统中城乡关系的研究，认识到传统田园实际勾勒的是以"理想化的选择性叙述为前提的情感结构"（徐德林：

71)。笔者认为这种理想化的选择性叙述同样见于《摩尔镇日记》，只不过它表达了一种异于传统田园的情感结构或个人价值观[1]。因此，要真正深入诗人的思想空间，我们必须透过文本内外现实的间隙，窥见诗人在关注动物苦难、人与动物共享命运的前提下，如何对相关事件进行全部或局部的取舍。

4.2.4　田园的实与虚：《摩尔镇日记》与《一年四季》中的动物命运

休斯在《摩尔镇日记》中主要围绕农场动物的生与死来表现其苦难，重点展现生产过程中生与死的矛盾和对立；当一幕幕生死戏剧被置于春夏秋冬的更迭当中，自然规律的不可抗拒性似乎便成为动物多舛命运的唯一解释。而在《摩尔镇日记》之外的现实中，农场动物的生或死都另藏玄机，绝不是单纯的自然力量所能掌控。从事农业教育的迈克尔·莫伯戈（Michael Morpurgo）于1979年出版了农场日记《一年四季》（*All Around the Year*），记录了此前某一年里他在普通农户约翰·沃特（John Ward）的家庭农场里观察到的每日劳动过程[2]。这个名叫"牧师之家"的农场也位于摩尔镇农场所在的北德文郡，沃特一家和休斯一家比邻而居，莫伯戈的日记甚至还提到休斯拿出自家多余的一百捆牧草来支援粮草缺乏的沃特家（Morpurgo：112）。莫伯戈在他按月分章的日记中插入了十二首休斯的诗，对应相应的月份或季节。这十二首诗中有九首被收录在同年出版的《摩尔镇》中，可见莫伯戈的日记与休斯本人、休斯的诗和农场都不无关系，可以作为文本外的重要佐证，帮助我们看清文本内外的间隙中所隐藏的秘密。

1　徐德林在其文章中梳理并分析了威廉斯在多部著作中对"情感结构"所作的解释和定义。此处笔者根据自己的理解，结合文中对作家个人思想的关注，对意义丰富且复杂的"情感结构"作了简单化处理，将其等同于"个人价值观"。

2　莫伯戈似乎有意在《一年四季》中隐去具体的写作年份，或许是为了突出季节的更迭与循环。从文中记载的沃特家与休斯家的交往来看，并考虑到休斯参与农场管理和写作农场诗的时间，《一年四季》所记录的年份应该在1973—1976年之间。

莫伯戈在《一年四季》中详细记录了农场的日常管理和运作,其中不少细节涉及牲畜的生育过程在农业现代化政策的引导下和利益最大化思路的影响下所发生的改变。比如文中提到,农场主为提高牛奶的产量,给奶牛全年投喂增添了人工合成营养成分的饲料,导致母牛的发情频率大大提高,完全打乱了自然的季节性规律;与此同时,高效低价的人工授精成为农场主控制农场牛群品种的一个常用手段(Morpurgo:37,43,59)[1]。不过所有这些违背自然规律之举均没有出现在休斯的《摩尔镇日记》中,我们看到的是诸如诗歌《当她侧身咀嚼之时》("While She Chews Sideways")中描述的场景:一头混迹于众母牛当中的成年公牛,急于寻找一个合适的伴侣,却嗅不到足够吸引它的味道,只能失望地埋首于草堆之中。诗人尽可能地把非自然的行为从他的诗歌中过滤,无论背后有何考虑,其结果便是过滤了现代农场主对经济利益的过度追逐这一事实,包括他自己在经营摩尔镇农场初期曾有过的不合理的逐利行为。

休斯不愿意在他的农场日记里暴露现代农业体制下农场主所面临的各种经济压力,总是自觉或不自觉地对此加以回避,其方式通常十分隐蔽。如果对比《摩尔镇日记》和《一年四季》中出现的牛羊的称谓,我们会发现,前者只使用一般性的称谓,如"羊"(sheep)、"羊羔"(lamb)、"公羊"(ram)、"母羊"(ewe)、"奶牛/母牛"(cow)、"小牛"(calf)、"公牛"(bull)、"小公牛/阉牛"(bullock)、"牲畜"(cattle),或表示亲缘关系的"母亲"(mother)、"孩子"(baby)、"姐妹"(sister)、"双胞胎"(twin)等,这些都是一般诗歌中常见的称谓,可见休斯无意在他的农场诗中表现自己作为一个农场主应有的专业性和经济头脑。反观后者,《一年四季》中经常出现牲畜的名字及品种名称,莫伯戈还会特别在注释中说明不同品种的特征、用途及相应的经济价值;其中许多牲畜都是外来品种,它们因产奶量高或出肉多而受到欢迎。休斯在《摩尔镇日记》的序言里提到自己曾一

1　莫伯戈在日记中多次提到农场主设法提高母牛的发情频率或控制牛群品种。

度偏爱国外的牲畜品种，只不过他并没有将这种明显由经济考虑引发的兴趣表露在诗歌中。莫伯戈的日记还写到农场把两头不能生育的母牛送去屠宰场，文中出现了对"肉牛"（steer）一词的解释："被阉割的公牛，用以提供牛肉"（Morpurgo: 99）。尽管休斯本人的农场主要饲养肉牛和羊，类似的事件或用词在《摩尔镇日记》中却完全不见踪迹。《摩尔镇日记》向我们频频展示自然原因导致的动物死亡，而现实中，绝大多数牲畜生命的终点不在它们生长的农场，而在屠宰场。诗歌中，人类与牲畜一样在强大的死亡面前无奈且无助；但现实中，人类却把一群又一群牲畜推向死亡。

显而易见，《摩尔镇日记》呈现的动物苦难与现实状况有着较大出入；同样，现实中人与动物共享命运的方式也远比诗歌所记录的要复杂得多。《摩尔镇日记》里的很多诗歌都写到人与动物在恶劣天气里的艰难挣扎，诗歌《拖拉机》（"Tractor"）和《新年喜悦》（"New Year Exhilaration"）里的刺骨严寒和漫天风雪无论对人还是动物都是极大的考验；而在诗歌之外，将现实中的人与动物的命运捆绑在一起的除了自然元素，更多的还是各种层出不穷的以提高产出为唯一目标的现代农业科技手段。我们在《一年四季》里看到，农场主会定期给草场施氮肥并喷洒农药。按照莫伯戈的说法，北德文郡一带的农场主与英国其他许多地方的农场主相比，在化肥和农药的使用上更为谨慎（133,149）[1]。但事实上人们很难把化肥和农药的用量控制在安全范围内，一旦过量的化学制剂进入生态系统，便会通过系统的循环直接或间接地危害其中的每一个生命。在这个过程中，人类既是施害者也是受害者，动物则是纯粹的受害者。人类对自然的伤害反过来危害到人类自身，这方面的例子不计其数，畜牧业中最典型的例子莫过于疯牛病。虽然首例疯牛病出现于1985年，大规模爆发则在1996年之后，但究其原因，学界普遍认为很有可能是二十世纪六十年代起英国为了生产肥

1　莫伯戈在对"氮肥"一词的解释中提到，适度使用氮肥无害，但持续使用则会毁坏田地，并称当地农场主喷洒农药的频率要低于英国其他许多地方。

料和饲料，大量进口动物骨头和尸体作为原材料所致。在《一年四季》的记录中，沃特的农场给牲畜大量饲喂各种以谷类、蛋白质和矿物质为主要成分的浓缩饲料和合成饲料，以作为草料的重要补充，同时提高牛奶产量（Morpurgo：31，34）[1]。莫伯戈写书的年代，即休斯开办农场的年代，当时的人们对"疯牛病"闻所未闻，但在今天的我们看来，这些人工饲料中的蛋白质和矿物质的来源显然是可疑的。彼时的人们肯定想不到，疯牛病是人类一手制造出来的，它不仅断送了无数农场牛的性命，还严重危及人类的健康，也算是因果报应。

其实，不单人工化学制品会污染环境并给人畜带来健康问题，一些貌似"自然"的东西同样也有可能造成危害。以休斯对环境污染问题的重视，尤其是对水污染的重视，他似乎应该知道农场产生的大量排泄物是水污染的主要来源之一，但他并没有在农场诗中提及这方面的问题。直到数年后，他在诗歌《1984，走在"塔卡之路"上》（"1984 on 'The Tarka Trail'"）中反映北德文郡一带的河流污染问题，才明确这一事实，即河流污染的源头除了农药等化学制品，还有动物粪便。诗人看到年轻一代农场主在利益的驱使下饲养过多的牲畜，并将未经处理的牲畜粪便直接倾倒在河水中。《一年四季》也印证了这一事实。文中提到沃特的农场每三年给所有土地播撒一次粪肥，但这样的频率显然不足以消耗农场近一百头牛、两百多头羊及猪马鸡鸭等其他动物产生的所有粪便，因此农场需要定期用拖拉机"清空粪池"（80）；至于大部分清理出来的粪便会流向何处，这一点无须作者言明。休斯十分清楚，一旦污染形成，其影响范围远远超出农场及其周边。正如他在同样写于二十世纪八十年代的诗歌《如果》（"If"）中所说，河流中的各种有毒物质会进入"玉米"，回到我们的"餐盘"，还会变成"雨滴"，回到我们的"杯中"（Hughes，1993：119–120）。

1　莫伯戈在日记中多次提到饲料的成分和作用。

通过以上对两本农场日记的比较，我们可以清楚地认识到，《摩尔镇日记》的确如休斯自己所承认那般，并没有反映现代畜牧业存在的问题，也没有表露农场日常活动背后的经济动力抑或压力。纽比在1979年出版的《英国乡村的社会变革》中全面深入地分析了二十世纪七十年代城市中产阶级的大量涌入给农村的社会结构、农业生产方式、景观及环境等多方面带来的深刻变化。纽比在书中建议读者尽可能多地了解与"谋生"相关的事务，避免对乡村产生不切实际的浪漫想象，他认为只有这样才能够完全理解英国乡村曾经和正在发生的社会变革（Newby，1979：24）。休斯的农场诗恰恰回避了与广义上的"谋生"相关的事物，也就回避了现代化进程中愈演愈烈的城乡冲突下的乡村现实，因为事实上，给英国乡村带来变化的不仅有城市新移民，更有城市本身巨大的市场需求，而后者是推动农业现代化的绝对主力。有学者从空间正义的角度探讨城乡关系，指出资本与空间自现代以来持续结合的结果便是"把乡村纳入城市空间生产"，而这个被称为"城市空间的乡村生产"过程其实是"一种随着城市的需求变化而变化，失去乡村自主性的空间生产"（龚天平、张军：30–31）。一旦乡村成为城市的附庸，其改变必然是全面和彻底的。在此背景的映衬下，休斯诗中的自然场景无疑显得过于单纯，就连那些被归为反田园的诗歌也因呈现出一种遗世独立的孤傲气质而与搭建在阿卡迪亚之上的传统田园颇有几分神似。

伊冯娜·雷迪克（Yvonne Reddick）对《摩尔镇日记》及其创作过程的研究显示，休斯的确如他自己在序言中说的那样，在意识到农业技术革命和国际市场竞争的草率结合会给乡村、农业生产及生态环境带来难以消除的恶果之后，转而"选择一种传统的务农方式：养一群肉牛和一群羊。牲畜均为放养，土地不再受化学制品的毒害"（Reddick：189–190）。雷迪克并未给出这一转变的时间节点，但休斯在为一首写于1974年5月30日的诗歌《她来此接受考验》（"She Has Come to Pass"）所作注解中提到，那时他和妻子已经"不再痴迷于外国的牲畜品种"（Hughes，1989：63），我们由此可以推测他的转变或者部分转变应发生在此之前。若以此日期为分界点，《摩尔镇日记》中有关牲畜的二十一首诗歌几乎前后各占一半。无论如何，休斯的农场诗对现实的回避都是不争的事实，区别仅在于他在前期诗歌中回避的是农场生产行为中有违自然的部分，而后期则回避了他在实践传统农业生产的过程中遭遇的困难和阻碍。笔者将在接下来的部分深入探究促使诗人回避的原因。

4.2.5 不曾放弃的田园理想：《摩尔镇日记》的深层现实

如前文所述，休斯在《摩尔镇日记》中展现的是一个自然主宰下的小世界，这个世界不乏安逸和温情，但更多的是生命的挣扎和生死的考验，还有终年无休的辛苦劳作；但无论几许艰辛，这个世界始终"与自然同在"，与自然合拍（Roberts：124）。从这个意义上讲，这个世界是单纯的，也是踏实的，有着既不同于外在现实也有别于传统田园想象的独特魅力，传达了一种以自然为尊的新型田园理想。至于休斯是否具有田园理想，这其实是个很难一言以蔽之的问题。休斯早年曾两度给远在澳大利亚的兄嫂去信，谈到开办农场的计划及对农场经济收益的预期（Hughes，2007：26－27，221）[1]，从中可见诗人田园梦想背后的经济动因；但如果就此妄下结论，断定休斯的田园梦想不过是其发财梦的一部分，未免过于简单粗暴。休斯在实际运作农场几年后，于1975年写信给友人迈克尔·汉堡（Michael Hamburger），谈到农场生活对自己的影响，让我们看到了一个更加脚踏实地也更加成熟的诗人兼农场主形象。休斯在信中称农场的一切对他有着极大的吸引力，因为"我本就只属于这个世界，这个曾让我感到开始远离我的世界，现在又与我重新连接"（365）。考虑到休斯的成长经历，他所说的这个世界应该有两方面的意思：一指自然万物，二指劳动阶层。在他看来，数年的农场生活让他重新感受到自幼就熟悉的自然

1　此处提到的两封信分别写于1954年和1963年。

的脉动，同时也找到了回归劳动阶层的安稳感；在贴近土地、贴近自然的同时，他懂得了"每个小时的宝贵价值"，拥有了全新的时间观和价值观（Hughes，2007：365）。显而易见，与十年乃至二十年前相比，此时的休斯更多地感受到农场生活带给自己的精神财富，他的改变无疑是巨大的。当然，正如我们所知，休斯的改变并不仅仅停留在精神层面，他为实践传统农业生产所付出的努力使他最终得以重返自然。

　　一旦了解休斯对田园梦想的珍视，我们便不难理解他在失去岳父奥查德时所感受到的巨大失落和悲痛，正如他在同一封信中所说："一个美好的梦结束了"（367）。休斯转变农场运营方式，很大程度上是受到了奥查德的影响。在休斯眼里，奥查德不仅是摩尔镇农场不可或缺的实际管理者，可以凭借以人工劳动为主且对自然较为友善的传统方式维持农场运作，更因其"独特的、古风依旧的人格魅力"而成为一种精神象征，代表着日渐远去的传统社会的美德（376）。爱德华·哈德利（Edward Hadley）评价诗歌《他死去的那一天》（"The Day He Died"）"与田园诗有相似之处"，认为其中一个重要的田园诗元素便是以"牧羊人形象"出现的奥查德（Hadley：75）。这首诗大量使用拟人手法，与整部诗集的写实风格形成极大反差。诗歌结尾部分写到奥查德死后的情景："明亮的田野看上去很迷茫"，土地也如失去依靠的"孩子一般"孤苦无助，只有牲畜们依然执着地等待他，"信赖他"（Hughes，1989：54）。土地和牲畜对充当庇护者的牧羊人奥查德的依赖反映出人与自然的亲密关系，这是田园想象必不可少的核心——传统田园所缅怀的那个人类从未真正拥有且愈行愈远的过去，如今却实实在在地成为休斯的田园理想。需要说明的是，"理想"和"梦想"这两个词所表达的休斯对于田园生活的期待是有所区别的：前者是一种相对抽象的、以顺应自然为前提的和谐状态，它甚至可以脱离乡村背景而存在于城市空间；后者则更加具体和实际，它因摩尔镇而生，后因奥查德的离世而破灭。休斯在《摩尔镇日记》中呈现的农场生活是他梦寐以求且曾经努力追求的，我们可以从中看到他的梦想与当时当地农业生产的具体情况之间的差异，这个差异部分反映了梦想与现实之间的距离。之所以只是"部分反映"，是因为此处的现实仅仅是眼前的表层现实，它包括政府层面的农业政策和个人层面的各种逐利行为。休斯为突破这个现实作出过努力，最终却难以为继，他在这个现实面前深感无助，因而选择了回避。但休斯并没有因此放弃希望，因为他的眼里还有另外一个现实，一个永恒的深层现实，它隐藏在表层现实之下，为诗人的慧眼所见，成为他心中的田园理想。

休斯在1970年为《环境革命》所作的序言向我们揭示了其田园理想的根源。休斯在该文中从多方面分析了作者尼科尔森从事环保工作所需要面对的阻力和压力，也因此对其所持的乐观态度表示由衷的赞赏。尼科尔森相信教育的力量，并认为当务之急是为农场主提供环保教育，教会他们关爱土地及所有依赖土地的生命。休斯对此表示完全赞同，他还同尼科尔森一样对科技持一分为二的观点，认为如果人类正确运用科技手段，则有可能最终实现与自然的连接，实现那个似乎不可能实现的"诗之梦想"，即"自然将再次被尊为人类的伟大女神和所有生命的母亲"（Hughes，1995：133）。休斯在文章最后如此表达他对未来的信心："文明的西方化的人类是进化的错误，但如果他仍愿意改正错误，那么她会帮助他"（135）。可见休斯始终相信自然的力量，也相信人类通过自身的努力和自然女神的引导，能够重返自然家园。

休斯对自然女神的崇敬之情和对未来的乐观态度在一部分读者看来也许有些脱离实际，甚至有点自欺欺人，但那些真正了解休斯诗歌创作全貌及思想轨迹的读者定会充分理解他在该文中表达的观点和态度。休斯所理解的自然一向包括内外两个层面，他在二十世纪五十年代创作的早期诗歌中对存在于人与自然、理性与非理性等诸多关系中的力量对抗进行了深入思考，那个时期的他显然还不能完全接受生命本能在自然界及人性自然中的自由流动，这个本能就是他欲爱不能的自然女神，那个"自然法则和爱的女神，（以及）所有感官感受和一切有机生命的女神"（110）。诗人清楚地意识到自己思想上的这一障碍，因此在其二十世纪六十年代至七十年代后期的一系列作品中进行了一次次心理探索或探险（Hughes，1971：9），希望通过尝试与自然连接，放弃对自然本能的抵触，尽情拥抱自然女神。从某种意义上讲，长篇叙事诗《沉醉》（*Gaudete*）便是有关连接的神话故事：牧师卢姆（Lumb）经在历了其替身与自然本能的原始连接之后，获得了其替身永远都无法获得的远见卓识，真切感受到了自然女神的召唤，实现了自我超越。

其实卢姆所作的连接和超越还可以有更多不同的形式。休斯在一篇题为《神话与教育》（"Myth and Education"）的文章中分析了与西方文明进程相伴的人的内外世界的分离过程，并指出神话和民间传说这些古老的文学形式或许是连接内外世界的最佳途径。休斯在这篇文章中多次提到"眼睛"一词，认为西方崇尚理性的文化传统让文明的西方人过于依赖他们的"心智之眼"（the mental eye）或"客观之眼"（the objective eye），而事实上这个貌似无所不见的眼睛是"盲目的"（blind），只能保证人与外在世界沟通，无法帮助他们深入由其"身体及所有相关事物"构成的"内在世界"（Hughes，1995：143，145）；于是人们不再看向内在世界，并以所谓的"客观"来掩饰自己的愚蠢和短视，内在世界由此变得"可怕，混乱，越来越原始，越来越失去控制"（149）。休斯在表达以上观点之前，即该文首次发表的1976年之前，已经完成了包括《乌鸦》（*Crow*）、《沉醉》和《洞穴鸟》在内的一系列神话题材的诗歌的创作，同时也完成了《摩尔镇日记》的创作，所以笔者认为休斯在《神话与教育》中的思考不只是针对神话诗歌，还关乎农场诗歌。休斯在《摩尔镇日记》的序言里交代他创作农场诗歌的目的和方式时用到了"肉眼"一词（the watching eye）。在序言的上下文中，这个词似乎就是用来强调其观察的客观性，但是如果把这个词与《神话与教育》中出现的相关词语进行比对，同时结合上文对《摩尔镇日记》的分析，我们有足够的理由相信，休斯在观察农场动物时所用的"肉眼"已没有了"客观之眼"的"盲目"。他利用神话形式对内心世界展开的艺术探索让他能够正视自己与自然的疏离和对自然本能的抗拒，以及现代西方人中普遍存在的对内外自然的割裂和由此造成的对自然的无情伤害，因此他在很大程度上能透过农业现代化的现实表面，克服自身对现代物质社会的盲从心理，发现自然女神的神秘所在。

由此可见，《摩尔镇日记》之所以如此强调自然的规律性和顺应自然的重要性，是因为在休斯看来，这是亘古不变的真理，是人类无法改变的现实。数年的农场经历让他了解到现代畜牧业生产正以反自然的方式给动物带来极大的伤害，同时也对环境造成了难以挽回的后果，他深知大自然的惩罚随时会降临。因此休斯在其农场诗中强调自然的强大力量，对两千多年来西方文化借田园诗中轻松惬意的乡村生活传递出的天随人意的思想进行纠正；也强调人对自然应负的责任，对反田园诗中不堪辛劳的农民形象所传递出的与自然抗争的思想进行纠正。正因如此，我们才能在《摩尔镇日记》里时刻感受到劳作场面所包含的对于农场动物的关爱和责任，也能在浓缩了强烈责任感或环境意识的现代牧羊人奥查德的形象之中体会到文化与自然和谐相生的美好（Reddick：185）。这份责任感背后的人与自然的平等关系是休斯后田园视野的体现，也是其田园理想的根本所在。

张剑在谈及后田园诗在当代的出现时说道："我们的时代对乡村和自然的理解，在生态意识和环境意识的引导下，发生了巨大而深刻的变化"（张剑：89）。事实的确如此：城市与乡村之间，或文化与自然之间那条本已岌岌可危的、仅仅残存于旧时文字和人们臆想中的分界线在全球性的环境问题和生态危机的野蛮攻击下早已荡然无存，人类亲手制造的灾难正威胁着地球上的所有生命；要摆脱灾难，需要全人类共同改变，也需要人与自然在相互协作中不懈努力。休斯在《环境革命》中看到了许多人的努力，也更了解自己曾经付出的努力，这些星星之火虽未形成燎原之势，却终将在熊熊燃烧之际重塑一个崭新天地。于是我们看到，《摩尔镇日记》在回避和超越当下现实的同时，也超越了西方思想传统中由人与自然对立关系所衍生出的多种对立和矛盾，深入人与自然关系的永恒本质，传达出诗人对于人与自然共享美好未来的坚定信念。如果说休斯在《摩尔镇日记》前后一些可被归为生态诗歌的作品中所表现出的堪称后田园的态度是一种直面现实的勇气和担当，那么他在《摩尔镇日记》中展露的后田园视野则有一种穿透现实的深邃和沉静。

田园研究的趋势与展望

　　田园研究最有活力的时期，应该是二十世纪九十年代生态批评诞生以来至今的近三十年。生态批评从其诞生之初就开始关注田园，英国生态批评领军人物贝特于1990年出版了专著《浪漫主义生态学：华兹华斯与环境传统》，将田园诗人华兹华斯奉为第一位真正的生态诗人。贝特认为华兹华斯的诗歌都是由某时某地的所看所感而触发的（Bate，1991：223）。诗人眼中的一景一物都带有神圣的气息，这些气息被诗人感知，再用文字表达出来，形成自然与心灵的完全融合。华兹华斯的诗歌明确呈现出强烈持久的人与自然一体化的想象，这种想象启发了后世的环境保护主义运动，也直接影响了当今许多重要的环境议题。

　　马克斯在1964年提出"复杂型田园"的概念后，于1992年撰写了论文《田园主义是否有未来？》（*Does Pastoralism Have a Future?*），以唤起人们对田园的关注。马克斯赞成燕卜荪提出的田园在文艺复兴时期之后逐渐转变为文学模式的观点，认为田园诗歌可以与戏剧、小说、绘画等其他艺术形式共同表达田园主义的生活方式或生活态度。马克斯认为田园生活之所以有着持久的魅力，是因为牧人所过的是一种边界的（liminal）、原始的生活。牧人同时受到城市势力和自然力量的双边影响，却能够保持独立自主的生活方式以及与自然环境的亲密关系。这种田园主义的生活，给十九世纪的美国思想界带来了巨大影响。在当下生态危机重重的时代，田园文学将继续发挥重要作用，因为田园一直以来都在反映"简单与复杂、艺术与自然之间人类意识所处的位置"（Marx，1992：222）。马克斯对从生态批评视角展开的田园研究充满期待，因为在当今环境危机的背景之下，"（当人们对）人与自然之间关系的恶化有了全新意识之后，必将催生各种各样的新版本田园"（222）。

对田园的生态批评充满期待的还有美国生态批评学者格伦·洛夫（Glen A. Love）。1992年他在论文《在阿卡迪亚，死亡依然存在：田园理论与生态批评的碰撞》（*Et in Arcadia Ego: Pastoral Theory Meets Ecocriticism*）中指出，田园并非如约翰逊博士所说的那般粗陋庸俗。他认为，自忒俄克里托斯的《田园小诗》以来，田园文学始终关注人与自然之间错综复杂的关系。当下人与自然的关系尤其脆弱，人类也已深刻意识到自然环境所面临的各种危机，这一形势将促使学界重新定义和阐释田园文学。生态批评和田园之间存在着天然的亲缘关系：生态批评关注地方和全球之间的关系；田园文学根植于地方，但其目标读者是远方的城市群体。生态批评和田园之间关注点的契合注定会让二者的碰撞产生化学反应。洛夫认为，当代田园和传统田园存在着根本上的差异：传统田园是一种文化建构，在传统田园作品中，作者对其所描绘的"绿色世界"始终隔岸远观，对隐退到阿卡迪亚的呼吁并不认真严肃；而当今生态主义思潮影响下的自然书写和自然历史研究使得当代田园呈现出更为"激进"的姿态，要求读者切实有所行动（Love，1992：203）。洛夫在马克斯的基础之上，继续对田园进行正名和复魅，认为生态批评视角之下的田园将被重新定义。虽然他并未给出当代田园的明确定义，但他预言生态批评的出现将对田园研究产生重大影响。

英国著名学者吉福德受到马克斯、贝特等人对田园的乐观主义态度的影响，在1995年出版的著作《绿色之声：解读当代自然诗歌》中，从生态批评的视角出发，考察了包括休斯和希尼在内的二十六位英国和爱尔兰当代诗人的自然主题的诗歌，并把这些诗歌细分为田园诗、反田园诗和后田园诗。其中"反田园诗"的概念受到威廉斯的《乡村与城市》中关于"对抗田园"的论述的影响。"后田园"属于吉福德提出的创新概念,最早出现在其发表于1994年的论文《泥土众神:特德·休斯与后田园》中,《绿色之声:解读当代自然诗歌》基本保留了该论文中有关休斯的分析,并用此概念来指称英国"绿色"诗歌中最为优秀的代表。这些概念在其1999年的研究专著《田园》中得到了进一步诠释。

关于生态批评视角之下的田园研究,美国生态批评领军人物布伊尔的观点具有持久而广泛的影响力。他于1995年出版的专著《环境的想象:梭罗、自然写作与美国文化的形成》(*The Environmental Imagination: Thoreau, Nature Writing, and the Formation of American Culture*)被誉为生态批评的里程碑式著作。布伊尔和马克斯一样,充分意识到了田园的重要性,对田园的未来充满信心。布伊尔把田园之于西方思想和文化的功用推到了前所未有的重要位置,认为"田园是西方两千多年来得以发展的必不可少的文化装备"(Buell:32),同时强调田园文学对于解决当今环境问题可能会发挥重要作用。该著作第一章"田园意识形态"回顾了美国田园的学术研究史,并预测了田园的未来将是应对环境危机的一股强大的文学和文化力量。与学界存在的贬低田园的观点不同,布伊尔充分认识到田园的复杂性,指出美国田园"同时具备反制度和为制度所支持的特点"(50)。当然,布伊尔在附录注释中也提到,他所说的田园是一个很有"弹性"(elastic)的概念,并不是指"从十八世纪起开始瓦解、大部分已经不复存在的特定的文学传统",而是指"广义的反对大都市主义,歌颂乡村、自然或荒野的所有文学"(439)。

吉福德的专著《田园》出版于1999年。他在该书中列出了田园的三种常见形式:第一种是古典意义上的田园,它始于古希腊时期,在文艺复兴时期成为一种重要的诗歌形式,是表现乡村和牧人生活的文学歌,通常含有隐退—回归的主题;第二种是任何描写乡村,明显或隐晦地涉及城乡对立主题的文学形式;第三种是简单理想化的田园,或通常具有贬义的田园文学，包含对乡村生活的理想化描写和对现实劳作与苦难的隐匿。吉福德在《田园》最后一章中提出了一个重要的概念——后田园。吉福德所谓的"后田园"类似于马克斯的"复杂型田园"。他认为，后田园超越了传统田园和反田园的局限性，体现出现代生态意识，表现出人类对自然环境的关注和责任。该著作从生态批评视角出发，结合文化研究和现代生态学研究成果，是学界第一部田园文学的生态批评研究专著，标志着田园研究的"绿色转向"。

贝特在其2000年出版的经典著作《大地之歌》的第三章评述了田园诗歌。他认为在生态诗学研究中，田园诗歌处于至关重要的位置。贝特认为，田园诗歌诞生之初即由城市诗人所写，阿卡迪亚更是由最伟大的城市诗人维吉尔所创。田园诗歌的模式总是与挽歌紧密相连，往往带有怀旧的情绪，"只有当你身处罗马时，你才会需要阿卡迪亚"（Bate，2000：74）。贝特认为浪漫主义田园诗歌中的人与自然展开"无声的交谈"（mute dialogue），一旦采用语言，这种默契就会被打破。"用语言复活那种（默契）时刻的努力，便是席勒意义上的追寻遗失的自然"（75）。贝特赞同保尔·德曼（Paul de Man）的观点，认为田园诗通常表达的是"不断在判断、否定、规约中的人类心智与原初的、简朴的自然的永久隔阂"，这一主题是"唯一的诗学主题和诗歌本身"（转引自Bate，2000：75）。

至于田园产生的根本原因，学界的研究相对较少，洛夫在此方面作出了尝试。他于2003年出版了生态批评专著《实用生态批评：文学、生物学及环境》（*Practical Ecocriticism: Literature, Biology, and the Environment*），该书第三章是对他1992年发表的同名论文的补充和深化，特别对田园产生的根源进行了深入探讨。在他看来，田园文学，以及人类亲近田园的冲动，可能与美国昆虫学家爱德华·威尔逊（Edward O. Wilson）在《生物共好天性》（*Biophilia*）一书中提出的人类天生依恋生命体的假设相关，也可能与美国艺术演化史研究学者埃伦·迪萨纳亚克（Ellen Dissanayake）提出的艺术生物起源学说相关。

当然，吉福德和贝特对田园的乐观态度也在学界引来一些反对者，英国生态批评学者加勒德就是其中一位。他于2004年出版了专著《生态批评》（*Ecocriticism*），其中有一章专门论述田园。在加勒德看来，始于十八世纪中后期的工业革命不仅对英国社会文化产生了重大影响，还使得人与自然之间的关系发生了巨变，并促成古典主义田园诗向浪漫主义田园诗转变。他在分析克莱尔的田园诗后得出结论："浪漫主义田园似乎开始呈现'不浪漫'和'后田园'的特征"（Garrard：48）。加勒德并不看好生态批评视角下的田园研究，认为田园的根本是"将自然当作稳定持久的系统，将之与人类社会的破坏性和快速变革相对比"（56），然而现代生态学研究发现自然并非一直是静止、和谐的，而是在不停地变化更新。加勒德认为田园生态学从一开始就"与平衡和谐这一老掉牙的模型紧密相连"（58），这一论断遭到部分学者的反对，比如吉福德指出，"如果认为维吉尔创作《牧歌》之时的自然和社会生态的特征是'平衡和谐'，似乎有些不可思议"（Gifford，2017：168）。

后殖民生态批评学者也对田园表现出兴趣。2010年，英国学者格拉汉·胡根（Graham Huggan）和澳大利亚学者海伦·蒂芬（Helen M. Tiffin）合作出版了专著《后殖民生态批评》（*Postcolonial Ecocriticism*）。他们认为，田园是后殖民文学中反复出现的主题，在不同的加勒比英语文学文本中，分别可以找到戏仿田园（mock-pastoral）、对抗田园、农事诗及后田园的身影。从后殖民批评的角度来看，田园具有高度灵活性，既可以是一种文类，也可以是一种情感态度。在胡根和蒂芬看来，"田园将继续成为后殖民作家的兴趣点，无论这些作家是抨击田园的反动倾向，还是把田园重新改造成对社会和环境更具积极意义的文学形式"（Huggan & Tiffin：120）。

田园文学的生态批评研究在近几年出现了新的发展趋势。其一是注重对于某一个阶段或地区的田园文学展开生态批评，注重与特定的社会历史时期相结合。例如，美国的生态批评学者希尔特纳于2011年出版了研究专著《还有什么是田园？》，在生态哲学和生态美学的理论指导下，研究文艺复兴时期文学与环境的关系。该著作结合文艺复兴时期的政治、历史、环境背景，以及伦敦城市发展史，分析了文艺复兴时期的田园文学中体现的生态危机及生态关注。希尔特纳将生态批评的文学研究向前推进到文艺复兴时期，具有开创性意义。希尔特纳首先驳斥了阿尔珀斯在《什么是田园？》一书中提出的田园实为政治隐喻，与自然环境关系不大的观点。他认为，田园诗从维吉尔的《牧歌》开始就体现出强烈的环境意识，文艺复兴时期的田园直接关注当时的环境问题，诸如空气污染、森林砍伐、湿地退化、城市扩张等等。这部专著突破了以往大多从政治和宗教视角解读文艺复兴田园的局限性，认为环境正义一直存在于田园文本之中，只不过一直受到忽视，而生态批评可挖掘出文艺复兴田园中暗含的生态意义。

美国学者托德·鲍利克（Todd A. Borlik）于2011年出版了专著《生态批评和早期现代英语文学：绿色的牧场》（*Ecocriticism and Early Modern English Literature: Green Pastures*），探讨文艺复兴时期的田园诗歌和莎士比亚田园戏剧。鲍利克受到马克斯的"感伤型田园"和"复杂型田园"的启发，在书中提出了"消费型田园"（consumptive pastoral）和"沉思型田园"（contemplative pastoral）的概念。"消费型田园"体现出"一种傲慢的自然观"，认为"自然是取之不尽的资源宝库，自然的存在只是为了人类的利益"（Borlik：145）；"沉思型田园"则反映出人与土地之间"美学上的关系"，并且总是在"直接或间接地思考如何使得这种美学关系中的栖居符合伦理"（145）。

美国学者波茨于2011年出版了爱尔兰诗歌研究专著《当代爱尔兰诗歌与田园传统》（*Contemporary Irish Poetry and the Pastoral Tradition*），从生态批评、社会文化批评等视角重点分析了约翰·蒙塔古（John Montague）、希尼、迈克·朗利（Michael Longley）、伊万·伯兰（Eavan Boland）、麦芙·麦克古肯（Medbh McGuckian）和诺拉·尼高纳尔（Nuala Ní Dhomhnaill）六位当代爱尔兰诗人的田园诗歌。鉴于爱尔兰位于欧洲的边缘，长时间保留着相对原始的乡村生活方式，波茨指出"田园"与爱尔兰民族有着独特的契合性。此外，爱尔兰在地方书写等方面有着不同于英国和欧洲田园文学的独特传统：一方面，英国或英裔诗人"给爱尔兰的田园建构提供了一种手段，证明了殖民活动的合法性"，另一方面，"田园诗歌也被爱尔兰人用来批判英国的殖民活动，以及相伴出现的现代化和工业化"（Potts：3）。波茨认为深入解读"爱尔兰田园"不仅仅要从传统的后殖民主义视角出发，还要与工业化、现代性、风景的商品化、被女性化的爱尔兰、二十世纪后半叶爱尔兰的环境运动等众多因素紧密结合。波茨将上述六位诗人的当代田园诗歌都归入吉福德的后田园范畴，指出后田园文学充满活力且具体表现形式多样化的特点。

就职于日本北海道大学的学者伊恩·特维迪（Iain Twiddy）于2012年出版了专著《当代英国及爱尔兰诗歌中的田园挽歌》（*Pastoral Elegy in Contemporary British and Irish Poetry*）。该专著首先质疑了1974年巴雷尔和布尔在《企鹅英国田园诗选》中提出的田园已不复存在的观点，作者认为当代诗人如休斯、希尼、朗利等诗人在面临国家国危机或社会不和谐的困境之时，仍然会借助田园挽歌的形式来表达自己的情感和思想。特维迪从生态批评的视角出发，将田园挽歌看作一个独立的文学传统进行研究，为田园文学的细化研究提供了范例。

此后，田园诗歌的生态批评研究开始细化到特定的作家及作品。澳大利亚学者克拉克于2015年出版的专著《托马斯·哈代的田园诗：无情的五月》（*Thomas Hardy's Pastoral: An Unkindly May*）就是从生态批评的视角研究哈代的田园诗歌。该著作紧密结合十九世纪后半叶和二十世纪初的英国社会历史现实，把哈代的田园诗歌置于西方田园诗歌传统之中加以审视。克拉克认为哈代的田园诗歌既不属于威廉斯所说的"对抗田园"，也不属于具有现实主义倾向的田园作品，而是对传统田园诗的改写。诗中体现了诗人原有的劳动阶级背景与他成名之后中产阶级身份之间的矛盾，具体表现为：他一方面如实反映了农业资本主义的社会现实，另一方面却对阶级与劳作之间的距离进行模糊化处理。克拉克受到威廉斯田园研究的影响，在书中对哈代田园诗歌中的乡村劳动、风景，以及乡村与城市之间的复杂关系等诸多元素或主题进行了深入探讨，为解读哈代诗歌带来了新的视角。

2017年，英国诗人、学者雷迪克出版了专著：《特德·休斯：环保主义者和生态诗人》（*Ted Hughes: Environmentalist and Ecopoet*）。其中第七章探讨了休斯的农场诗歌，提出它们属于"生态农事诗"（eco-georgic）。雷迪克认为农事诗是独立于田园诗之外的另一个历史悠久的文学传统，但学界多认为农事诗只是田园诗的一个分支。不过，雷迪克对休斯农事诗的研究对田园研究仍然具有启发性。

生态批评视角下的田园研究论文近几年来也层出不穷，产生了不少前沿性成果。比如美国学者杰西卡·马特尔（Jessica Martell）于2013年发表的论文《多赛特郡牛奶产业、田园和托马斯·哈代的〈德伯家的苔丝〉》（"The Dorset Dairy, the Pastoral, and Thomas Hardy's *Tess of the d'Urbervilles*"）便运用跨学科的研究视角，在对《德伯家的苔丝》的解读中，结合了维多利亚晚期的英国农业现实以及伦敦市民饮食习惯的变化，得出了令人耳目一新的结论。马特尔提出，哈代在这部小说中为了批判农业工业化对现代乡村经验的影响，有意"夸大了田园物产丰富的特点"，使得他笔下的田园"在美学上显得奇怪"（Martell: 88）。在当时的英国，牛奶的普及和多赛特郡靠近铁路的地理优势刺激了多赛特郡牛奶产业走向繁荣。但是，这种繁荣以创造更多剩余价值为目的，必将超过自然的承载能力，因此田园牧歌式的理想生活必然渐行渐远，变得更加遥不可及。

英国及爱尔兰文学与环境研究学会（ASLE-UKI）的官方期刊《绿色书信：生态批评研究》（*Green Letters: Studies in Ecocriticism*）于2016年发表专刊"田园：过去、现在、未来"（Pastoral: Past, Present, Future），集合了七篇田园研究的最新成果。该专刊的客座编辑、法国生态批评学者托马斯·布格（Thomas Pughe）在其导言中指出了田园诗歌正在向生态诗歌转变这一事实，认为田园诗歌应该放弃它对"作为超验理想的自然"的痴迷（Pughe：1）。他有感于美国诗人福里斯特·甘德（Forrest Gander）所说，表明自己对"自然"主题本身兴趣不大，更关心"自然与文化、语言与观念之间的关系"，建议未来我们对田园文学的研究应该聚焦于以此关系为基础的生态诗歌及生态工作（4）。

专刊里收录了两篇有关"田园之音"（pastoral sound）的论文，说明"声音"正成为田园文学研究的热点之一。究其原因，吉福德在其论文《"深深地聆听"田园之音的五种模式》（"Five Modes of 'Listening Deeping' to Pastoral Sounds"）中指出，诗人们一贯依赖视觉来获得意象，而实际上当我们"聆听没有时间印迹、没有阶级隔阂的自然之音"时，我们更有可能"通过消除界限来重建联系"（Gifford，2016：14）。法国学者法妮·克芒（Fanny Quément）在另一篇文章《"在我被埋葬的耳旁"：谢默斯·希尼的田园声响》（"'At My Buried Ear'：Seamus Heaney's Pastoral Soundings"）中提出，我们除了分析诗歌内部的声音在表达田园主题方面的作用之外，还可以把诗歌本身视为环境或"声景"（soundscape），以探究诗歌如何以其声音与读者或听众以及朗读场景中的其他声音形成互动（Quément：43）。克芒还提到希尼坚持认为田园在当代仍具有意义，且十分重视声音在诗歌中的作用（35）。

此外，生态批评学者对于"人类世"的关注促使他们将田园文学放在"人类世"的历史背景中加以考察，产生了"黑暗田园"（dark pastoral）等新解读。英国学者希瑟·沙利文（Heather I. Sullivan）在其论文《黑暗田园：歌德与阿特伍德》（"The Dark Pastoral：Goethe and Atwood"）中明确表示，"黑暗田园"可以成为"我们理解和想象（人类）影响范围之巨大的一个方式"（Sullivian：47）。"黑暗田园"的特点之一是在"深绿色的生态理想"与"帝国主义势力为了争夺土地使用权在地方和全球展开斗争的污秽历史"之间进行"双向运动"（double movements）（48）；特点之二是其对物质媒介（materiality）的关注。沙利文认为"黑暗田园"作为一个批评术语，可以像吉福德的"后田园"、马克斯的"复杂型田园"一样成为解读田园的手段，与其类似的还有戴维·法里尔（David Farrier）的"毒性田园"（toxic pastoral）等（Sullivian：48）。专刊里另有文章涉及以往田园研究较少关注的某些国别文学，如挪威文学和非裔美国文学。

2018年第1期的《外国文学研究》刊登了吉福德最新的田园研究论文《英国自然写作：从田园到后田园》（"From Pastoral to Post-Pastoral in British Nature Writing"）。吉福德结合英国环境史和农业史，从社会历史研究和文化研究等多个角度出发，详细地考察了英国自然写作从充满怀旧意识的乡村田园主义到充满问题意识的反思型自然写作的过程，并分析了这种转向的原因。他认为，英国当代作家理查德·梅比（Richard Mabey）的《共同点：自然在明日英国的位置？》（The Common Ground: A Place for Nature in Britain's future?）是英国自然写作实现环境转向的里程碑式作品，他把这种充满问题意识、具备高度责任感的自然写作归为后田园书写。

过去的近三十年间，田园研究在生态批评理论的推动下，结出了累累硕果，其中很大一部分功劳应归于生态批评理论自身的不断发展和丰富。对于本书的中国读者而言，你们可以充分利用本书所介绍的国外最新研究成果，对更大范围的田园诗歌或田园文学作品展开多角度的研究。比如利用"黑暗田园""毒性田园""城市田园""边疆田园"等概念，重新审视经典田园作品中人与自然的关系；又比如运用"声景"概念来分析诗歌内部的声音，关注"田园之音"在田园理想建构方面的作用。此外，关注环境现实的跨学科研究应该成为中国田园文学研究者的主要努力目标；环境史、农业史乃至地理学、农业科学和环境科学等多学科的研究成果都可以为我们提供进入田园文学阐释空间的密匙。

当然田园文学研究的深入还可以利用生态批评以外的其他理论武器。如本书第二章提到苏珊·斯奈德以心理分析理论解读文艺复兴时期的田园诗歌，她在斯宾塞等人的作品中读出的成长寓言无疑也存在于其他诸多田园作品中，可供我们借鉴。但我们大可不必拘泥于苏珊·斯奈德的心理分析，可以尝试在更大的无意识范畴内理解牧人与自我、彼此及自然的关系。

我国的外国文学研究者还应进一步加强中外田园文学的比较研究，一方面要将更多的作者纳入我们的视野，另一方面要更好地把握中外田园文学的发生和发展脉络，在各自不同的文学文化传统中理解作品的意义及作者的意图，避免简单比较，也避免犯将田园文学等同于自然文学之类的概念性错误。最后希望我国学者更多地关注当代田园文学的比较研究，早日在这片尚未被开垦的处女地上播种、收获。

参考文献

Addsion, Joseph. "An Essay on Virgil's *Georgics*." *The Miscellaneous Works of Joseph Addiso*n. Vol. II. Ed. A. C. Guthkelch. London: G. Bell and Sons Ltd., 1914.

Alpers, Paul. "What Is Pastoral?" *Critical Inquiry 8*(3), 1982: 437-460.

—. *What Is Pastoral*. Chicago: University of Chicago Press, 1996.

Bailey, J. O. *The Poetry of Thomas Hardy: A Handbook and Commentary*. Chapel Hill: University of North Carolina Press, 1970.

Barrell, John. *The Idea of Landscape and the Sense of Place 1730-1840: An Approach to the Poetry of John Clare*. Cambridge: Cambridge University Press, 1972.

—. *The Dark Side of the Landscape: The Rural Poor in English Painting 1730-1840*. Cambridge: Cambridge University Press, 1980.

Barrell, John and John Bull, eds. *The Penguin Book of English Pastoral Verse*. London: Allen Lane, 1974.

Bate, Jonathan. *Romantic Ecology: Wordsworth and the Environmental Tradition*. London: Routledge, 1991.

—. *The Song of the Earth*. London: Picador, 2000.

—. *John Clare: A Biography*. London: Picador, 2004.

Borlik, Todd A. *Ecocriticism and Early Modern English Literature: Green Pastures*. Abingdon: Routledge, 2011.

Brewer, William. "Clare's Struggle for Poetic Identity in *The Village Minstrel*." *John Clare Society Journal 13*, 1994: 73-80.

Brooke, Rupert. "The Old Vicarage, Grantchester." English Verse. <https://englishverse.

com/poems/the_old_vicarage_grantchester>

Buell, Lawrence. *The Environmental Imagination: Thoreau, Nature Writing, and the Formation of American Culture*. Cambridge: Harvard University Press, 1995.

Burns, Robert. *The Poetical Works of Robert Burns: With Critical and Biographical Notices*. Ed. Allan Cunnigham. Philadelphia: Porter & Coates, 1876.

Carew, Thomas. "To Saxham." Luminarium. <http://www.luminarium.org/sevenlit/carew/saxham.htm>

Caserio, Robert L. "Edwardians to Georgians." *The Cambridge History of Twentieth-Century English Literature*. Ed. Laura Marcus and Peter Nicholls. Cambridge: Cambridge University Press, 2004.

Chambers, Edmund K. "Introduction." *English Pastorals*. Ed. Edmund K. Chambers. London: Blackie & Son, 1895.

Chaudhuri, Sukunta, ed. *Pastoral Poetry of the English Renaissance: An Anthology*. Manchester: Manchester University Press, 2016.

Chirico, Paul. *John Clare and the Imagination of the Reader*. Hampshire: Palgrave Macmillan, 2007.

Clare, John. *The Shepherd's Calendar*. Eds. Eric Robinson and Geoffrey Summerfield. Oxford: Oxford University Press, 1964.

—. "The Mores." Poem Hunter. <https://www.poemhunter.com/poem/the-mores/>

—. "Winter Fields." Romantic Circles. <https://romantic-circles.org/editions/poets/texts/winterfields.html>

—. "The Woodman." Spenserians. <http://spenserians.cath.vt.edu/TextRecord.php?action=GET&textsid=36357>

Clark, Indy. *Thomas Hardy's Pastoral: An Unkindly May*. New York: Palgrave Macmillan, 2015.

Clausson, Niles. "Pastoral Elegy into Romantic Lyric: Generic Transformation in Matthew Arnold's 'Thyrsis'." *Victorian Poetry* 48(2), 2010: 173-194.

Cowper, William. "The Poplar Field." Poem Hunter. <https://www.poemhunter.com/poem/the-poplar-field/>

—. "The Sofa." Poetry Foundation. <https://www.poetryfoundation.org/poems/44035/the-task-book-i-the-sofa>

—. "The Stricken Deer." Poetry Nook. < https://www.poetrynook.com/poem/stricken-deer>

Cowper, William, and James Thomson. *The Works of Cowper and Thomson*. London: J. Grigg, 1832.

Crabbe, George. "The Village." Poetry Foundation. <https://www.poetryfoundation.org/poems/44041/the-village-book-i>

Davies, Donald. "John Clare." *New Statesman*. 19 June 1964.

Davis, Philip. *The Oxford English Literary History: The Victorians*. Vol. 8. Oxford: Oxford University Press, 2007.

Drayton, Michael. "Michael Drayton (1619)." *The Pastoral Mode*. Ed. Bryan Loughrey. London: Palgrave Macmillan, 1984.

Duck, Stephen. "The Thresher's Labour." Eighteenth-Century Poetry Archive. <https://eighteenthcenturypoetry.org/works/o4741-w0030.shtml>

E. K. "E. K. (1579)." *The Pastoral Mode*. Ed. Bryan Loughrey. London: Palgrave Macmillan, 1984.

Empson, William. *Some Versions of Pastoral*. New York: New Directions, 1974.

Ettin, Andrew V. *Literature and the Pastoral*. New Haven: Yale University Press, 1984.

Fletcher, John. "John Fletcher (1609)." *The Pastoral Mode*. Ed. Bryan Loughrey. London: Palgrave Macmillan, 1984.

Fontenelle, Bernard le Bouvier de. "Bernard le Bouvier de Fontenelle (1688)." *The Pastoral Mode*. Ed. Bryan Loughrey. London: Palgrave Macmillan, 1984.

Foulds, Adam. "The Peasant's Calendar." *New Statesman*. 18 April 2014.

Fowler, Alastair, ed. *The Country House Poem: A Cabinet of Seventeen-Century Estate Poems and Related Items*. Edinburgh: Edinburgh University Press, 1994.

Frye, Northrop. "Literature as Context: Milton's *Lycidas*." *The Pastoral Mode*. Ed. Bryan Loughrey. London: Palgrave Macmillan, 1984.

Garrard, Greg. *Ecocriticism*. London: Routledge, 2004.

Gifford, Terry. *Pastoral*. London: Routledge, 1999.

—. *Ted Hughes*. London: Routledge, 2009.

—. *Green Voices: Understanding Contemporary Nature Poetry*. Nottingham: Critical, Cultural and Communications Press, 2011.

—. "Pastoral, Anti-Pastoral and Post-Pastoral as Reading Strategies." *Critical Insights: Nature and Environment*. Ed. Scott Slovic. Ipswich: Salam, 2012.

—. "Five Modes of 'Listening Deeply' to Pastoral Sounds." *Green Letters: Studies in*

Ecocriticism 20(1), 2016: 8-19.

—. "The Environmental Humanities and the Pastoral Tradition." *Ecocriticism, Ecology, and the Cultures of Antiquity*. Ed. Christopher Schliephake. London: Lexington Books, 2017.

—. "From Pastoral to Post-Pastoral in British Nature Writing." *Foreign Literature Studies* (1), 2018: 12-31.

Goldsmith, Oliver. "The Deserted Village." Poetry Foundation. <https://www.poetry foundation.org/poems/44292/the-deserted-village>

Goodridge, John and Kelsey Thornton. "John Clare: The Trespasser." *John Clare in Context*. Eds. Hugh Haughton, *et al.* Cambridge: Cambridge Univeristy Press, 1994.

Gosse, Edmund. "An Essay on Pastoral Poetry." *The Complete Works in Verse and Prose of Edmund Spenser*. Ed. A. B. Grosart. London, 1882-1884. (Printed for private circulation only)

Grafe, Adrian, and Laurence Estanove, eds. *Thomas Hardy, Poet: New Perspectives*. Jefferson: McFarland, 2015.

Griffin, Dustin. "Redefining Georgic: Cowper's Task." *ELH 57* (4): 865-879.

Hadley, Edward. *The Elegies of Ted Hughes*. Hampshire: Palgrave Macmillan, 2010.

Halperin, David M. *Before Pastoral: Theocritus and the Ancient Tradition of Bucolic Poetry*. New Haven: Yale University Press, 1983.

Hardie, Philip. *Virgil*. Oxford: Oxford University Press, 1998.

Hardy, Thomas. *Far from the Madding Crowd*. Ebook. <https://ebooks.adelaide.edu. au/h/hardy/thomas/h27f/preface.html>

Harvey, Graham. *The Killing of the Countryside*. New York: Vintage, 1997.

Hazlitt, William. "William Hazlitt (1818)." *The Pastoral Mode*. Ed. Bryan Loughrey. London: Palgrave Macmillan, 1984.

—. "On the Love of the Country." Blupete. <http://www.blupete.com/Literature/ Essays/Hazlitt/LoveCountry.htm>

Heaney, Seamus. "Glanmore Sonnets." Poetry Foundation. < https://www. poetryfoundation.org/poems/48395/glanmore-sonnets>

Heise, Ursula K. *Sense of Place and Sense of Planet: The Environmental Imagination of the Global*. Oxford: Oxford University Press, 2008.

Heuston, Edward. "Windsor Forest and Guardian 40." *The Review of English Studies 29* (114), 1978: 160-168.

Hiltner, Ken. *What Else Is Pastoral? Renaissance Literature and the Environment*. Ithaca: Cornell University Press, 2011.

Hobbes, Thomas. "Thomas Hobbes (1650)." *The Pastoral Mode*. Ed. Bryan Loughrey. London: Palgrave Macmillan, 1984.

Huggan, Graham and Helen Tiffin. *Postcolonial Ecocriticism: Literature, Animals, Environment*. Abingdon: Routledge, 2010.

Hughes, Ted. *Wodwo*. London: Faber and Faber, 1971.

—. *Moortown Dairy*. London: Faber and Faber, 1989.

—. *Three Books*. London: Faber and Faber, 1993.

—. *Elmet*. London: Faber and Faber, 1994.

—. *Winter Pollen: Occasional Prose*. Ed. William Scammell. New York: Picador USA, 1995.

—. *Letters of Ted Hughes*. Ed. Christopher Reid. London: Faber and Faber, 2007.

Hunter, William B. *Milton's English Poetry: Being Entries from a Milton Encyclopedia*. Lewisburg: Bucknell University Press, 1986.

James, David and Philip Tew, eds. *New Versions of Pastoral: Post-Romantic, Modern, and Contemporary Responses to the Tradition*. Madison: Fairleigh Dickinson University Press, 2009.

Johnson, Samuel. "Samuel Johnson (1750; 1780)." *The Pastoral Mode*. Ed. Bryan Loughrey. London: Palgrave Macmillan, 1984.

—. *Lives of the English Poets*. Vol. 3. Ed. George Birkbeck Norman Hill. Oxford: Octagon Books, 1905.

—. "On Pastoral." Spenserians. <http://spenserians.cath.vt.edu/TextRecord.php?textsid=34324>

Keith, W. J. *The Rural Tradition: William Cobbett, Gilbert White and Other Non-fiction Prose Writers of the English Countryside*. Brighton: Harvester, 1975.

Kermode, Frank. "Nature Versus Art." *The Pastoral Mode*. Ed. Bryan Loughrey. London: Palgrave Macmillan, 1984.

Laqueur, Thomas W. *The Work of the Dead: A Cultural History of Mortal Remains*. Princeton: Princeton University Press, 2015.

Leask, Nigel. *Robert Burns & Pastoral: Poetry and Improvement in Late Eighteenth-Century Scotland*. Oxford: Oxford University Press, 2010.

Lindheim, Nancy. *The Virgilian Pastoral Tradition: From the Renaissance to the Modern Era*. Pittsburgh: Duquesne University Press, 2005.

Loughrey, Bryan. "Introduction." *The Pastoral Mode*. Ed. Bryan Loughrey. London: Palgrave Macmillan, 1984.

Love, Glen A. "Et in Arcadia Ego: Pastoral Theory Meets Ecocriticism." *Western American Literature 27*(3), 1992: 449-465.

—. *Practical Ecocriticism: Literature, Biology, and the Environment*. Charlottesville: Univeristy of Virginia Press, 2003.

Low, Setha M. "Symbolic Ties That Bind: Place Attachment in the Plaza." *Place Attachment*. Eds. Irwin Altman and Setha M. Low. New York: Plenum, 1992.

Martell, Jessica. "The Dorset Dairy, the Pastoral, and Thomas Hardy's *Tess of the d'Urbervilles*." *Nineteenth-Century Literature 68*(1), 2013: 64-89.

Marinelli, Peter V. *Pastoral*. London: Methuen, 1971.

Marvell, Andrew. "The Appleton House." MIT Open Courseware. < https://ocw.mit.edu/courses/literature/21l-004-major-poets-fall-2001/readings/marv_apple_house.pdf>

Marx, Leo. *The Machine in the Garden: Technology and the Pastoral Ideal in America*. New York: Oxford University Press, 1964.

—. "Does Pastoralism Have a Future?" *Studies in the History of Art 36*, 1992: 208-225.

Meeker, Joseph W. *The Comedy of Survival: Studies in Literary Ecology*. New York: Scribner, 1974.

McKusick, James C. "'A Language That Is Ever Green': The Ecological Vision of John Clare." *University of Toronto Quarterly 61*(2), 1992: 226-249.

—. "John Clare's Version of Pastoral." *The Wordsworth Circle 30*(2), 1999: 80-84.

McLane, Paul E. "Spenser's Oak and Briar." *Studies in Philology 52*(3), 1955: 463-477.

Morpurgo, Michael. *All Around the Year*. London: J. Murray, 1979.

Murray, Nicholas. *A Life of Matthew Arnold*. London: Hodder and Stoughton, 1996.

Newby, Howard. *Social Change in Rural England*. Madison: Univesity of Wisconsin Press, 1979.

—. *The Countryside in Question*. London: Hutchinson, 1988.

Patterson, Annabel M. *Pastoral and Ideology: Virgil to Valéry.* Berkeley: University of California Press, 1987.

Philips, Ambrose. "The Third Pastoral. Albino." Spenserians. <http://spenserians. cath.vt.edu/TextRecord.php?textsid=33793>

Poggioli, Renato. "Pastorals of Innocence and Happiness." *The Pastoral Mode.* Ed. Bryan Loughrey. London: Palgrave Macmillan, 1984.

Pope, Alexander. "Alexander Pope (?1704)." *The Pastoral Mode.* Ed. Bryan Loughrey. London: Palgrave Macmillan, 1984.

—. "Alexander Pope (1713)." *The Pastoral Mode.* Ed. Bryan Loughrey. London: Palgrave Macmillan, 1984.

Potts, Donna L. *Contemporary Irish Poetry and the Pastoral Tradition.* Columbia: University of Missouri Press, 2011.

Pughe, Thomas. "Introduction: Pastoral and/as the 'Ecological Work' of Language." *Green Letters: Studies in Ecocriticism* 20(1), 2016: 1-7.

Quément, Fanny. " 'At My Buried Ear': Seamus Heaney's Pastoral Soundings." *Green Letters: Studies in Ecocriticism* 20(1), 2016: 34-46.

Rapin, René. "René Rapin (1659)." *The Pastoral Mode.* Ed. Bryan Loughrey. London: Palgrave Macmillan, 1984.

Reddick, Yvonne. *Ted Hughes: Environmentalist and Ecopoet.* London: Palgrave Macmillan, 2017.

Roberts, Neil. *Ted Hughes: A Literary Life.* Hampshire: Palgrave Macmillan, 2006.

Rosenberg, David M. *Oaten Reeds and Trumpets: Pastoral and Epic in Virgil, Spenser and Milton.* London: Associated University Press, 1981.

Rosenberg, John D. *Elegy for an Age: The Presence of the Past in Victorian Literature.* London: Anthem Press, 2005.

Rosenmeyer, Thomas G. *The Green Cabinet: Theocritus and the European Pastoral Lyric.* Berkeley: University of California Press, 1969.

Rowley, Rosemarie. "Patrick Kavanagh—An Irish Pastoral Poet in the City." *Journal of Ecocriticism* 1(2), 2009: 92-103.

Sagar, Keith. "Ted Hughes." *Oxford Dictionary of National Biography.* Vol. 28. Oxford: Oxford University Press, 2004.

Sales, Roger. *English Literature in History 1780-1830: Pastoral and Politics.* London:

Hutchinson, 1983.

—. *John Clare: A Literary Life*. Hampshire: Palgrave Macmillan, 2002.

Schur, Owen. *Victorian Pastoral: Tennyson, Hardy, and the Subversion of Forms*. Columbus: Ohio State University Press, 1989.

Sidney, Sir Philip. "Sir Philip Sidney (c. 1580)." *The Pastoral Mode*. Ed. Bryan Loughrey. London: Palgrave Macmillan, 1984.

Simmons, I. G. *An Environmental History of Great Britain: From 10,000 Years Ago to the Present*. Edinburgh: Edinburgh University Press, 2001.

Snell, Bruno. "Arcadia in Theocritus and in Virgil's *Eclogues*." *The Pastoral Mode*. Ed. Bryan Loughrey. London: Palgrave Macmillan, 1984.

Snyder, Gary. *The Practice of the Wild*. New York: Pantheon Books, 1992.

Snyder, Susan. *Pastoral Process: Spenser, Marvell, Milton*. Stanford: Stanford University Press, 1998.

Stanca, Nicoleta. "Versions of Irish Pastoral Poetry: W.B. Yeats and Seamus Heaney." *University of Bucharest Review* 7(1), 2010: 107-120.

Sullivan, Heather I. "The Dark Pastoral: Goethe and Atwood." *Green Letters: Studies in Ecocriticism* 20(1) , 2016: 47-59.

Tennyson, Alfred. "Northern Farmer: New Style." Poetry Foundation. <https://www.poetryfoundation.org/poems/45372/northern-farmer-new-style>

—. "Northern Farmer: Old Style." Poetry Foundation. <https://www.poetryfoundation.org/poems/45371/northern-farmer-old-style>

Thacker, Jack. *The Farming of Verses: Contemporary British and Irish Georgic Poetry*. Diss. University of Bristol. Unfinished.

Thomas, R. S. *Song at the Year's Turning: Poems 1942-1954*. London: Rupert Hart-Davis, 1955.

Thomson, James. "The Seasons." *The Penguin Book of English Pastoral Verse*. Eds. John Barrell and John Bull. London: Allen Lane, 1974.

—. "Autumn." Poem Hunter. <https://www.poemhunter.com/poem/the-four-seasons-autumn/>

Tickell, Thomas. "Thomas Tickell (1713)." *The Pastoral Mode*. Ed. Bryan Loughrey. London: Palgrave Macmillan, 1984.

Twiddy, Iain. *Pastoral Elegy in Contemporary British and Irish Poetry*. London: Continuum, 2012.

Waites, Ian. "'A Spacious Horizon Is an Image of Liberty': Artistic and Literary Representations of Space and Freedom in the English Common Field Landscape in the Face of Parliamentary Enclosure, 1810-1830." *Capital & Class 28* (4), 2004: 83-102.

Waller, Gary. *Edmund Spenser: A Literary Life*. London: Palgrave Macmillan, 1994.

Wiener, Martin J. *English Culture and the Decline of the Industrial Spirit 1850-1980*. Cambridge: Cambridge Univeristy Press, 1981.

Wilcher, Robert. *Andrew Marvell*. Cambridge: Cambridge University Press, 1985.

Williams, Raymond. *The Country and the City*. London: Chatto & Windus, 1973.

Wordsworth, William. "Preface to *Lyrical Ballads*." Bartleby. < https://www.bartleby.com/39/36.html>

陈红:《特德·休斯诗歌研究》。武汉:华中师范大学出版社,2014。

陈红:《文学视野中的"地方意识"——以池莉的"汉味小说"为例》,载《东岳论丛》2015年10期。

陈红:《古老牧歌中的绿色新声:约翰·克莱尔〈牧羊人月历〉的生态解读》,载《外国文学研究》2018年第1期。

陈红:《〈摩尔镇日记〉的后田园视野:特德·休斯的农业实践与田园理想》,载《外国文学评论》2018年第4期。

陈恕:《爱尔兰文艺复兴》,载王佐良、周珏良(编)《英国二十世纪文学史》。北京:外语教学与研究出版社,2006。

丁光训等(编):《基督教大辞典》。上海:上海辞书出版社,2010。

丁尼生:《悼念集》(选段),载《英国维多利亚时代诗选》,飞白译。长沙:湖南人民出版社,1985。

丁尼生:《悼念集》(选段),载《丁尼生诗选》,黄果炘译。上海:上海译文出版社,1995。

飞白(译):《英国维多利亚时代诗选》。长沙:湖南人民出版社,1985。

龚天平、张军:《资本空间化与中国城乡关系重构:基于空间正义的视角》,载《上海师范大学学报(哲学社会科学版)》2017年第2期。

哈代:《远离尘嚣》,陈亦君、曾胡译。石家庄:花山文艺出版社,1982。

哈代:《托马斯·哈代诗选》,蓝仁哲译。成都:四川文艺出版社,1987。

哈代:《梦幻时刻——哈代抒情诗选》,飞白、吴笛译。北京:中国文联出版公司,1992。

哈代:《哈代精选集》,朱炯强编。济南:山东文艺出版社,1998。

华兹华斯:《〈抒情歌谣集〉序言》,曹葆华译,载刘若端(编)《十九世纪英国诗人论诗》。北京:人民文学出版社,1984。

华兹华斯:《华兹华斯抒情诗选》,黄杲炘译。上海:上海译文出版社,1986。

华兹华斯:《华兹华斯诗歌精选》,杨德豫译。太原:北岳文艺出版社,2000。

华兹华斯:《序曲或一位诗人心灵的成长》,丁宏为译。北京:北京大学出版社,2017。

胡志红、刘圣鹏:《生态批评对田园主义文学传统的解构与重构——从作为意识形态工具的自然走向生态自然》,载《社会科学战线》2009年第9期。

姜士昌:《精神的栖居——重读爱德华·托马斯的自然诗》,载《北京第二外国语学院学报》2007年第2期。

姜士昌:《英国田园诗的传统及其嬗变》,载《河南师范大学学报(哲学社会科学版)》2008年第1期。

姜士昌:《英国田园诗歌发展史》。北京:中国社会科学出版社,2016。

卡瓦纳:《大饥荒》,刘庆松译,载刘庆松《守护乡村的绿骑士:帕特里克·卡瓦纳田园诗研究》。西安:陕西师范大学出版总社,2015。

克雷布:《村庄(172–227行)》,吕千飞译,载王佐良(编)《英国诗选》。上海:上海译文出版社,1988。

拉金:《在消失中》,王佐良译,载王佐良(编)《英国诗选》。上海:上海译文出版社,1988。

雷利:《林中仙女答牧羊人》,载程然(编)《世界上最遥远的距离》。北京:北京邮电大学出版社,2008。

刘庆松:《守护乡村的绿骑士——帕特里克·卡瓦纳田园诗研究》。西安:陕西师范大学出版总社,2015。

刘庆松:《虚拟的田园共同体的构建——对〈仙后〉第六卷的分析》,载《西安外国语大学学报》2015年第4期。

洛夫:《实用生态批评:文学、生物学及环境》,胡志红等译。北京:北京大学出版社,2010。

马娄:《多情牧童致爱人》,王佐良译,载王佐良(编)《英国诗选》。上海:上海译文出版社,1988。

马维尔:《花园》,杨周翰译,载王佐良(编)《英国诗选》。上海:上海译文出版社,1988。

弥尔顿:《黎西达斯》，金发燊译，载《弥尔顿抒情诗选》。长沙：湖南文艺出版社，1996。

米家路、裴小龙:《城市、乡村与西方田园诗——对一种文类现象语境的"考古学"描述》，载《四川外语学院学报》1992年第1期。

钱乘旦、许洁明:《英国通史》。上海：上海社会科学院出版社，2002。

沈弘:《解读〈利西达斯〉中弥尔顿的诗学思想》，载《中南大学学报（社会科学版）》2015年第1期。

斯宾塞:《斯宾塞诗选》，胡家峦译。桂林：漓江出版社，1997。

托马斯（爱德华·托马斯）:《樱桃树》，王佐良译，载王佐良《英国诗史》。南京：译林出版社，1997。

托马斯（基思·托马斯）:《人类与自然世界：1500—1800年间英国观念的变化》，宋丽丽译。南京：译林出版社，2009。

托马斯（R.S.托马斯）:《农村》，王佐良译，载王佐良（编）《英国诗选》。上海：上海译文出版社，1988。

托马斯（R.S.托马斯）:《一个农民》，王佐良译，载王佐良（编）《英国诗选》。上海：上海译文出版社，1988。

托马斯（R.S.托马斯）:《R.S. 托马斯自选诗集：1946—1968》，程佳译。石家庄：河北教育出版社，2004。

威廉斯:《乡村与城市》，韩子满等译。北京：商务印书馆，2013。

维吉尔:《农事诗》，飞白译，载王自亮（编）《美的交响 诗歌·音乐·绘画》。杭州：浙江文艺出版社，2003。

维吉尔:《牧歌》，杨宪益译。上海：世纪出版集团，2009。

希尼:《警察来访》，王佐良译，载王佐良（编）《英国诗选》。上海：上海译文出版社，1988。

希尼:《希尼诗文集》，吴德安等译。北京：作家出版社，2001。

萧驰:《两种田园情调：塞奥克莱托斯和王维的文类世界》，载《文艺研究》1999年第1期。

徐德林:《乡村与城市关系史书写：以情感结构为方法》，载《外国文学评论》2016年第4期。

杨宏芹:《牧歌发展之"源"与"流"——西方文学中一个悠久的文学传统》，载《同济大学学报（社会科学版）》2013年第4期。

杨慧林、黄晋凯:《欧洲中世纪文学史》。南京：译林出版社，2001。

叶芝:《叶芝诗集》（上、中、下），傅浩译。石家庄：河北教育出版社，2002。

约翰逊:《人的局限性：约翰生作品集》，蔡田明译。北京：国际文化出版公司，2009。

张汉良:《现代诗的田园模式》，载《八十年代诗选》。台北：濂美出版社，1976。

张剑:《西方文论关键词：田园诗》，载《外国文学》2017年第2期。

推荐文献

Alpers, Paul. *What Is Pastoral*. Chicago: University of Chicago Press, 1996.

Barrell, John and John Bull, eds. *The Penguin Book of English Pastoral Verse*. London: Allen Lane, 1974.

Chaudhuri, Sukunta, ed. *Pastoral Poetry of the English Renaissance: An Anthology*. Manchester: Manchester University Press, 2016.

Empson, William. *Some Versions of Pastoral*. New York: New Directions, 1974.

Gifford, Terry. *Pastoral*. London: Routledge, 1999.

Hiltner, Ken. *What Else Is Pastoral? Renaissance Literature and the Environment*. Ithaca: Cornell University Press, 2011.

James, David and Philip Tew, eds. *New Versions of Pastoral: Post-Romantic, Modern, and Contemporary Responses to the Tradition*. Madison: Fairleigh Dickinson University Press, 2009.

Lindheim, Nancy. *The Virgilian Pastoral Tradition: From the Renaissance to the Modern Era*. Pittsburgh: Duquesne University Press, 2005.

Loughrey, Bryan, ed. *The Pastoral Mode*. London: Palgrave Macmillan, 1984.

Low, Anthony. *The Georgic Revolution*. Princeton: Princeton University Press, 1985.

Marinelli, Peter V. *Pastoral*. London: Methuen, 1971.

Marx, Leo. *The Machine in the Garden: Technology and the Pastoral Ideal in America*. New York: Oxford University Press, 1964.

Patterson, Annabel M. *Pastoral and Ideology: Virgil to Valéry*. Berkeley: University of California Press, 1987.

Twiddy, Iain. *Pastoral Elegy in Contemporary British and Irish Poetry*. London: Continuum, 2012.

姜士昌:《英国田园诗歌发展史》。北京: 中国社会科学出版社，2016。

张剑:《西方文论关键词: 田园诗》，载《外国文学》2017年第2期。

索引